天魔神教
洛陽本部

천마신교
낙양본부

천마신교 낙양본부 3

정보석 新무협 판타지

초판 1쇄 찍은 날 § 2020년 8월 17일
초판 1쇄 펴낸 날 § 2020년 8월 24일

지은이 § 정보석
펴낸이 § 서경석

편집책임 § 김예슬
디자인 § 노종아

펴낸곳 § 도서출판 청어람
등록번호 § 제387-1999-000006호
등록일자 § 1999. 5. 31
어람번호 § 제2-2840호

주소 § 경기도 부천시 부일로 483번길 40 서경B/D 3F (우) 14640
전화 § 032-656-4452 팩스 § 032-656-4453
http://www.chungeoram.com
E-mail § chungeorambook@daum.net

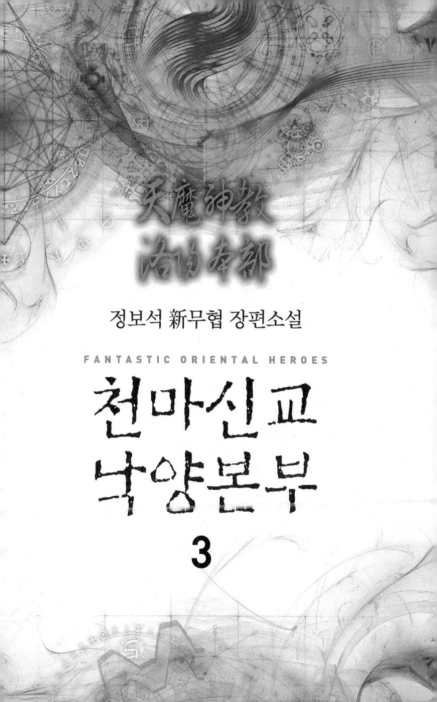

天魔神教
洛陽本部

정보석 新무협 장편소설

FANTASTIC ORIENTAL HEROES

천마신교
낙양본부

3

天魔神教
洛陽本部
천마신교
낙양본부

次例

第十一章

카이랄은 후에 운정에게 묻은 냄새를 통해 알아서 찾아오 겠다고 했다. 다른 두 부족의 엘프 냄새가 겹쳐 진동을 하니, 같은 성에만 있어도 위치를 알 수 있다는 말을 끝으로 그는 모습을 감추었다.

그의 일족이 그에게 부여한 임무가 무엇인지 운정은 알 수 없었지만, 그의 딱딱한 어조와 표정이 그 심각성을 잘 대변해 주었다.

그런 중한 임무를 미루면서까지 운정에게 엘리멘탈에 대한 이야기를 해 준 것을 보면 그가 운정을 생각하는 마음이 사람의 상식으론 사실 잘 이해되지 않을 정도로 깊은 것이다.

만난 지 얼마나 지났는지, 혹은 얼마나 깊은 교제가 있었는지, 그건 그리 중요하지 않다. 서로의 이름을 안다면 그것이 곧 의리를 지켜야 하는 맹세가 되고 근거가 되는 것.

경험 위에 신뢰가 쌓이는 인간관계와는 판이하게 다른 엘프의 관계 문화는 운정에게 어렵게만 다가왔지만, 관계 자체에 생소한 그에겐 중원의 것이나 엘프의 것이 어려운 건 매한가지, 더 친숙한 것은 없었다.

"화산파라……."

이어지는 긴 한숨. 이번에 간다면 두 번째다. 오가는 길을 잘 봐 두었던 운정은 스스로 충분히 화산파에 도달할 수 있었다. 그의 발걸음이 잘 떨어지지 않는 것은 그가 길을 몰라서가 아니었다.

"정말로 태극지혈을 달라고 하면 어쩌지?"

검선이 언급했듯, 태극지혈의 소유는 이미 화산파로 판명난 지 오래다.

수백 년 전, 화산파의 고서에서 발견된 화산파의 개파조사인 관윤자(關尹子) 윤희가 태극지혈을 사용했다는 문서가 발견되어 이를 무당파에 항의했는데, 당시 무당파 어른들은 그것이 화산의 것임을 공표하고 화합을 도모한다는 명목으로 그냥 내주었다.

사실 당시 무당파의 입장에선 사교(邪敎)라고 판명되어지는 태극지혈 소유설을 완전히 철폐시킬 수 있었기에, 먼저 그것을 들고 화산파에 직접 찾아가기까지 했다. 그것은 애물단지를 넘겨 버릴 수 있는 좋은 기회였다.

그러니, 응당 화산파에서 태극지혈을 달라 하면 줘야 하는 것이 도리인 셈이다.

운정은 태극지혈을 쥔 두 손에 힘을 주었다. 그러자 양쪽으로 음기와 양기가 스며들면서 그의 몸에 무한한 내력의 공급을 허락했고, 운정은 그 기운으로 그의 본신 내력인 무궁건곤선공(無窮乾坤仙功)을 일으켰다.

건기(乾氣)와 곤기(坤氣)의 조화로 내력을 생성하는 내공. 그 내공을 사뭇 다른 감기(坎氣)와 리기(離氣)로 운용했지만 의외로 부드럽게 조화를 이루기 시작했다.

한 내공이 거기에 걸맞은 특정한 내력이 아닌 다른 기운으로 운용할 수 있다는 사실 자체가 기적인데, 그뿐만 아니라 조금의 마찰조차 일어나지 않았다.

운정이 눈을 팟 하고 뜨자, 강렬한 안광이 쏟아져 나왔다. 그러나 그 후 흘러나온 그의 목소리에는 힘이 없었다.

"내력은 가득하다 해도 성질이 달라 무당의 무공을 온전히 쓸 수 없겠어. 게다가 내력의 공급 또한 태극지혈이 없다면 즉시 끊기고, 몸속의 기운조차 빠른 시간에 흩어지니 태극마심신공을 익히지 않으면 이 내력을 몸에 가둘 수 없다. 하지만……."

운정은 하늘을 올려다보았다.

청명한 하늘 높이 떠 있는 구름 속에서 당장에라도 사부님이 호통을 치실 듯했다.

그러나 아무리 기다려도 그의 귓가에는 산새가 지저귀는 소리밖에 들리지 않았다.

운정은 태극지혈을 꽉 붙잡고 내력을 부드럽게 끌어 올리며 유풍살을 펼쳤다.

화—악!

태극지혈의 검끝에서 불꽃이 피어오르더니, 이내 강렬한 화염으로 화해 그의 검의 궤적을 따라 화기를 분산했다. 바람을 타고 끝없이 날아가야 하는 유풍살에서 바람이 아니라 불이 뿜어지다니. 리기가 건기를 대신한 까닭이다.

이 정도면 무당파의 어른들이 그토록 호들갑을 떨었기 충분하다. 무당파의 도사 중 누구라도 호기심에 태극지혈을 잡고 유풍살을 펼쳤다면, 검끝에서 뿜어지는 화염에 놀라 그 즉시 참회의 면벽 수행을 해도 과언이 아닐 것이다.

무당파의 제자 입장에선 충격일 테지만, 운정의 표정은 조금 서글퍼진 정도에서 그쳤다.

운정은 슬그머니 왼쪽에 있는 태극지혈을 내려다보았다. 역수로 잡고 있는 그 태극지혈에선 감기(坎氣)가 흐르고 있었는데, 그 감기로부터 비롯된 검기가 어떤 형태를 가질지 궁금했기 때문이다.

물이 나올까?

얼음이 나올까?

그도 아니면 다른 것?

하지만 무당파의 가르침상, 곤기의 기운을 검에 쓰지 않는다.

무당파의 검공은 본래 하나의 태극검으로 펼치는 것으로 건곤의 기운 중 특별히 건기만을 사용하여 검을 펼친다. 그리고 곤기는 왼손에 담아 검결지(劍訣指)를 취해 바람처럼 움직이는 검 속에서 그것을 다스리는 육신을 꽉 지탱할 뿐이다. 그러니 감기 또한 곤기처럼 검기화될 순 없었다.

과연 무당파는 어떻게 태극지혈을 쓰는 쌍검술에서부터 검결지와 태극검으로 나눠지는 현재의 모습으로 바뀐 것일까? 이를 완벽히 파악하지 못한다면, 앞으로 나아가야 하는 길조차 보이지 않을 것이다.

아니지. 그건 사교야. 사조 어르신께서 태극지혈을 사용했다는 건 무당파의 정설이 아니야. 사부님의 가르침으론 사조 어르신께서 검결지와 태극검을 사용하셨지. 태극지혈이란 말은 한 번도 꺼내신 적이 없어. 게다가 이건 감기와 리기를 사용하는… 그런데 왜 이리도 조화스럽단 말이야? 유풍살을 펼치자 불이 뿜어지다니, 마치 원래부터 가능했던 것처럼 말이지. 그것만큼은 말이 안 돼. 하나의 무공을 다른 기운으로 펼쳤는데 그대로 펼쳐진다? 애초부터 그 기운을 고려한 무공이라고밖에 설명할 수 없어."

그렇게 운정의 독백은 계속해서 이어졌다. 사부님의 가르침과 현실의 괴리 속에서 한참을 고민하던 그는 결국 그의 고민을 해결할 수 있는 방도를 내놓았다.

"화산에 가서 태극지혈의 유례를 듣자. 그것만이 답이지. 내가 홀로 아무리 고민해 봤자, 결국 나의 논리이고 나의 합리화이니, 제삼자의 이야기를 듣고 판단하는 것이 옳을 것이다. 하지만……."

역시 화산파에 태극지혈을 빼앗길 가능성이 크다.

그렇다면 다시 그 끔찍한 욕구와 감정에 잠식될 것이다.

결국 그렇다면 그 모든 것을 다스리고 있는 이성도 무너질 것이다.

지금까지 이뤄 온 그 모든 것들이 사라지고 결국 범인으로 돌아갈 것이다.

운정은 태극지혈을 던져 버렸다.

짜—악!

그는 양손으로 그의 양 볼을 때렸다.

"그래서 태극지혈에 집착한다? 그래서 선기(仙氣)에 집착한다? 그것 또한 신선이라 할 수 있는가? 모름지기 신선이라면 그 어떠한 제약도 없어야 한다. 욕구와 감정에 휘둘릴 것이 무서워 검과 선기에 집착한다면, 그거야말로 사부님께서 경고하신 선으로 검을 추구하는 것이 아닌가?"

운정은 심호흡을 하며 눈을 감았다.

그리고 강대해진 정신 가장 밑바닥에 감히 고개조차 들지 못하고 수그린 그의 욕망을 하나하나 어루만졌다. 그러자 부끄럼을 참지 못해 정신 깊숙이 파고들었던 그의 욕망이 하나둘씩 그 민낯을 운정에게 보여 주었다.

그곳엔 이계로부터 세상을 구하고 천하제일인이 되어 무당파를 재건하는 운정이 있었다.

그곳엔 알몸의 정채린과 소청아의 시중을 양쪽에서 받으며 그의 아래에 깔린 시르퀸을 탐하고 있는 운정이 있었다.

그곳엔 도의 끝에 도달해 우화등선하며 진정한 신선으로 거듭나 하늘에서 기다리던 스승과 재회하는 운정이 있었다.

그곳엔 수많은 제자들의 존경을 받으며 가장 높은 산에서 군림하는 운정이 있었다.

낙선향에 사부님과 단둘이 살 때는 전혀 없었던 욕망들이다. 운정은 그의 강대한 정신 앞에 그러한 욕망들이 감히 침투할 수 없으리라 믿었건만, 그저 그가 지금까지 보지 않으려 했을 뿐이었다. 그러니 선기가 사라지자마자 하나둘씩 고개를 들고 기승을 부리지 않은가?

그 욕망들은 선기가 몸속에서 사라졌기에 들어온 것이 아니다. 사람들의 칭송을 들었을 때, 사부님을 잃었을 때, 아름다운 여인들을 봤을 때, 적과의 싸움에 승리했을 때, 그때마다 들어온 것이다. 그리고 그것이 그의 마음속에 잠복해 있다가, 내력이 사라지자 그를 추하고 또 추한 사람으로 만들었다.

욕망을 생성하는 세상의 자극을 피해 낙선향에서 평생을 살아 신선이 되었다면, 그것이 과연 참된 신선인가? 아니면 세상의 세속의 탁한 공기를 모두 마셔가며 그것을 극복해 나가는 것이 참된 신선인가?

운정은 사부가 후자의 경우로 신선이 된 자를 무엇이라 부를지 예상할 수 있었다.

"마선(魔仙). 자기의 욕구를 채우고, 채우고, 또 채우다가 결국 해탈의 경지에 이르는 마선. 그것은 양심을 억누르며 자기 욕심을 채우려는 어리석은 인간들이 지어낸 낭설이라는 사부님의 말이 과연 맞을까? 마선을 실제로 보고도 나는 그 말을 믿어야 하는가?"

사부님의 가르침에 절대적으로 순종했다면, 이 태극지혈을 집어 생명을 보존해서는 안 된다. 무당파의 가르침이 끊길지언정 그 자리에서 숨을 거둬야만 했다. 하지만 운정은 그러지 못했다. 젖 먹던 힘까지 써 지렁이처럼 땅바닥을 기어가며 태극지혈 두 자루를 손에 넣어 사부님의 가르침을 어겼다.

한번 어기고 나니, 계속해서 반대되는 생각이 치민다. 사부님의 가르침이 잘못되진 않았을까?

하나를 의심하니 모든 것을 의심하고 싶다.

하나를 부정하니 모든 것을 부정하고 싶다.

하나를 외면하니 모든 것을 외면하고 싶다.

이계로부터 세상을 구해 천하제일인이 되어 무당파를 재건하고, 아름다운 세 여인을 매일 품으면서 수많은 제자들의 존경을 받고, 세상 가장 높은 곳에서 머물러 수련에 수련을 거듭하여 결국 도의 끝에 도달해 우화등선하여 하늘에 올라간다면… 그곳엔 정말 사부님께서 기다리고 계실까?

"사부님이라면 분명 낙선향으로 돌아가 태극지혈을 연구하여 무당파의 새로운 기초를 마련하라 하시겠지. 하지만 그조차도 이미 검선의 무학에서 완전히 자유로울 수 없는 기초가 될 것이니, 사부님이 쫓았던 순수성은 더 이상 존재치 않아."

운정은 고개를 들어 한쪽을 보았다.

그쪽으로 낙선향이 서 멀리 보였다.

그는 공손히 두 손을 모아 이마에 올렸다.

그리고 말했다.

"사부님께서는 검선의 가르침으로 인해 무당파가 파문의 지경에 이르렀음에도 제게 일언반구도 하지 않으셨습니다."

운정은 일배를 드렸다.

"이는 사부님의 개인적인 욕심 때문이라 사료됩니다."

운정은 이배를 드렸다.

"만약 진정으로 멸문지화에 처한 무당파가 재건되길 바라셨다면."

운정은 삼배를 드렸다.

"그나마 살아남아 흩어진 제자들을 모으고."

운정은 사배를 드렸다.

"선기를 몸에 내력으로 삼고 있는 저를 통해서."

운정은 오배를 드렸다.

"그들의 몸에 내제된 마기를 하나씩 몰아내고."

운정은 육배를 드렸다.

"그들을 살려 다시금 무당파를 키워 나갔을 겁니다."

운정은 칠배를 드렸다.

"하지만 사부님께선 그들을 모두 외면하시고."

운정은 팔배를 드렸다.

"제가 세속에 전혀 물들지 않은 채 우화등선하길 바랐으니."

운정은 구배를 드렸다.

"사부님은 무당파를 사랑한 것이 아니라, 미워한 것입니다."

운정은 한숨을 쉬었다.

그리고 열 번째 계수배(稽首拜)를 드렸다.

"하지만 결국 죽음이 임박하자 사문을 생각하실 수밖에 없으셨겠죠."

운정은 십일배를 드렸다.

"제자는 제자의 길을 가렵니다."

운정은 십이배를 드리려다가 중간에 멈춰 섰다. 곧 흙먼지가 가득해진 두 무릎을 탁탁 털었다. 그는 땅에서 태극지혈을 물끄러미 바라보았다.

"진정으로 우화등선하셨다면 지금 절 말려 주십시오. 그 어떠한 것이라도 좋으니, 하늘 위에서 지켜보고 계신다는 것을 알려 주세요."

바람이 불었고, 산새가 지저귀었으며, 하늘은 청명했다. 모든 것이 전과 똑같았다.

운정은 한참을 서 있다가 태극지혈을 주웠다.

＊　　　　＊　　　　＊

따스운 햇빛이 눈가를 두드리자, 머혼은 잠에서 깨어나지 않을 수 없었다. 온몸의 마디마디가 쑤셔 오는 고통 속에서 작은 신음을 흘리던 그는 제대로 말을 듣지 않는 관절들을 억지로 움직이며 겨우 자세를 잡았다. 그러자 두 눈과 귀로 서서히 주변에서 분주히 움직이는 사람들을 인식할 수 있었다.

"일어나셨습니까, 백작님."

한 마법사의 물음에 머혼은 버릇처럼 자신의 흰 콧수염을 매만지더니 귀찮다는 듯 말했다.

"왼쪽 허리부터 등까지."

"아, 또요?"

"왼쪽 허리부터 등까지!"

마법사는 불만스러운 표정으로 머혼의 뒤로 돌아와, 그의 허리춤에 자신의 지팡이를 가져갔다. 그리고 머혼은 알아듣지 못할 몇 마디 주문을 읊었고, 햇볕만큼이나 따스한 기운을 지팡이 끝에서 뿜어 머혼의 허리를 감싸 안았다.

머혼은 서서히 사라져 가는 고통에 한시름 놓은 듯, 깊은 한숨을 내쉬었다.

"가면 갈수록 허리가 아파. 이 나이에 뭔 짓거린지."

마법사는 이죽거리며 말했다.

"이계를 탐방하고 싶다고 폐하께 간청하던 모습이 아직까지 눈에 선합니다."

편안해진 머혼의 얼굴이 삽시간에 일그러졌다.

"아침부터 기분 잡치지 말거라. 내가 좋아서 그랬냐? 폐하께서 내가 그러기를 바라니까 그런 거지. 천출이면서 그런 것도 몰라?"

"언제는 천출 주제에 대들어서 좋다면서요."

"그러니까, 천천히 하라고. 응? 너무 급해도 재미없다."

머혼은 자리에서 일어나, 자신의 옷을 털었다. 칠십이 넘어 이제 팔십으로 향해 가는 노구는 겨우 짚 몇 단만 놓은 차디찬 길바닥 위에서의 하룻밤도 제대로 견디지 못했다. 마법이 아니었다면 아마 진작 앓아누웠을 것이다.

"你起床了吗?"

귓가로 들리는 한어(韓語)에 머혼은 고개를 들었다.

그곳엔 무림맹과 화산파의 장로라고 자신을 소개했던 이석추가 머혼에게 포권을 취하고 있었다. 그것이 중원식 인사라고 배웠던 머혼은 한 손을 가슴에 올리고 고개를 숙이는 자기 고향의 방법으로 마주 인사했다.

"나이가 들어서인지 몸이 영 말을 듣지 않습니다."

마법사는 빠르게 머혼의 말을 통역했고, 이석추는 고개를 끄덕이더니, 웃으며 말했다.

"如果你了解武功,那就不会发生."

마법사가 그 말을 머혼에게 다시 통역했다.

"중원의 무공을 익히면 그럴 일이 없을 거라고 합니다."

머혼은 겉으로는 호탕하게 웃는 척하면서 입으로는 전혀 다른 말을 내뱉었다.

"하여간 틈만 나면 자랑질이군, 중원인들은."

"그것도 번역할까요?"

"개소리 말고. 내일도 길거리 노숙이냐고 물어나 봐."

마법사와 이석추는 몇 마디를 주고받았고, 마법사가 곧 머혼에게 말했다.

"이번에만 시일을 맞추기 위해서 그랬다고 하니, 걱정 마시랍니다."

"그래그래, 다행이군. 식사는?"

마법사는 웃음기를 얼굴이 띄웠다.

"정말이지, 백작께서 중원의 음식에 입맛이 맞을 줄은 꿈에도 몰랐습니다. 그 느끼한 걸 정말 또 먹을 겁니까?"

"다른 건 몰라도 음식 하나는 제대로지. 너도 웬만하면 먹어. 마나를 낭비하지 말고"

마법사는 고개를 살짝 젓더니 말했다.

"아뇨. 괜찮습니다. 전 고향의 방식으로 먹겠습니다."

"그 요리하는 마법도 힘들지 않냐?"

"중원처럼 마나가 풍부한 곳에선 고생이랄 것도 없습니다."

"그러냐? 네가 그냥 계집애처럼 중원인들의 관심을 받고 싶어서 그런 것이 아니고? 네가 마법 한번 부릴 때마다 무슨 희대의 미녀라도 되는 듯 다들 힐끔대던데, 네 취향이 그런 것이라면 내 아무 말 하지 않으마."

마법사는 머혼의 가시 돋친 말을 무시하곤 자기 할 말을
했다.

"백작님의 음식은 제가 알아서 잘 조달할 테니까, 여기서
잠시 기다리시지요."

"그래라. 그 어제 읽던 그거나 줘 봐. 네가 자랑질 하는 동
안 책이나 읽게."

마법사는 지팡이를 앞으로 휘휘 젓더니 작은 원 하나를 만
들었다. 그리고 그 속에 손을 넣어 꽤나 두꺼운 책 하나를 꺼
냈다.

우직.

갑자기 지팡이에 위아래로 작은 금이 생겼다. 그것을 내려
다보던 마법사는 작은 한숨을 쉬더니 그것을 옆으로 던져 버
렸다. 그리고 책을 머혼에게 주었다.

"1,204페이지까지 읽으셨습니다."

"내가 그거 하나 기억 못 할 줄 알고? 누굴 노망난 노인네
취급하냐?"

"하하하."

머혼은 그 책을 빼앗듯 낚아챘는데, 그 책의 무게 때문인지
금세 휘청거리며 그 자리에 주저앉아 버렸다. 마법사는 더욱
더 큰 폭소를 터뜨렸고, 그 때문에 모든 이의 시선이 그들을
향했다.

이석추는 그들을 못마땅하게 보다가 곧 무리의 한쪽에서 바위 위에 걸터앉은 그의 형, 이석권에게 다가갔다. 충분히 가까워지자 그는 조용한 목소리로 말했다.

"형님, 이계인들은 참 가관이지 않습니까?"

"곧 끝나니 방해 마라."

그 말에 이석추는 자신이 실수했다는 것을 깨달았다. 설마 이런 상황에서조차 운기행공을 하고 있으리라고는 생각지 못한 것이다. 사실 이석권이 입을 벌려 말을 한 것에서부터 이미 이석추는 그를 방해한 셈이다.

이석추는 조용히 이석권을 기다렸고, 대략 반각이 지나자 이석권이 운기행공을 끝냈다.

그가 말했다.

"그래, 이계의 손님은 일어나셨나? 노숙하느라 아주 힘드셨을 텐데."

이석추는 그들을 흘긋 보았다. 노인은 나무 기둥에 몸을 기대고 앉아 자기 머리보다 큰 책을 읽고 있었고, 한 마법사는 마치 공연이라도 펼치듯 돼지 한 마리를 중앙에 놓고 이런저런 마법을 부려가며 화산 제자들의 관심을 독차지하고 있었다.

이석추는 피식 웃으며 말했다.

"자기 종자와 희희낙락거리는 걸 보면 꽤나 잠을 잘 잔 것 같습니다."

"아직도 못마땅하느냐?"

이석권의 질문에 이석추는 머혼을 멀찌감치 흘겨보더니 말했다.

"왜 마법사가 저 노인을 따르는지 모르겠습니다. 어느 자리에서든 저 노인이 하는 일이라곤 아무것도 없고 저 마법사가 모든 것을 대신하지 않습니까?"

"그들의 문화 아니겠느냐? 그 마법사가 무언가 결정할 때 항상 저 노인의 의견을 묻는 걸 확인했으니, 저들은 주종 관계에 있는 것이 분명하다. 이계의 귀족이라 하니, 그러려니 해라."

"무림이 관에 굴복했다면 딱 저 모양이었을 겁니다."

"그들의 관계가 그렇다면 그런 것이지, 네가 불만을 품을 이유는 없을 텐데?"

이석권의 말에 이석추는 팔짱을 끼며 말했다.

"마법사들과 직접적으로 소통할 수 있다면 좋을 것 같아 하는 말입니다. 꼭 저렇게 저들 나라의 고관대작들을 끼어 일을 진행하는 꼴이 일을 복잡하게 만드는 것 같습니다. 그쪽에서도 중원의 황제와 꼭 이야기를 하겠다고 하지 않나. 참으로 골치 아프지 않습니까? 이쪽을 몰라도 너무 모릅니다."

"우리가 그들을 모르는 것일 수도 있지."

이석권의 말에 이석추는 답답하다는 듯 말했다.

"이 기회에 황궁이 이계와의 소통에서 중심 역할을 한다면 그 안에서 막대한 이권을 차지하려 할 겁니다. 어차피 저들의 마법 말고는 별 볼 일 없으니, 그쪽의 관(官)이든 이쪽의 관이든 끼어드는 건 마음에 들지 않습니다."

"이계는 중원처럼 한 나라로 통일을 이루지 못했다. 마치 옛 중원이 전란의 시기에 있었던 때와 같다. 그 당시 중원 또한 무공을 익힌 많은 무림인들이 장군으로서 군주들을 섬기지 않았더냐? 아니, 애초에 무림인이란 말이 없었지."

"정말 미개하다고밖에 볼 수 없습니다. 그나마 마법이란 것이 없었다면 상종하지 않았을 겁니다."

"그러냐? 나는 그들과 지내면 지낼수록 그들의 사상이 흥미롭고 그들의 문화가 대단하게 여겨진다. 향검께서 관심을 가질 만하지."

"……."

"이계와의 접촉은 더 이상 피할 수 있는 문제가 아니다. 우리가 정보를 선점하여 누구보다도 앞서 나가지 않으면 앞으로 살아남기 어려울 수도 있어. 무당산의 정기가 사라진 그 놀라운 일이 화산에도 일어나지 말라는 법이 없지 않느냐?"

"압니다, 알아요."

"그러니 너도 행여나 불손한 자들과 같은 마음을 품지 말고, 향검의 마음을 이해해 보도록 노력해라."

"솔직히 형님도 향검의 생각을 진심으로 따르는 건 아니지 않습니까? 아무리 이계가 우선이라고 하나 마교와 같이 움직이자고 하다니……."

"태룡향검은 화산의 무학으로 입신에 이르렀다. 그 사실 앞에서 무엇이 그를 따르지 않을 이유가 될 수 있느냐?"

"그 또한 말이 많습니다."

"그건 장문인이나 기타 어르신들도 인정하신 부분이야. 왈가왈부할 것이 아니지."

"……."

"이계의 마법에 관한 것은 그 어떠한 것이든 면밀히 조사하고 또 확인해 봐야 한다. 당장 저자가 저기서 저렇게 아무런 요리 기구도 없이 마법으로 요리를 하는 것조차도 주의 깊게 보는 것이 네가 할 일이다. 의구심은 내게 맡기고."

"그야 아무리 봐도 모르겠습니다. 그저 몇 마디 주문을 외우면 그냥 요리가 되어 버리니, 무공보단 술법에 가깝지만, 아니, 도대체 요리를 하는 술법이 어디 있단 말입니까?"

"오래전에 소실됐지만 옛날 도사들은 물을 술로 바꾸는 도술을 익혔다고 한다. 그런 것과 같은 선상에 있는 것 아니겠느냐?"

"……."

"계속해서 주시하다 보면 뭔가 나오겠지."

이석추의 표정은 영 좋지 못했지만, 그는 그의 형의 말을 듣고는 고개를 돌려 마법을 쓰는 마법사를 주시했다. 이석권은 다시금 가부좌를 틀고 앉아 운기행공을 시작했다.

아니, 시작하려 했다.

"장로님."

이석권은 자신의 앞에 헐레벌떡 뛰어온 제자를 보곤 막 감았던 눈을 떴다.

"급한 일이라도 있느냐?"

"이, 이것을……."

그 제자는 서찰 하나를 그에게 건넸다. 잔뜩 구겨지고 흙먼지가 가득한 그 서찰을 건네받은 이석권은 그것을 활짝 펼치곤 천천히 글귀를 읽어 내려가기 시작했다.

곧 그는 경악한 표정으로 제자를 보더니 말했다.

"서찰의 내용이 사실이냐?"

"매화검수 중 경공이 빠른 둘이 가지고 온 것입니다. 별일이 없다면 한나절 후에 그들이 모두 이쪽으로 도착한다고 하니, 그때 확실히 알 수 있을 것입니다."

"서찰을 가지고 온 검수는? 어디 있느냐? 직접 보겠다."

"그는 이 서찰만 주고 다시 경공을 펼쳐 떠났습니다. 사문으로 바로 출발한 것 같습니다."

"확실히 매화검수더냐?"

"예. 둘 중 한 명은 호순 사형으로 제가 잘 아는 분이니, 신변에 대한 걱정은 마십시오. 다만, 한 가지……."

"한 가지?"

"뭐라고 설명해야 할지, 그… 거대한 금색 빛이 나는 무언가를 둘이서 들고 있었습니다."

"뭐?"

"그러니까, 이렇게 생긴……."

제자는 양팔을 휘적거리며 대강 모양을 만들고는 말을 이었다.

"뭐냐고 물어볼 새도 없이 바로 떠나 버려서……."

"……."

"그 서찰만 거의 던져 주고 떠난 셈입니다."

이석권은 말이 없었다. 때문에 제자는 이러지도 저러지도 못하고 앞에 서 있었다.

멀찌감치 서서 이상한 기운을 느낀 이석추는 그들에게로 와서 이석권의 손에 들린 서찰을 내려다보더니 그 제자에게 말했다.

"일단 물러가 있어라."

제자는 포권을 재빠르게 취하더니 곧 자리를 떴다.

이석추는 그때까지도 말이 없던 이석권을 돌아보며 말했다.

"형님, 무슨 일이십니까?"

그때 이석권의 팔에 힘이 빠져 축 처졌고, 그의 손에 들린 서찰도 마찬가지로 땅에 떨어졌다.

"향검께서 실종되었다고 한다."

"예?"

이석추는 막 땅에 떨어지려는 서찰을 낚아채더니, 그것을 빠르게 훑었다. 곧 서찰을 잡고 있던 그의 두 팔이 크게 흔들리기 시작했다.

"일단 그 아이에게 함구하라 명하겠습니다."

이석권은 느릿하게 고개를 끄덕였고, 이석추는 경공까지 펼쳐 막 멀어지고 있는 그 제자를 다시 불러 세웠다.

한참을 충격받은 표정으로 멍하니 있던 이석권이 곧 중얼거리듯 말했다.

"향검이 없다면… 향검이 없다면… 화산파는… 이제……."

그는 말을 끝내지 않았다.

*　　　　*　　　　*

열흘이 조금 넘는 시간 동안 꾸준히 움직인 운정은 전에 머물렀던 화산 앞 객잔에서 방을 잡았다. 화산은 그 주변 일대에 입산 금지령을 내렸고 이를 어길 시 문답무용 적으로 간주

한다는 강경한 태도를 취했기에, 운정은 사람을 통해 화산에 연락을 우선 취해 입산을 허락받으려 했다.

그가 연락을 보낸 지 만 하루를 넘고 한나절이 더 지나서야 화산의 인물이 객잔을 찾아왔다. 처음 사람을 보낼 때 적어도 두 시진 안에는 답이 올 거라고 했었는데, 그보다 족히 열 배가 늦게 소식이 도착한 것이다.

운정이 계단을 통해 내려가자 아래 뜨거운 차 두 잔을 시켜 놓고 앉아 있는 화산의 여고수가 보였다. 그녀는 전에 정채린이 스승이라고 들었던 수향차였다. 한쪽 다리를 시원하게 내놓은 상태로 다리를 꼬고 앉아 있었는데, 그 표정이 딱딱하게 굳어 있는 걸 보면 의도적이라기보다는 그런 사실조차 인지하지 못할 정도로 생각에 잠겨 있는 듯했다.

운정은 그 앞에 앉으며 인사했다.

"수 소저를 뵙습니다. 기별을 드렸던 운정입니다."

운정의 얼굴을 보자 수향차의 얼굴이 급격히 환해졌다.

"호호호, 본녀에게 소저라니, 제 나이가 이제 사십 줄입니다."

수향차는 조금 멀리서 본다면 이십 내, 가까이서 봐도 삼십 대 초반으로밖에 보이지 않는 외모를 지녔다. 운정은 살짝 놀라며 말했다.

"그렇습니까? 전혀 그렇게 보이지 않습니다."

"화산의 여인들이 다 그렇습니다. 자리에 앉으시지요."

수향차는 반쯤 일어나다니 그에게 손짓하며 반대편 의자를 가리켰다. 운정은 그 의자에 앉으면서 그녀가 주문한 두 찻잔을 내려다보며 말했다.

"바로 입산하기는 어려울 것 같아 보입니다."

수향차는 찻잔의 찻물을 한 모금 머금은 뒤에, 날카로운 눈빛으로 하고 운정의 허리춤을 보았다. 그곳엔 보통의 태극검만이 있었다.

"단도직입적으로 말씀드리겠습니다. 태극지혈을 확인하고 싶습니다."

"방에 있습니다."

"……."

수향차가 말을 하지 않자 운정이 되물었다.

"왜 그러십니까?"

"들고 계시지 않아 어디 비밀스러운 곳에 숨기셨나 했는데, 설마 방이라니요. 누가 훔쳐 가면 어떡합니까?"

"서찰을 읽으셨다면 아실 겁니다. 그것이 없으면 전 내력을 유지하기 힘듭니다."

"그건 읽어서 압니다."

"때문에 웬만하면 몸 옆에 두고 있습니다. 혹시라도 내력을 잃어 태극지혈을 지키지 못할 수 있지 않습니까?"

수향차는 운정을 위아래로 훑어보았다. 그러면서 다시금 찻잔을 들고 입에 가져갔다. 그녀가 그렇게 한 모금을 머금고 다시 찻잔을 내려놓을 때까지 그녀는 몇 번이고 운정을 위아래로 쳐다보았다.

운정은 그동안 단 한 번도 수향차의 시선을 피하지 않았다.

수향차는 눈웃음을 치더니 말했다.

"어려운 결정을 하셨습니다."

"당연한 결정입니다."

"무당파의 정기가 사라지고 내력을 모두 잃으셨을 때 절망하셨겠지요. 그리고 태극지혈을 통해 다시금 내력을 회복할 수 있다는 사실을 깨달았을 땐 그 절망 못지않을 만큼 강한 희망을 느끼셨으리라 생각됩니다."

"그렇습니다."

수향차는 다리를 꼬았다. 그녀의 흰 허벅지가 다시금 모습을 드러냈다. 그녀는 그녀의 가슴을 내밀며 상체를 앞으로 기울였다. 그리고 찻잔 위로 두 손가락을 가져가 빙글빙글 돌리면서 고혹적인 미소를 지었다.

"그런데도 태극지혈을 포기하겠다는 겁니까?"

수향차의 두 눈은 계속해서 운정의 내면을 엿보려는 듯했다. 운정은 조금 불쾌해하며 본론을 말했다.

"조건이 있다는 것도 서찰에 적었습니다. 장문인께선 뭐라고 하셨습니까?"

"수락하셨습니다. 사실 장문인께서 하루가 넘도록 고민하셔서 이렇게 늦게 찾아뵙게 된 것입니다. 그리고 또 일의 무게를 생각하여 제가 직접 나온 것이기도 합니다."

"과연 그렇군요. 화산 검봉의 스승 되시는 분이 직접 마중 나오셨기에, 놀라긴 했습니다."

수향차는 빙글빙글 돌리던 두 손가락을 멈췄다. 그리고 반대 방향으로 느리게 돌리기 시작했다.

"무게도 무게지만 피치 못할 상황에 대비하기 위함이기도 합니다. 무당파의 제자이시니 저희가 다수로 상대할 수도 없고, 그렇다고 장로나 장문인도 아닌 젊은 소협을 화산의 장로나 장문인께서 상대할 수도 없는 것 아닙니까? 그나마 안면이 있고 또 검술에 능한 제가 오는 것이 맞지요."

"다양한 상황을 생각하셨군요."

"서찰의 진의를 믿지 못함은 죄송하게 생각합니다. 시대가 시대인지라."

"그 말을 자주 들었습니다."

"향검께서 입버릇처럼 자주 하시는 말씀이라, 저희 같은 일반 제자들에게도 그 버릇이 전염된 듯합니다."

수향차는 찻잔을 들어 다시 한 모금 마셨다.

운정은 팔짱을 꼈다.

"그럼 입산은 언제입니까?"

"저와 대화하기가 그리도 싫으십니까?"

"예?"

"하긴 젊은 소협께서 이런 늙은 여인과 단둘이 이야기하려면 고역이겠지요."

서글픈 표정을 지은 수향차를 보며 운정은 처음으로 평정이 깨지는 것을 느꼈다. 그는 막 팔짱을 꼈던 두 손을 앞으로 내저으며 말했다.

"아, 아닙니다. 재, 재미있습니다."

수향차는 손가락으로 눈가를 툭툭 건들며 겨우 올라가는 입꼬리를 숨겼다. 그런데 그것이 눈물을 훔치는 것이라 생각한 운정은 더욱 당황하여 어찌할 줄을 몰라 어버버거렸다.

이런 데 약하구나?

그녀는 손을 내리더니 운정의 눈을 슬그머니 마주치며 말했다.

"정말로 재밌으시다면, 이 차를 마시는 일다경 정도는 이 노녀와 함께 보내 주실 수 있지 않으십니까?"

"무, 물론입니다."

고개를 연신 끄덕이는 운정을 보며 수향차는 결국 웃음을 참지 못했다.

"호호호, 호호호."

"그, 수 소저?"

갑자기 울다가 갑자기 웃어 버리는 수향차를 보며 운정의 표정은 더 이상 황당해질 수 없을 만큼 황당해졌다.

수향차는 자기 눈을 살짝 가리면서 중얼거리듯 말했다.

"하아, 오랜만에 참 잘생겼으면서 재밌는 소협을 만났지만, 제자가 찜해 놓은 사람을 뺏는 파렴치한 짓은 할 수 없겠지요. 추태를 용서하세요."

"……"

운정은 그 말을 듣고서야 수향차가 자신에게 남자로서 관심이 생겼다는 것을 깨달았다. 때문에 마음이 묘하게 또 요동치려 하자, 그는 내력을 다스려 마음을 다잡았고, 곧 평온을 되찾을 수 있었다.

운정이 내면을 다스리는 데 바빠 아무런 말이 없자, 수향차가 말을 이었다.

"입산하시면 요구하신 대로 장문인께서 독대하실 것입니다. 다만 그 전에 이렇게 소녀가 무리해서 이 대화를 이끌고 나가는 것은, 개인적으로 묻고 싶은 것이 있어서 그렇습니다."

"개인적이라 함은?"

"어떻게 그런 결정을 내리실 수 있으셨습니까? 혹시 태극지혈이 없이도 내력을 회복할 수 있는 다른 방도가 있으십니까?"

수향차는 미소 지었지만, 그녀의 두 눈은 웃지 않았다.

운정이 말했다.

"무슨 말씀을 하시는지 모르겠습니다."

수향차는 앞으로 기울였었던 상체를 서서히 뒤로 뺐다. 미인의 아름다움만 가득했던 그녀의 두 눈은 거리가 멀어짐에 따라 서서히 증발했고, 그녀가 등받이에 몸을 기대었을 땐 완전히 메말라 버린 무림인의 눈빛이 되었다.

"그렇지 않습니까? 별다른 요구 사항도 아니고, 겨우 태극지혈의 관한 이야기를 듣겠다는 것 하나로 그리 쉽게 내주시다니요. 아까도 말했다시피 태극지혈은 소협의 입장에서 한 번 더 찾아온 두 번째 기회 아닙니까? 그것을 포기하겠다는 것입니까?"

"그것이 도리이기 때문입니다. 남의 것을 도둑질하는 것은 공과율에 크게 위배되는 것이기에 무당의 내공을 익힌 사람이라면 도저히 의도적으로 할 수 없는 것입니다."

"공과율이라… 뭔지는 들었습니다만 그런 건 사실 어느 정도 타협할 수 있지 않습니까?"

"자기합리화를 통해서 말입니까?"

"사실 백도라는 것이, 어찌 보면 하얗기만 하면 되는 것 아닙니까? 하얗게 될 때까지 씻든, 하얀 눈으로 그저 덮어 버리든……."

수향차의 말에 운정은 단호히 고개를 저었다.

"자기합리화는 집단으로 함께할 때 효과적입니다. 저 홀로 하면 명확한 한계에 부딪칠 겁니다. 그리고 그것은 낙선으로 이어질 것입니다."

수향차는 그 말을 듣고 입을 살짝 벌렸다. 전혀 예상하지 못한 답변이었기 때문이다. 그러고는 놀랍다는 듯 중얼거렸다.

"세속을 모르는 도사이신 줄로만 알았습니다."

"합리화는 세속에서보단 산속에서 더 하는 것 아니겠습니까? 질린 지 오랩니다."

수향차는 날카롭던 두 눈빛은 어느새 반짝반짝 빛나고 있었다.

그녀가 말했다.

"다른 건 몰라도 남자 보는 눈이라면 청아를 이길 아이가 없는데, 그 아이가 틀릴 줄이야 상상도 못 했습니다. 운정 도사님은 외모만큼이나 내면이 아름다우시군요. 안기고 싶을 만큼, 후훗. 그에 반해 아직까지 여자를 모르는 것이 귀엽기도 하고."

"……."

"나이가 들면 얼굴이 두꺼워지는 법이니, 이해해 주시길 바랍니다. 아직 숫총각이시지요?"

"예?"

갑작스러운 질문에 운정은 긍정도 부정도 하지 못했다. 하지만 수향차는 아랑곳하지 않으며 말했다.

"무당에선 어떤지 모르겠습니다만, 본 파에선 연애가 자유롭습니다. 물론 깊은 관계를 맺는 것도 마찬가지. 서로 간의 합의만 있으면 남이 왈가왈부할 게 아닙니다."

"……."

"소협만 비밀로 해 주신다면, 이 부끄러움을 모르는 제가 운우지락을 가르쳐 드리고 싶습니다만, 어떠십니까?"

무궁건곤선공이 아니었다면 아마 이미 얼굴이 붉어질 대로 붉어졌을 것이다.

운정이 담담하게 말했다.

"혼인에는 생각이 없습니다."

수향차는 깊은 미소를 지었다.

"앞서가시기는. 그저 남녀가 운우지락을 함께 느껴 보자는 것뿐입니다. 무겁게 생각하시면 제가 오히려 곤란합니다."

"아까 제자가 찜해 놓은 사람을 뺏을 순 없다고 하지 않았습니까?"

"그야. 비밀로 하면 되지요. 소협은 그런 것을 걸고서라도 함께하고 싶을 정도로 매력적이십니다. 제 마음을 들뜨게 만든 소협의 미모와 성품을 탓하셔야지 저를 탓하시면 곤란합니다. 듣자 하니, 청아도 밤마다 소협의 몸이 머리에 떠올라 잠을 못 잔다고 하던데, 저도 한번 구경이나 해 보고 싶은 것뿐이지요."

수향차의 눈매는 진해졌고, 그 속에서 강렬한 색기가 뿜어졌다. 운정은 그 색기를 그대로 받으며 그녀의 두 눈을 직시했다.

얼마나 오랜 시간 동안 시선을 주고받았을까?

운정이 말했다.

"수 소저께서는 사십 줄이 넘었다고 하시지만, 누구라도 소유하고 싶을 정도의 미모를 가지고 계십니다. 아마 어느 남자라도 밤을 함께 보내고 싶어 할 것입니다."

"그럼 같이 올라갈……."

운정은 수향차의 말을 잘랐다.

"그리고 본인의 체면을 무릅쓰면서까지 제자가 마음이 있는 남자를 직접 시험하여 제자의 앞길을 예비하시니 제자를 사랑하는 그 넓은 마음을 보면 성품 또한 미모 못지않다는 것을 알 수 있습니다."

"……."

"안과 밖으로 모두 아름다우시니 저같이 아무것도 모르는 남자보다는 소저만큼이나 안과 밖으로 모두 건강한 사내와 운우지락을 나누실 수 있을 것입니다."

"……."

"태극지혈을 가져오겠습니다. 잠시 기다려 주십시오."

수향차의 올라간 양쪽 입꼬리 중 왼쪽 한쪽만 제자리를 찾았다.

운정은 자리에서 일어나자, 수향차가 그를 올려다보며 말했다.

"제가 마음이 없었던 건 아니에요. 운정 도사님은 모든 여인들이 좋아할 만큼 잘생기셨고, 또 과감히 태극지혈을 내놓을 정도로 내면이 강한 분이세요. 만약 시험에 통과하지 못했다면, 전 정말로 운정 도사님과 즐길 생각이었어요. 괜스레 아쉽네요."

운정은 그녀에게 시선을 마주치지 않으며 물었다.

"혹 정 소저가 먼저 부탁한 것입니까?"

"아니요. 제가 제 욕심을 부려 봤어요. 은근히 그 아이의 자존심을 건드렸죠. 채린이는 결국 운정 도사님을 끝까지 믿는다면서 마음대로 하라고 했어요."

"……."

수향차는 운정을 올려다보던 눈길을 정면으로 향하며 말했다.

"제가 제자를 위해 이런 추태를 부린 것처럼 말씀하셨지만, 사실 제 욕심을 부린 것이 맞아요. 이 나이까지 결혼 못 한

게 이래서 못 했나 봐."

수향차는 자기 찻잔을 들었지만, 그녀의 찻잔은 비어 있었다. 그녀는 다 식은 운정의 찻잔을 가져와서 홀짝였고, 운정은 그녀의 뒷모습을 내려다보다가 다시 걸음을 옮기며 말을 남겼다.

"아직까지 수 소저에게 걸맞은 남자가 없었던 것 아니겠습니까? 곧 나타나겠지요."

저벅저벅 멀어지는 운정의 발걸음 소리에 수향차가 찻잔을 입에서 떼며 작게 중얼거렸다.

"배려심도 좋네. 아쉽다, 아쉬워."

＊　　　　＊　　　　＊

태극지혈을 확인하고 화산파의 정문에 올라갈 때까지, 수향차는 운정에게 조금의 관심도 주지 않았다. 곳곳이 선 허리와 늘씬한 다리로 아름답게 발을 내디디면서 정면을 응시하는데, 붉은 입술은 굳게 닫힌 채 열릴 기미가 보이지 않았다.

괜스레 어색해진 운정이 몇 번 말을 걸었지만, 수향차는 단답으로 대화를 끝내 버리기 일쑤였다. 운정은 하는 수 없이 화산의 경치를 감상하며 걷는 것으로 시간을 보낼 수밖에 없었고, 때문에 두 남녀의 산보는 매우 조용한 가운데서 이뤄졌다.

정문 앞 사랑채에는 전처럼 사람이 많지 않았다. 화산의 흉흉한 분위기 때문에 사람들이 많이 찾지 않은 것이다. 그곳에 도착하자, 수향차는 길을 나서고 나서 처음으로, 먼저 운정에게 말을 꺼냈다.

"경공은 펼치실 수 있습니까?"

그는 무당산에서 화산으로 오는 길에 무당파의 무공을 태극지혈을 통해 쌓은 감리의 기운으로 펼쳐 보았었다. 온전하진 않지만, 대부분의 무당파 무공은 유풍살처럼 자연스럽게 운용할 수 있었다.

운정이 고개를 끄덕이며 말했다.

"가능합니다."

"장문인께서는 백악봉(白嶽峰)이라는 곳에 계시길 좋아하십니다. 그곳에서 독대하자고 하셨는데, 그곳은 본래 사람이 기거하는 곳이 아니기에 가는 길이 매우 거칩니다. 각오하셔야 할 것입니다."

"태극지혈이 있다면 문제없을 겁니다."

즉 태극지혈을 넘겨주고 난다면 다시 나올 때 문제가 생긴다는 뜻이었다. 수향차는 그 말을 알아듣고 고개를 끄덕이더니, 곧 화산의 경공, 암향표(暗香飄)를 펼쳤다. 곧 그녀가 있었던 자리에는 그녀의 잔향만이 남았다.

운정은 감리의 기운을 일으켜 무당파의 경공, 제운종을 펼쳤다. 건곤의 기운이 아닌 감리의 기운이기에 판이하게 다른 성질의 제운종이 나왔다. 부드럽고 재빠른 본래의 모습은 온데간데없고 투박하고 거친 모습만 남았다.

노목의 등허리나, 샘의 정중앙에 우뚝 솟은 말뚝 등, 한 발을 겨우 짚을 수 있을 만한 조그마한 나무 판이 이곳저곳에서 나타나 수향차의 경공을 인도했다. 아무것도 없으리라 생각한 절벽 같은 곳에서도 결국 어딘가 동일한 형태의 나무판이 박혀 있어 경공으로만 갈 수 있는 하나의 길이 되어주고 있었다.

하지만 그도 어느 부분까지였다. 높게 솟아오른 한 거봉(巨峯)에서부턴 그런 발판조차 없었다. 그에 따라 수향차의 경공도 거칠어지기 시작했는데, 한 번은 발을 내디딘 곳의 돌이 무너져 내려서 그대로 추락할 뻔했다. 운정은 그녀가 인도하는 길이 화산파에서 정식으로 만들어놓은 길이 아님을 직감하고, 그녀의 발걸음을 그대로 따라가기보다는 일단 보이는 대로 경공을 펼쳤다.

"봉의 정상까지만 가면 됩니까?"

운정의 질문에 수향차는 대답하지 못했다. 그녀는 전신 내력을 다하여 경공을 펼치고 있었기 때문에 말 한마디조차 입 밖으로 꺼내는 것이 어려웠기 때문이다. 운정은 수향차 앞으로 치고 나가며 발끝에 내력을 집중하여 암벽 속에 다리를 넣었다. 천 년이 넘는 세월 동안 굳건했던 고석임이 분명한데도 마치 두부처럼 발이 움푹 들어갔다. 운정은 반쯤 발을 넣은 뒤에 부분을 밟고 위로 뛰는 것을 반복했는데, 덕분에 수향차는 좋은 디딤대를 얻어 수월하게 올라갈 수 있었다.

봉은 올라가면 올라갈수록 끝없이 높아져만 갔다. 멀리서 봤을 때는 그리 높아 보이지 않았는데, 가까이서 보니 고개를 아무리 높이 들어도 보이지 않을 정도였다. 언젠간 끝에 도달하리라 생각한 운정은 묵묵히 경공을 펼쳤고, 결국 자욱한 흰 눈이 쌓여 있는 정상에 도달할 수 있었다.

곧 운정의 뒤로 수향차가 착지하며 심호흡을 했다.

"후우… 소협 덕분에 쉽게 올라왔어요."

운정은 그녀의 말에 반응하지 못했다. 눈앞에 펼쳐진 정경(情景)에 마음이 사로잡혔기 때문이다.

검으로 잘라 놓은 듯한 반듯한 단면 위로, 깨끗하고 투명한 얼음이 얼어 있었고 그 속에 신비하고도 은은한 분홍빛이 퍼져 있었다. 그 얼음 호수 위에 백발 백미 백의의 노인이 검무를 추고 있었는데, 눈보라가 그 검 주위에 동그랗게 맴돌며 떠나지 않았다.

운정이 다시 주변을 보니 투명한 얼음 곳곳에 수줍게 피어난 붉은 설중매(雪中梅)의 빛깔이 얼음에 난반사되고 있었다.

때문에 그런 신묘한 광경이 펼쳐진 듯했다.

"아름다운 곳이군요."

운정의 감상평에 수향차가 미소 지었다.

"만들어 주신 길 덕분에 좀 더 자주 올 수 있겠네요. 스승님! 운정 도사를 데려왔어요!"

수향차가 크게 외치자, 백색의 노인의 검이 서서히 느려졌다. 그 자체로 예술의 극치라, 운정은 검무가 끝나는 것을 보며 안타까움을 느꼈다. 검무는 마지막 순간까지도 그 아름다움을 잃지 않았다.

아니, 오히려 완성이 된 기분이다.

눈을 뜬 백색의 노인은 운정을 보더니 부드러운 목소리로 말했다.

"말로만 듣던 그 무당파의 제자이시군. 듣던 대로 미남일세."

조금은 힘없이 들리기도 하는 평범한 노인의 목소리였지만, 그 안에서 강함이 느껴지는 묘한 어투였다.

운정은 포권을 취하며 언젠가 들었던 그의 별호를 기억해냈다.

"화산의 장문인, 매중선(梅中仙)을 뵙니다. 운정이라 합니다."

매중선 안우경. 그는 깊은 눈으로 운정을 바라보더니 툭하니 말했다.

"운정이라. 이름처럼 구름 같지는 않아 보이는군. 태극지혈의 영향인가?"

"……"

그가 운정을 향해 손짓했다.

"이쪽으로 오게. 대화나 하지."

"예."

운정이 조금 다가가자, 안우경은 두 팔을 조금 벌리면서 말했다.

"과거 한 화산의 제자가 처음 이곳을 발견했을 때, 그는 놀라움을 감출 수 없었지. 직접 올라 보기 전까지는 이토록 높은 곳인지 알 수 없는 기묘한 현상도 그렇지만, 이런 봉의 정상이 마치 누군가 정확하게 깎아 놓은 광경일 줄은 꿈에도 몰랐던 것이야. 호기심에 물을 가져와 뿌려 봤더니, 글쎄 어디로도 흐르지 않았지. 이곳에는 비탈이 전혀 없어."

"……"

"이것이 인위적일 수밖에 없다고 생각한 그 제자는 조사를 시작했지. 하지만 화산의 어느 문건에서도 이 봉에 대한 기록을 찾을 수 없었네. 이렇게 봉을 잘라 버린 듯한 걸 보면 분명 극강의 고수가 검기로 베어 버린 것이 확실한데 말이야. 그런 엄청난 사건이 기록에서 남아 있지 않을 리 없다고 생각한 그 제자는 화산 외부에서도 자료를 모으기 시작했고, 결국 실마리 하나를 찾을 수 있었지."

"그 실마리가 무엇입니까?"

"무당의 개파조사로 알려진 장삼봉이 봉 하나를 깨끗하게 잘랐다는 전설이었네. 무당의 기록에는 그것이 악산(惡山)의 백악봉(白嶽峰)이라고 쓰여 있네. 그들은 그 악산은 당연히 무당산을 가리키는 것이라 생각했었지만, 그 제자가 조사한 바로는 그 악산이 화산을 가리키는 것임을 밝혀낼 수 있었지. 지금도 얼음 속에서 분홍빛을 내는 이 설중매. 이것을 묘사한 문장이 같이 적혀 있던 것이 결정적이었네. 무당산엔 설중매가 없으니까."

"……"

"그전부터 장삼봉과 본 파의 개파조사이신 관윤자(關尹子)가 동일 인물이 아닌가 하는 의혹은 계속해서 있었어. 공유하는 전설이 공유하지 않는 전설보다 많았으니까. 결국 두 파가 함께 고서들을 연구하는 과정이 있었고, 결국 내린 결론은 하나의 깨달음을 기점으로 그 전에는 화산파의 가르침을 그리고 그 이후에는 무당파의 가르침을 동일 인물이 설파했다는 것이네."

"무당파와 화산파는 결국 그 뿌리가 같은 것이로군요."

"한 가지 확실한 건, 그 결정적인 깨달음을 얻은 이후, 곽윤자 혹은 장삼봉은 검결지를 개발하고 한손검을 사용했다는 것일세. 그것만큼은 무당파에서도 도저히 부정할 수 없는 점이라 그렇게 태극지혈의 소유는 화산파로 넘어왔지. 삼백년 전, 태극지혈은 원래의 주인에게 돌아왔다네."

"……"

"하지만 숱한 세월 동안 무당은 무당의 방식대로, 화산은 화산의 방식대로 진화했네. 삼백 년 전에도 화산은 오래전부터 쌍검을 버린 후였지. 태극지혈을 온전히 사용할 수 있는 제자는 없었고, 그것은 그대로 잊혔네. 세상에서 종적을 감춘 태극지혈이 표면에 나온 것은 낙선에서 벗어날 방도를 간구하던 혜쌍검마라는 무당의 장로 때문이었다. 노부보다도 한 세대 전의 인물일세. 그가 화산에서 태극지혈을 찾아내어 마교에 투신하면서 그렇게 화산의 손을 떠났지만, 태룡향검의 손에 의해서 다시 화산으로 돌아오게 되었지. 그리고 또 그 검은 이제 또다시 낙선한 무당의 제자의 손에 들어가게 되었어. 이것이 하늘의 뜻이 아니라 할 수 있겠는가?"

질문한 뒤, 안우경이 운정을 지그시 바라보자, 그는 처음으로 자신의 말을 꺼냈다.

"서찰의 내용을 오해하신 듯합니다. 제가 태극지혈에 대해서 듣고자 함은, 그 역사가 아니라 그것을 운용하는 내적인 부분을 말하는 것이었습니다. 그것을 통해서 무당산의 정기가 없이도 무당파의 무공을 펼치는 법을 연구하려고 말입니다."

"자네가 그러한 의도로 서찰을 적었다는 건 노부도 알지. 그래서 역사도 알려 주는 것일세. 장삼봉과 곽윤자, 이 둘이 동일 인물이라는 것을 알아야만 자네가 원하는 이야기도 할 수 있으니까."

"……"

"말이 길어졌군. 검무나 한번 추세. 우선 그래야만 대화가 되겠어. 그리고 차 아야."

가만히 지켜보던 수향차가 안우경의 말에 대답했다.

"예, 스승님."

"운정 도사를 위해서 잠시 뒤를 돌아 있거라."

"알겠습니다."

운정이 뭐라 하기 전에 수향차는 몸을 돌렸다. 운정은 조용히 안우경을 바라보다가 곧 태극지혈을 양손에 들고 그에게 다가가며 말했다.

"배분을 따진다면 감히 제가 검을 들 수 없습니다만, 두 번씩이나 말씀하셨으니 무례를 범하겠습니다."

안우경은 눈을 동그랗게 뜨고 말했다.

"비무를 하자는 게 아닐세."

운정은 순간 당황하여 그 자리에 섰다. 아니, 서려고 했지만 아래가 빙판인지라 조금 미끄러지듯 설 수밖에 없었다.

"그, 그럼 정말로?"

"검무를 추자는 말을 비무하자는 말로 들었구만. 노부는 그리 돌려 말하는 걸 좋아하지 않아. 나는 말 그대로 검무를 추자고 한 것이야."

운정은 눈살을 찌푸렸다.

"무당의 검에는 춤사위가 없습니다."

"신선의 선(仙)은 선(僊)에서 유래되었다는 것을 모르는가?"

"무당의 가르침에선 그렇지 않습니다."

"곽윤자는 선(僊)을 중시했지만, 장삼봉이 되고선 그것을 완전히 배재했지. 그러나 한 사람이 자신의 것을 잊으려 한다고 해도 완벽히 잊을 수 있을까? 어불성설. 무당파의 검공에도 분명 춤사위가 있을 것이네."

"억지이십니다."

"화산의 가르침에 있어 검무와 검공의 차이는 단 하나. 내력을 쓰지 않는 것이지. 어찌 보면 검공이라는 말도 우습게 들릴 수 있네. 화산에는 그저 검무만이 존재하는 것뿐이지. 검공을 내력 없이 펼치려면 내력이 필요한 부분이 어쩔 수 없이 굼벵이처럼 느려지는데 그게 저절로 검무가 되지. 재밌어. 그게 노부가 배년 여기 올라와서 검무를 펼치는 이유일세. 한번 무당파의 검공으로 해 보게. 내력 없이 몸으로만 펼치려 하다 보면, 분명 무당파의 검공도 검무가 될 것일세."

"……"

"자자, 같이 해 보세. 자네는 태극검법이 좋겠군."

운정은 안우경의 말을 이해할 수 없었지만 내색하지 않았다.

태극검법은 무당파의 기본 무공에 속하는 것으로 무당파의 속가제자까지 익힐 수 있는 기본 중의 기본이다. 한 이름 없는 고을의 낡아 빠진 서점에만 가도 쌓여 있을 정도로 흔하디 흔한 것이다.

또한 그렇기에 그것은 내력이 없이도 충분히 펼칠 수 있는 하급검법이다. 물론 무당의 도사들은 그 안에서 흐르는 내력의 방향을 정확하게 배워 수십 배의 위력을 내지만, 어쨌든 기본적으로 그것은 내공을 아예 모르는 초심자도 배울 수 있게 만들어진 것이니 내력 없이 펼친다 하여 뭔가 크게 달라질 수 없었다.

따라서 안우경이 말했던, 내력 없이 검공을 펼치면 검무가 된다는 말은 태극검법에 통용되지 않는다. 무당파의 가르침에 검무가 없다는 운정의 말이 바로 이 뜻이었다. 그럼에도 안우경이 태극검법을 검무로 펼쳐 보라고 한 진의는 무엇일까? 운정이 고민하는 사이, 안우경이 발검했다.

탓!

안우경의 검이 마치 화살처럼 튕겨져 앞으로 쫙 뻗어졌다. 그 순간, 운정은 온몸에 소름이 돋는 것을 느꼈다. 그 검에서 즉시 검강이라도 뿜어져 나와 그의 몸을 두 동강 낼 듯했기 때문이다.

하지만 검강은커녕 지극한 고요함만이 찾아왔다.

안우경은 서서히 몸을 비틀더니, 검을 느릿하게 움직이며 서서히 검무를 추기 시작했다. 운정은 안우경의 검무에 눈길을 빼앗겼다.

도도하며 아름다운 그 움직임의 시작은 이미 운정의 기억 속에 존재하고 있었다. 그를 향해 매화검을 뻗어 보였던 한근농. 검끝이 마치 매화꽃처럼 어지럽게 흔들리는 매화노방(梅花路傍)이 안우경의 검에서 보이기 시작한 것이다.

물론 내력이 없었기에 그 흔들림은 빠르지 않았다. 아니, 흔들림이라 부르기 어려울 정도로 느렸기에 마치 검을 모르는 자가 검을 처음 한손에 들었을 때, 그 무게를 감당하지 못하고 검끝이 흔들리는 것과 같았다. 하지만 그런 것이라면 손가락부터 시작해서 손목, 팔목, 어깨 그리고 허리까지 모두 떨려야 한다. 하지만 안우경의 육신에는 조금의 떨림도 없었다. 천천히 흐르는 물과 같은 그 움직임 속에서 진동이라 할 수 있는 건 오로지 검끝에만 실려 있었다.

내력으로 떠는 것이 아니라면 무엇으로 떠는 것인가? 운정은 이해할 수 없었다.

안우경은 서서히 이십사수매화검공의 초식을 하나둘씩 펼

치기 시작했다. 운정은 그 아름다움에 정신없이 빠져들었고, 같이 검무를 추자고 한 안우경의 말을 새까맣게 잊었다. 그는 태극지혈을 땅에 늘어뜨릴 정도로 그 검무에 집중했고, 안우경이 매화구변(梅花九變)을 펼칠 때까지 그대로 서 있었다.

막 매화구변을 다 펼친 안우경이 눈을 뜨고 말했다.

"노부만 홀로 추게 둘 건가?"

운정은 정신이 버뜩 들어 그에게 공손히 말했다.

"죄송합니다. 아름다움에 정신이 빼앗겼습니다."

"허허허, 화산의 검객에게 그보다 더한 칭찬은 없지. 하지만 그렇다고 계속 빼는 걸 용납하겠다는 건 아닐세. 태극검법이 보고 싶으니 펼쳐 보게."

또 태극검법이다.

운정은 잠시 고민하다가 두 손에 들고 있던 태극지혈을 한쪽에 두었다. 그리고 허리에 찬 태극검을 오른손으로 뽑아 들고 왼손으론 검결지를 취했다.

그가 말했다.

"검무에는 내력이 필요치 않다고 하셨으니, 태극지혈을 쓰지 않아도 될 듯합니다."

안우경이 웃었다.

"좋은 생각일세. 사실 노부도 검선의 것을 보고 싶은 게 아니었어. 무당파 본연의 검무를 보고 싶었지."

운정은 포권을 취하더니 말했다.

"그럼 펼쳐 보이겠습니다."

팟!

그는 몸 안의 쌓여 있는 감리의 기운을 닫아 그 안에서 겉돌게 만들었다. 그리고 억지로 근골에서 내력을 빼내어 검을 잡았다. 선인의 몸을 이미 갖춘 그의 입장에선 가진 내력을 일부러 쓰지 않는 것이 내력을 쓰는 것보다 더 부자연스러운 일이었기에, 그는 내력을 조금이라도 동원하지 않기 위해서 정신을 집중해야 했다.

곧 그의 몸에서부터 태극검법(太極劍法)이 펼쳐졌다. 안우경은 막 그의 움직임을 구경하려고 팔짱을 꼈는데, 한번 내지른 운정의 검끝이 다시 바닥을 향해 떨어지자, 묻지 않을 수 없었다.

"갑자기 왜 그러는가?"

어두운 표정의 운정은 잠시 뜸을 들이다가 대답했다.

"사부님께서 돌아가시기 전 마지막에 저와 비무를 하셨습니다. 그때 사부님께서 제게 말씀하시길 내력을 사용하지 말고 검공을 펼쳐 보이라 했습니다."

"오호라. 그때가 생각난 건가?"

"예. 그래서 잠시… 아닙니다. 계속해 보겠습니다."

운정은 다시 손아귀에 힘을 주었다. 그리고 서서히 태극검법을 펼치기 시작했다. 그렇게 열세 가지의 기본적인 초식이 끝나고 운정은 검을 거두었다.

그 처음부터 마지막까지, 눈 한 번 깜박이지 않고 그의 검무를 보았던 안우경이 말했다.

"노부의 예상이 틀렸어."

"……."

"혹 상위 검공이 있는가? 태극검공이라든가……."

"그런 것은 없습니다. 아시다시피 무당의 검은 검법이니 검공이니 하는 용어가 확립되기 전에 창시된 것입니다. 사실 검을 쓰는 모든 무공이 무당에서 시작했으니 당연한 것이지요. 때문에 발경을 담은 유풍살이 따로 존재할 뿐, 검 자체에서 검법과 검공을 따로 구분하지 않습니다."

"중간에 조금 거슬리는 말을 했지만, 운정 도사가 무슨 말을 하려는지 알겠네. 흐음. 무당의 검이 검무가 되지 못하는 건 그 때문이로군."

"화산의 검공은 어떻게 검무가 됩니까?"

역으로 질문한 운정을 바라보며 안우경이 인자한 미소를 지었다.

"반댈세."

"예?"

"검공에서 내력을 제외하여 검무가 되는 것이 아니라 사실 검무를 추다가 내력을 깨달아 검공으로 발전하게 된 것이지. 곽윤자가 장삼봉이 되기 전, 화산의 가르침을 남겼을 때에는 검무 밖에 존재하지 않았다네. 그것을 조금 더 아름답게 만들기 위해 사문의 어르신들이 노력한 결과 내공과 검공이 탄생한 것일세."

"그렇군요."

"내가 뜬금없이 검무를 보자고 한 이유를 알겠는가?"

"아직 모르겠습니다."

"운정 도사는 서찰을 통해 말했었지. 태극지혈을 넘겨주는 조건으로 태극지혈에 관한 모든 질문에 충실히 대답해 달라고. 그로 인해 깨달음을 얻어 혹시 무당파의 재건에 도움이 될 수 있는 내공을 새로이 창안할 수 있지 않을까 하는 기대에서 말이야."

"그렇습니다."

"그래서 검무를 춰 보라 한 것일세. 무당파와 화산파의 뿌리는 한 사람. 그러니 그가 걸었던 길을 역추적한다면 실마리가 보이지 않을까 해서 말이야. 지금까지 봤을 때는 길이 보이지 않지만, 검술과 내공을 하나하나 모두 비교한다면 분명 자네가 뜻하는 길을 찾을 수 있을 것이네."

"아, 그런 뜻이었군요."

"마음 같아서는 태극지혈을 주고 싶네. 정말이야. 향검 말고는 화산에서 저걸 사용할 인물이 없으니까. 하지만 그것은 화산에 있어 상징이 되는 물건. 운정 도사가 화산에 입문하면 모를까, 그냥 줄 수는 없네."

"……."

"……."

안우경의 진의가 드러나자 운정은 아무런 말도 하지 못했다. 오로지 그의 잔잔한 두 눈빛을 받는 것밖에는 할 수 없었다.

운정은 결국 다시금 마음을 다잡았다.

"태극지혈을 가지고 도망칠 수도 있었습니다."

"노부라면 그랬을 거야. 누구라도 그랬겠지."

"하지만 그리하지 않은 이유는 바로 태극지혈에 얽매이지 않기 위해서입니다."

"얽매이지 않는다?"

그때까지도 뒤돌아 있던 수향차가 고개를 돌려 운정을 보았다.

운정이 말했다.

"내력에 얽매이고, 태극지혈에 얽매인다면 그것이 진정으로 신선이라 할 수 있겠습니까?"

"……."

"무당파가 멸문한 이유가 무엇인 줄 아십니까?"

"검선의 어리석음과 무당산의 정기가 사라진 천재지변이 겹친 결과이겠지."

"아닙니다."

"그럼?"

"무당산의 정기에 얽매였기 때문입니다. 그랬기에 멸문했습니다."

안우경은 자신의 턱수염을 쓸더니 말했다.

"그렇게 따진다면 모든 무림인들은 내공에 얽매였고, 모든 검수들은 검에 얽매였지. 결국 모든 존재는 다른 무언가에 얽매이게 마련 아닌가?"

"그렇습니다. 그것으로 그 존재의 강함이 결정됩니다. 무엇에 얽매이는가, 그것에 달려 있습니다."

"……"

"무당파가 오랜 세월 백도무림의 큰 어른으로 있을 수 있었던 것은, 절대불멸이라 믿어 의심치 않았던 무당산의 정기에 얽매였기 때문입니다. 그랬기에 그토록 오랜 세월 동안 명맥이 유지되어 온 것입니다. 하지만 무당산의 정기는 사라졌습니다. 중원인 모두가 절대로 사라지지 않으리라 믿었던… 해와 달과 같았던 무당산의 정기가요."

안우경은 크게 고개를 끄덕이며 말했다.

"이계의 힘은 미지의 것이지. 경계해야 하고 두려워해야 하고 또 공부해야 하는 것이야."

"그러니 고작 이 검 두 자루에 얽매여서 신선이 된다 한들 무슨 의미가 있겠습니까? 그래서 태극지혈을 쓰지 않겠습니다."

안우경은 허리에 찬 검집에 자신의 매향검(梅香劍)을 넣으며 말했다.

"무당의 도사 아니랄까 봐 말을 복잡하게 하는군. 그래서 결국 화산엔 입문하지 않겠다는 것 아닌가?"

"……."

조금 거칠어진 말에 운정은 조용히 침묵을 지켰다. 안우경이 말을 이었다.

"향검이 실종되었다는 사실은 잘 알겠지. 그래서 지금 화산의 분위기는 매우 흉흉해. 게다가 매화검수까지 죽어서 말이 아니지. 그 피값에 운정 도사가 관여되었다는 소식을 들었네. 맞는가?"

운정은 눈초리를 모으더니 말했다.

"처음부터 이럴 생각이셨습니까?"

안우경은 가소롭다는 듯 웃었다.

"화산이 만만한가?"

"예?"

"운정 도사가 태극지혈을 가지고 도망쳤다면 오히려 의심하지 않았을 거야. 하지만 역시 무당의 도사로군. 겉으로는 선한 척, 도도한 척해도 결국 안은 썩어 빠진 위선자지."

운정은 억울하다는 듯 큰소리로 말했다.

"무슨 근거로 그런 비방을 하시는지 알려 주십시오. 저는 오로지 선의로 이곳에 직접 찾아온 것입니다."

안우경이 담담히 말했다.

"운정 도사가 진정으로 무당의 내공심법을 새로이 창안하고 싶다면, 화산과 무당이 하나의 뿌리라는 말을 들었을 때 화산의 내공심법을 보여 달라 간청해야 마땅해. 체면과 자존심 때문에 그렇게 못했다면 내가 입문하라는 말을 들었을 때라도 내공심법은 보고 싶단 말은 해야지. 내가 멍석까지 다깔아 줬는데도 불구하고 화산의 것을 보려 하지 않는다? 그건 다른 방도가 이미 있기 때문이야."

"그, 그것은……."

다른 방도가 분명 있다. 바로 카이랄이 말했던 것. 때문에 운정은 꿀 먹은 벙어리처럼 말을 더할 수 없었다.

안우경이 차가운 어조로 말을 이었다.

"운정 도사는 마시 보는 것을 해탈한 것처럼 내 앞에서 지껄였지만, 실상은 이미 새로운 방식의 내공심법을 개발할 수 있는 방도가 있기에, 그리 자신만만하게 태극지혈을 내주겠다고 대인배인 척한 것일세. 그래 놓고 얽매이는 것이 뭐라고?

개도 웃을 말이지. 아니라면 아니라고 해 보게."

"……"

"못 하겠지. 운정 도사는 이계와의 접촉이 있었다 들었네. 그렇다면 새로운 무당파의 내공심법의 창안은 이계의 도움을 받아 할 가능성이 크지. 아니, 애초에 무당파의 정기가 사라지게 된 그 원인에서부터 운정 도사가 관여했을 가능성이 커. 이계와의 거래로 말이야. 아닌가? 처음 무당산에 등장한 그 배경부터 너무나 말이 되지 않지 않나? 갑자기 나타난 은거고수라니? 그것도 스무 살 안팎의?"

"……"

"화산이 만만해 보였나 보군, 정말로."

"전 거짓을 말한 적이 없습니다."

"당연하지. 거짓말을 하는 것은 무당의 공과율에 위배되니 말일세. 하지만 진실을 숨기는 것은 공과율에 위배되지 않지. 구태여 말하지 않는 것도 공과율에 위배되지 않아. 그런 같잖은 기준으로 자기들의 선을 앞세우는 무당에게 이골 난 사람이 바로 자네 앞에 서 있어. 노부는 무당의 도사들과 어쩔 수 없이 교류할 때마다 그 역겨운 위선에 시달렸었지. 그래서 꿰뚫어 볼 수 있네."

운정은 눈을 닫았다.

그리고 태극검을 놓아 버렸다.

"이미 믿지 않기로 마음먹은 상대에게 무엇을 더 말하겠습니까?"

"끝까지 화산을 만만하게 보는군. 차 아야!"

급변한 상황에 눈치만 보던 수향차는 안우경의 부름에 화들짝 놀랐다.

"예, 예?"

"운정 도사를 점혈해라. 그리고 대악지옥(大惡地獄)에 가둬놔. 심문은 내일 하마."

"그……."

"어서!"

스승의 호통에 수향차는 천천히 운정에게 다가왔다.

그녀가 뭐라 하기 전에 운정이 먼저 말했다.

"편히 하십시오. 저항하지 않겠습니다. 죄가 없는데 왜 저항하겠습니까? 전 선인의 몸을 입고 있으니, 기혈을 닫으려 하지 말고 오히려 불어 넣어 기의 흐름을 방해해야 할 것입니다."

수향차는 입술을 살짝 물더니 운정에게 말했다.

"일이 안타깝게 되었습니다."

곧 그녀의 손이 빠르게 움직였다.

第十二章

대악지옥(大惡地獄).

내공의 정순함 때문에, 쉽사리 살생을 할 수 없는 화산의 검수들은 함부로 누군가에게 사형을 내릴 수 없었다. 때문에 많은 경우, 동굴 속에 평생 동안 가둬 두는 것으로 사형을 대신했는데, 그 동굴을 대악지옥이라 불렀다. 흑백의 갈등이 줄어든 작금에 와서는 사람을 구속하는 기능을 활용하여 어린 제자들을 훈육할 때나 제자 스스로 폐관수련을 할 때도 사용했다.

대악지옥의 방 하나는 두세 사람이 누울 수 있는 정도의 크기며, 무림인의 내력이 통하지 않게 하기 위해 창살을 만들 때 만년한철을 사용했다.

운정은 그 중앙에서 가부좌를 틀고 앉아, 조용히 명상을 하고 있었다. 그곳은 대악지옥에서도 그나마 햇볕이 잘 스며드는 곳으로 무당의 도사를 최대한 배려한 처사였다.

옥살 양쪽에는 두 명의 매화검수가 있었다. 한근농과 호순으로, 그들은 만 하루가 지나는 지금 시점까지 조금도 긴장을 늦추지 않고 운정을 감시하고 있었다. 어떻게 보면 가만히 앉아 있는 운정보다 그를 감시하는 둘이 더 고역이었을 것이다.

호순은 해가 중천까지 떠오른 것을 보며 말했다.

"만 하루가 지났습니다, 사형. 다시 점혈을 해야 하지 않겠습니까? 혹시나 점혈을 풀어 버리면 어떻게 합니까?"

호순은 의심스러운 눈초리로 운정을 노려보았다. 한근농은 정면을 응시하며 말했다.

"괜찮다. 내력을 회복할 수 없다 하였으니, 점혈을 풀고 난동을 부려도 우리가 충분히 제압할 수 있을 것이다. 하지만 그럴 일조차 없을 것이다."

"예?"

"운정 도사는 그럴 사람이 아니니까."

호순은 한근농을 돌아보며 말했다.

"저자를 싫어하시는 줄 알았습니다만."

"싫어한다. 장문인께서 말씀하신 것처럼 전형적인 무당의 도사지. 그래서 난동을 부리지 않을 거라는 말이다. 무당의 도사는 죽을 때까지도 자신의 위선에 취해 있으니, 우리가 부당하게 그를 죽이려 한다 할지라도 그는 눈을 감고 저항하지 않을 테지."

"……."

"하지만 우리는 화산이다. 소림도, 무당도 무너진 지금 백도를 떠받칠 기둥은 우리밖에 남지 않았어. 그렇기에 우리가 하는 어떠한 일에도 부당함이 존재하지 않아야 한다. 저자가 이계의 첩자라는 확신이 있다 할지라도 재판(裁判)을 열려는 이유가 거기 있다. 안 그런가, 운정 도사?"

한근농은 고개를 돌려 운정을 보았다. 운정은 그대로 눈을 뜨고 한근농을 올려다보았다.

"만약 그랬다면 애초에 점혈부터 하지 말았어야 하지."

운정의 지적에 한근농은 비웃음을 숨기지 않았다.

"그야, 운정 도사가 진정한 무당의 도사라면 말이지. 하지만 운정 도사가 단순히 이계의 첩자라면 무슨 짓을 할지 모르는 것 아니겠어?"

"그럼 이제 와서 점혈을 하지 않겠다고 하는 건 뭐지? 내가 무당의 도사라는 확신이 생겼다는 건가?"

한근농은 순간 할 말을 찾지 못했다. 말이 완전히 꼬여서,

무슨 말을 해도 논리가 맞지 않았기 때문이다.

그사이 호순이 창살의 문을 열며 말했다.

"흥! 그토록 점혈당하고 싶다면 점혈해 주지."

그는 매화검을 치켜들고 운정에게 다가왔다. 꿀꺽. 침을 삼킨 그는 한근농을 돌아봤고, 한근농도 매화검을 꺼내 들며 고개를 끄덕였다. 호순은 결심한 듯 운정의 등 뒤로 갔고, 왼손의 검지와 중지를 세우고 운정의 등 여기저기를 빠르게 쳤다.

"크흡."

원래보다 조금 더 힘이 들어간 터라 운정은 신음을 조금 흘렸다. 호순은 잠시 이상하다는 듯 그를 내려다보다가 한근농에게 말했다.

"저, 점혈이 안 된 것 같습니다."

한근농이 입을 열었는데, 운정이 먼저 말을 빼앗았다.

"내 몸은 선인의 몸이라 기혈을 닫는 보통의 수법으론 점혈이 통하지 않아. 수 소저가 말하지 않았나?"

호순과 한근농은 서로를 보며 답을 구했지만, 둘 다 들은 것이 없었다.

그때, 저만치서 인기척이 들리더니 정채린이 나타났다. 정채린은 세 사람을 둘러보더니, 상황을 바로 이해하곤 운정에게 다가오며 호순에게 말했다.

"나와 봐."

호순이 뒤로 물러서니, 정채린이 몸을 숙여 다시 운정의 뒤를 툭툭 치며 점혈을 했다. 그리고 몸을 일으키며 한근농에게 말했다.

"분명히 안으로 들어가지 말고, 앞에서 지키라고만 하지 않았어?"

한근농은 호순을 흘겨봤다. 사실 호순이 괜히 자존심을 부리지 않았다면 일어나지 않았을 일. 하지만 그런 사제를 말리지 않은 자신도 책임이 있으니 한근농은 묵묵히 감내하기로 했다.

"혹시 몰라 점혈을 다시 하려 했습니다."

"환골탈태한 몸에는 보통의 점혈이 통하지 않아. 남제자들은 화려한 검공만 숭상하고 잡학잡공(雜學雜功)을 천시하니 모르지. 괜한 짓이야. 운정 도사가 마음만 먹었다면 검을 빼앗고 너희를 제압하여 탈출할 수도 있었다. 너답지 않게 어리석은 생각을 했구나."

호순이 슬그머니 변명했다.

"내력이 없지 않습니까? 저희가 설마 제압당했겠습니까?"

"무당의 도사에겐 검이 있고 없는 것이 천지차이지. 환골탈태까지 하신 운정 도사께서 검을 든다면 방심한 상대 둘을 제압하지 못할까?"

호순은 뭐라고 더 말하려 했지만, 한근농이 빠르게 포권을 취하며 사과했다.

"죄송합니다, 사저."

정채린은 더 말하지 않고 고개를 돌려 운정 도사를 보았다.

"일어나십시오. 어제 말했다시피 심문(審問)이 있을 겁니다."

"이미 결과가 정해진 심문인데 해서 무슨 의미가 있습니까?"

"자포자기하지 마십시오. 운정 도사님을 믿는 사람도 있으니."

"……."

"기운이 없더라도 힘을 내시길 바랍니다."

대악지옥에서 나가자 호순이 운정을 등에 업고 경공을 펼쳤다. 그리고 그 뒤를 정채린과 한근농이 바싹 따라붙었다. 만일에 사태에 대비하여, 그 둘은 검을 뽑아 들고 있었지만, 둘 다 결국 검을 검집에 다시 넣게 될 거라는 잘 알았다.

그들은 대략 한 식경 동안 경공을 펼쳐 화산의 가장 큰 대전에 도착했다. 마치 대궐을 연상케 하는 그 건물의 중간 높은 곳 현판에는 화경전(花梗殿)이라고 적혀 있었다. 안의 공간은 수백 명이 검공을 수련해도 충분한 넓이를 가지고 있었고, 경공을 수련해도 충분한 높이를 가지고 있었다.

그곳의 중앙에는 거무칙칙한 의자에 앉아 있는 서른 명 정도의 사람들이 있었는데, 장문인인 안우경이 상석에 앉아 앞을 보고 있었고, 나머지 사람들이 서로를 바라볼 수 있도록 두 줄로 앉아 있었다.

그들의 시선이 운정에게 꽂히자, 마치 강대한 적군을 만난 것 같은 중압감이 그의 어깨를 짓눌렀다. 그들 중에는 매화검수들도 있었고, 장로로 보이는 노인들도 있었다. 하나하나가 절정고수며 초절정고수들도 더러 있어, 운정은 그가 무당산의 정기를 흠뻑 받으며 입신의 무위를 뽐낸다고 할지라도 승부를 감당할 수 없을 것 같다는 생각이 들었다.

운정이 안우경 앞에 서자, 정채린과 한근농 그리고 호순은 자기 자리로 돌아가 앉았다.

안우경은 군중을 둘러보더니 말했다.

"죄인이 도착했으니, 장로들께서는 자유롭게 그에게 묻고 싶은 것을 물으시오. 그리고 운정 도사. 운정 도사는 진실로 그들에게 대답하여 자신의 입장을 충분히 설명하시길 바라겠소. 장로분들이 전부 계신 이 자리에서 결정되는 것은 곧 화산이 결정하는 것이니 따라서 앞으로 운정 도사의 미래에 큰 영향이 있을 것이외다."

운정은 그 말을 듣고 눈을 딱하고 감아 버렸다.

아무 말도 않겠다는 전형적인 표현.

모두의 안색이 굳어지는 와중에 안우경과 가장 가까이 앉은 두 사람 중 한 사람, 이석권이 자리에서 일어나 운정에게 말했다.

"나는 화산의 장로 이석권이오, 운정 도사. 운정 도사에 관한 이야기는 매화검수들을 통해 자세히 들었소. 하지만 단순히 그들이 본파의 제자들이라 하여 내가 그들의 이야기를 맹목적으로 믿는다면 그것이야말로 부당한 것일 테니, 나는 운정 도사가 스스로 자신의 이야기를 해 주었으면 하오."

"……."

"아무런 말씀도 하고 싶지 않은 그 기분은 잘 알겠소. 그러나 본 파로선 본 파의 장로가 실종되고 제자가 죽는 참담한 일을 겪었소. 앞으로 얼마나 더 큰 피해가 올지 모르는 위험한 상황이오. 이런 상황에서 운정 도사를 부득이하게 심문하게 된 것은 안타깝게 생각하오."

운정은 침묵하는 듯하다가 곧 입을 열었다.

"예를 아시는 분께 제가 실례를 범할 수 없으니 입을 열었습니다만, 제가 제 스스로를 변명하는 일은 없을 겁니다. 이미 마음을 굳힌 사람에겐 어떠한 말을 하더라도 의미가 없기 때문입니다."

"그러한 행동이 아직 마음이 굳지 않은 사람의 마음까지도 굳게 만들 수도 있소, 운정 도사."

"저도 그렇게 믿었던 적이 있습니다만, 결국 사람은 자기가 생각하고 싶은 대로 생각하는 것 아니겠습니까?"

"그렇지 않는 사람도 있소. 그렇게 단정 지어서는 아니 되오."

"전 무림과는 아무런 상관도 없는 제 가족들까지 소개하며 손을 내밀었습니다. 또한 저를 심문하려고 작정한 화산파에 다시 한번 찾아와 태극지혈을 전해 주었습니다. 그런데 제 말이 더 필요하시다는 겁니까?"

"……."

"제 짧은 소견으로는, 사람의 진의는 말이 아니라 행동에 있는 것입니다. 제가 그렇게 행동으로 보여 주었음에도 저를 여전히 믿지 못하여 이런 자리까지 만들어 제 말을 듣겠다는 것은 그저 제 말 속에 꼬투리를 잡아 저를 정죄하려는 수단으로 삼으려는 것뿐이라고밖에 생각되어지지 않습니다."

그 말을 들은 안우경은 정채린을 보며 말했다.

"가족들을 소개시켜 주었다? 왜 그 말은 하지 않았느냐?"

정채린은 고개를 숙이며 대답했다.

"죄송합니다. 저는 알지 못하는 일입니다."

안우경은 정채린에게 호통을 치며 말했다.

"단주의 자격이 없구나! 그렇다면 누구냐? 운정 도사가 자기 가족을 소개한 제자가?"

그 질문에 한근농이 큰 헛기침을 하며 일어섰다.

"접니다."

안우경이 눈초리를 모았다.

"왜 말하지 않았느냐?"

"그, 그것이… 그리 중요한 부분이 아니기 때문에 말하지 않았습니다."

"중요한 부분이 아니라고?"

"예에. 그저 무당산에 가는 길에 들러 한 끼 식사를 같이했을 뿐입니다. 하, 하지만 그땐 제가 말씀드린 이계의 요괴도 같이 있었습니다. 그 요괴도 운정 도사의 가족들과 친하게 지냈으니, 그 전에도 분명 교류가 있었던 것입니다."

안우경은 눈살을 찌푸리더니 운정 도사에게 물었다.

"운정 도사에게 묻겠소. 전에도 가족들이 이계의 요괴와 교류가 있었소?"

운정 도사는 눈을 딱 하고 감으며 말했다.

"없다고 한들 믿으시겠습니까?"

안우경은 딱 잘라 대답했다.

"없었다는 말로 알아듣겠소. 한근농. 너는 왜 운정 도사의 가족이 이계의 요괴와 교류가 있었다고 추측했느냐?"

한근농은 운정 도사를 흘겨보며 말했다.

"운정 도사님의 가족들이 그 이계의 요괴를 보았을 때, 그리 큰 의문을 품지 않았었습니다. 그저 새색시라고 쉽게 생각

했었는데, 사실 이계의 요괴를 보고 그렇게 생각하는 게 말이
안 됩니다."

한근농의 대답을 차분히 들은 안우경이 무섭게 물었다.

"그뿐이냐?"

"그… 또 운정 도사께서 오랜만에 가족을 만났다고 했습니
다. 그래서인지 어색하다고. 그리고 또 말하기를 가족에게 그
리 큰 정이 없다고도 했습니다. 그러니까 운정 도사에게 있어
가족이란 존재는 그리 중요하지 않았던 것입니다."

"직접 그렇게 말했느냐? 네 생각이나 추측이 아니라?"

"예. 분명 그렇게 말씀하셨습니다. 그러니 가족을 빌미로 신
임을 얻으려는 생각을 충분히 하실 수도 있었을 겁니다. 막
무림에 나와 무림의 생리를 잘 모르는 것 같아서 제가 직접
경고를 했었습니다. 이계의 요괴나 심지어 저에게도 가족을
보여 주는 것은 현명한 처사가 아니라고. 하지만 운정 도사는
신임을 얻기 위해서 그렇게 하겠다고 했습니다. 그렇게 말한
것을 보면 결국 처음부터……."

"계획적이었다?"

"예, 그렇습니다."

안우경은 손을 휘적거리며 한근농에게 앉으라고 지시했다.
그가 말했다.

"운정 도사, 한근농의 발언 중 수정할 것이 있으시오?"

"……."

"없는 것으로 알고 다음으로 넘어가겠소. 운정 도사가 태극지혈을 가져왔다는 이야기. 그 점에 대해서 말하고 싶은데, 얼마 전에 본 파로 초대했던 이계의 손님이 지금 이곳에 와 있소. 그중에는 마법을 사용하는 마법사도 있는데, 그 마법사가 말하길 태극지혈에는 어떤 마법이 걸려 있다 했소. 그래서 지금 분석하고 계시니, 그에 관해서 운정 도사가 할 말이 있다면 해 주셨으면 좋겠소."

운정은 처음으로 눈을 떴다.

그 눈에 보이는 것은 안우경의 불타는 듯한 두 눈. 그 속에는 운정의 마음을 낱낱이 밝히고자 하는 뜨거운 의지가 엿보였다.

운정이 말했다.

"그 일은 화산의 제자가 목격하지 않았으니, 제 말을 왜곡할 수 없습니다. 그러니 말하겠습니다."

"……."

안우경은 그 말을 듣는 즉시 얼굴을 비틀며 혐오감을 내비쳤지만, 조롱하는 말이나 무시하는 말을 꺼내진 않았다.

운정이 말을 이었다.

"태극지혈은 처음 천마신교의 대장로인 심검마선에게 직접 받은 것입니다. 그리고 그와 함께 술사로 보이는 동자(童子)가 있었는데, 그가 검을 들고 이계의 말을 했었습니다. 그리고 제게 건네주었었습니다."

"천마신교에서 마법을 걸었다? 그리고 그냥 내주었다?"

"그렇습니다."

안우경은 눈초리를 한 번 더 모으며 물었다.

"무슨 조건을 내걸었소?"

"심검마선은 어떠한 조건도 내걸지 않았습니다. 그저 무당의 것이니 무당이 가져가는 것이 좋겠다고 했습니다."

지금까지 말 한마디 하지 않고 속내를 참았던 이석추는 더이상 참을 수 없었다. 그는 운정의 말을 자르고 큰 소리로 따지듯 물었다.

"지금 그 말을 믿으라는 것이오? 심검마선이 심검을 얻기 전까지도 사용했던 검이 바로 태극지혈이오! 삼 년 전 태룡향검이 전대 장문인과의 비무에서 죽었다고 알려졌을 때, 그 태극지혈을 물려받아 깨달음을 얻어 심검에 이르렀지. 그런데 태룡향검이 다시 살아난 것을 확인하곤 어쩔 수 없이 태극지혈을 내주었소. 즉 그 뜻은 태룡향검이 없는 지금, 그만큼 태극지혈의 소유권을 수장하며 욕심낼 사람이 없다는 것이오. 어차피 본 파나 무당이나 실질적으로 태극지혈을 쓸 수 있는 고수가 없소. 심검마선이 그것을 모르는 것도 아닌데, 그냥 내주었다? 말이 되지 않소!"

운정은 또다시 눈을 감고는 침묵했다.

조용한 가운데, 이석추의 앞에 앉아 있던 이석권이 의자 등받이에 몸을 기대며 차분히 말했다.

"운정 도사의 말이 사실이라는 가정 아래 심검마선의 수를 생각해 보면… 그 검에 마법을 걸어서 운정 도사에게 어떤 영향을 끼치려고 하는 것이라고 볼 수 있소. 운정 도사가 이리도 쉽게 태극지혈을 포기하리라고는 생각하지 못했을 것이니."

안우경은 이석권을 돌아보며 말했다.

"그게 무엇이겠소?"

"간단한 것이라면 위치를 추적하는 마법이거나, 혹은 서서히 최면을 거는 사술일 수도 있소. 무엇인지는 이계의 손님에게 물어보면 될 일이오."

이석추는 얼굴이 붉으락푸르락해졌다. 하지만 친형의 말을 함부로 무시할 수 없어 쏟아 내고 싶은 말을 간신히 참아 내는 듯했다.

이를 확인한 안우경이 이석추에게 말했다.

"이석추 장로의 의견도 더 듣고 싶소. 감정을 추스르고 발언해 보시오."

이석추는 안우경과 이석권을 몇 번이고 번갈아 보더니, 곧 심호흡을 하며 감정을 억누르곤 말했다.

"제가 워낙 말주변이 없고 생각이 단순하다는 건 뭐 어린 제자들도 다 아는 거니, 적당히 걸러 들어주시면 감사하겠습니다."

"알았소."

이석추는 자리에서 벌떡 일어나더니 안우경에게 말했다.

"제가 보기엔 저자의 혐의는 명확합니다. 태극지혈을 가지고 화산파에 온 것부터가 수상합니다. 아니, 자기에게 죄를 물으려는 화산파에 누가 멍청하게 제 발로 들어온단 말입니까? 게다가 자기 사문의 보물인 태극지혈을 돌려주러 왔다? 이게 말이 된다고 보십니까? 다들? 나만 이상한 겁니까? 정말 이해 안 갑니다, 나는."

안우경이 그에게 물었다.

"그렇다면 그가 왜 태극지혈을 가지고 본 문에 온 것이라 보시오? 그는 스스로 결백하기 때문이라고 하는데, 이석추 장로께서는 다르게 보시오?"

이석추는 운정을 지그시 노려보며 말했다.

"마교와 이계의 요괴들이 한패라는 가정을 하면 쉽습니다. 마교에서 시킨 것이겠지요. 태극지혈에 마법을 걸어서 화산 안으로 가져온다면 화산의 정기 또한 없애 버릴 수 있는 마법을 발동시키는 식의 모략이라고 추측할 수 있습니다."

그 말을 들은 모든 이는 억측이라고 생각했다. 천마신교와 이계의 요괴까지도 한통속으로 묶어 버리면 피윌러와 함께하는 나지오가 뭐가 된단 말인가? 하지만 분위기상 다들 침묵을 고수했다.

그때 이석권이 안우경을 올려다보며 말했다.

"그렇다면 결국 중요한 건 태극지혈에 걸려 있는 마법일 겁니다. 그것이 어떤 종류인지 확인할 수만 있다면, 그 마법들이 운정 도사를 겨냥한 것인지 아니면 화산을 겨냥한 것인지 알 수 있습니다. 만약 화산을 겨냥한 것이라면 운정 도사가 태극지혈을 들고 화산에 온 이유가 매우 불손한 것일 테니 말입니다. 그 경우, 운정 도사는 마교 및 이계와 내통하는 것이 확실하니 본 장로도 더는 그를 비호하지 않겠습니다."

"좋소."

"하지만!"

이석권의 외침이 안우경이 되물었다.

"하지만?"

"만약 태극지혈에 있는 마법이 운정 도사만을 겨냥한 것이라면 운정 도사의 무혐의를 약속해 주십시오."

안우경인 고개를 저었다.

"그것은 그리할 수 없소. 그가 마교와 내통하지 않는다 할지라도, 이계와 내통하지 않는지는 모르기 때문이오."

"그렇다면 결국 운정 도사가 혐의를 벗을 수 있는 방도를 전혀 제시하지 않고 오로지 그의 혐의만을 찾으려고 하는 꼴이 될 것입니다. 그것은 또한 운정 도사가 대전에 들어오며 처음 말한 그 말을 그대로 화산에서 보여 주는 꼴이며 대문파화산이 그저 소인배들의 집단임을 보여 주는 사례가 될 것입니다."

"……."

"결국 완벽히 공정한 재판이란 없습니다. 관아에서도 불가능한 것을 무림방파인 우리가 가능할 리도 없지 않습니까? 그러니 결국 우리는 우리의 판결을 결정지을 것을 임의로 정해야 할 것입니다. 가능한 한 공정하게 말입니다."

안우경은 조금 고민하더니 운정에게 시선을 돌리며 말했다.

"운정 도사는 이것을 받아들이겠소?"

운정은 눈을 뜨더니 안우경에게 말했다,

"그 마법이 무엇인지 결정하는 것도 결국 화산이 하는 것입니다."

안우경이 즉시 받아쳤다.

"화산에서 모신 이계의 손님은 화산과 상관이 없소."

운정이 말했다.

"애초에 그 이계의 손님은 태룡향검께서 다리를 놔주어 모신 것 아닙니까? 결국 어떻게는 마교와 연관이 있을 텐데, 그 이계의 손님이 태극지혈에 걸린 마법을 봐 준다고 해서, 그들의 말이 진짜라는 것은 어떻게 확신합니까?"

"……"

"그들이 태극지혈에 걸린 마법이 화산을 향한 것이 아니라고 한다 할지라도, 분명 마음이 이미 굳어 있는 여러분들께서는 그들조차도 저와 한패라고 하며 결국 저를 매도하실 겁니다. 아닙니까?"

"……"

"그러니, 제가 의심스럽고 태극지혈이 의심스럽다면 저를 화산에서 보내 주십시오. 더는 이곳에 발을 들이지 않겠습니다."

안우경은 고개를 저었다.

"화산의 제자가 죽었소, 운정 도사."

"제가 죽이지 않습니다."

"모르는 일이오."

"결국 중요한 것은 그것 아닙니까? 제가 이계의 첩자이든 마교의 첩자이든 애초에 화산의 제자가 아닌데 어떻게 화산이 절 정죄하고 심판할 수 있다는 말입니까? 제가 화산의 정보를 빼돌려 어디다 바쳤다는 말입니까? 또한 태극지혈에 무슨 마법이 걸려 있든 그것이 무슨 상관이랍니까? 만약 악한 의도가 있다 생각되면 받지 않으시면 그만입니다. 안 그렇습니까?"

"……"

"결국 매화검수가 죽고 향검이 실종된 이 사태의 책임을 누군가에게 전가하고 싶은 것뿐 아닙니까?"

그의 날카로운 질문에 대전은 숨 막힐 듯한 고요함이 찾아왔다. 모두들 표정이 굳은 채 가만히 있는데 오로지 안우경만이 눈초리를 반쯤 모았다.

그는 그렇게 한참을 운정을 보더니 곧 한쪽 입꼬리를 올렸다.

"이석권 장로의 제안을 받아들이겠소."

이석권이 안우경을 올려다보며 말했다.

"예?"

"이석권 장로가 말씀하신 대로 결국 재판이 완벽할 수는 없소. 진실을 완벽히 파헤치는 것은 불가능하지. 그렇기에 무림인의 방식으로 승부를 걸겠다는 것이오."

"그렇다면?"

"만약 태극지혈에 걸린 마법이 화산을 겨냥한 것이 아니라면, 인과관계가 성립되지 않더라도 운정 도사의 모든 혐의를 없애겠소. 하지만 화산을 겨냥한 마법이 있다면, 이는 운정 도사가 화산에 해악을 끼치려는 의도를 가지고 있었냐고밖에 해석할 수 없소. 그러니, 그것만으로도 충분히 우리는 운정 도사를 심판할 권리가 있소."

운정이 즉시 반박했다.

"나를 옹호한 이계의 손님까지도 결국 한패라고 하며 결과를 인정하지 않으실 것 아닙니까?"

안우경은 그를 비웃으며 말을 더했다.

"그것까지도 감수하지."

"……"

"충분히 이계의 손님까지도 한패일 가능성이 있지만, 그것까지도 노부는 감수하겠다는 말이오, 운정 도사. 그 손님이 태극지혈에 화산을 겨냥한 마법이 없다고 말한다면 더 왈가왈부하지 않겠소."

그 말이 끝나기 무섭게 이석추가 반발했다.

"장문인, 그것은 너무 위험한 처사입니다. 만약 운정 도사와 이계의 손님이 이미 말을 맞추었다면, 화산은 정말로 정기를 잃어버릴 수도 있습니다."

안우경이 비웃음을 유지한 채 운정을 노려보며 이석추에게 말했다.

"걱정 마시오, 이석추 장로. 그럴 일은 없을 것이오."

"……"

"그럼 오늘 재판은 여기서 마치지. 검수들은 운정 도사를 다시 대악지옥에 가둬라."

그 말이 끝나기 무섭게 운정이 말했다.

"이계의 손님에게 묻는 것도 화산이고 그 대답을 듣는 것도 화산입니다."

안우경은 고개를 몇 차례 끄덕이더니 말했다.

"우리가 운정 도사를 못 믿으니 운정 도사가 화산을 못 믿겠다는 건 충분히 이해하오, 그러나 그렇다고 운정 도사를 화산 내에서 함부로 돌아다니게 할 수 없소. 화산의 정기가 없어질 수도 있는 중대한 위험이 있기 때문이오. 따라서 대리인을 내세우는 것이 어떻소? 운정 도사가 보기에 우리 화산에서 운정 도사를 끝까지 믿는 사람이 누구라고 생각하시오? 한 명을 택하시면 그 사람만 이계의 손님과 소통하게 하여 운정 도사의 결백을 밝힐 수 있도록 하겠소. 정하시오."

"결국 다 화산의 인물 아닙니까?"

"노부는 화산의 제자 모두가 다 순결무구하다고 주장하며 노부의 마음대로 대리인을 골라 줄 수 없소. 하지만 마찬가지로 운정 도사도 화산의 제자 모두가 화산의 명예를 생각하지 않고 오로지 실질적인 이익만을 추구하는 소인배라고 하며 그 누구도 고르지 않겠다고도 할 수 없소. 안 그렇소?"

"……."

"이 또한 승부에 포함되는 것이오. 운정 노사는 운정 노사의 안목을 믿고 승부를 걸어야 할 것이오. 지금까지 운정 도사가 지켜본 바로 운정 도사를 끝까지 믿는 화산의 제자를 선택하시오. 다른 이의 의견이나 선배 및 어른들의 종용에도 휘둘리지 않는 그런 인물로 말이오. 잘못 선택한다면 운정 도사 스스로의 안목을 탓해야 할 것이오."

운정은 그 말을 인정하지 않을 수 없었다. 그는 눈길을 들어 대전을 둘러보았다.

이석권?

정채린?

수향차?

소청아?

아니다.

그의 결백을 밝힐 사람으로는 제격인 사람은 그들이 아니다.

"한근농으로 하겠습니다."

그 말을 들은 한근농은 순간 자기 귀를 의심했다. 설마 누구보다도 운정을 의심하는 자신을 운정이 고를지 몰랐기 때문이다.

그 순간, 안우경의 비웃음이 마치 물로 씻은 듯 사라졌다.

안우경이 말했다.

"좋소. 이 시각 이후 한근농은 이계의 손님과 항시 함께하여, 화산의 그 어떠한 인물도 이계의 손님과 계획적으로 운정 도사를 매도할 수 없게끔 하라."

한근농은 운정을 알 수 없는 눈빛으로 보더니 곧 포권을 취했다.

재판이 종료되자, 안우경은 자신의 거처로 돌아갔다. 그런 그를 이석추가 뒤따랐다. 안우경이 거처 앞마당에 도착하자, 바로 자기 뒤를 쫓은 이석추를 돌아보며 말했다.

"장로께서는 불만이 많은 것 같소?"

이석추는 화를 참아 내며 조금은 거친 목소리로 말했다.

"장문인께서는 저와 생각이 같지 않으신 겁니까?"

안우경은 무표정하게 대답했다.

"같소."

"그럼 그렇게 판결하신 이유가 무엇입니까? 저는 도저히 이해할 수 없습니다."

"장문인이기에 노부의 믿음대로만 결정할 수 없소. 당장 이석추 장로의 친형이신 이석권 장로의 의견도 타당하지 않았소?"

"형님이야 워낙 향검께 매료되었기에 그런 것입니다. 저는 아닙니다. 저는 오로지 화산만을 생각하는 사람입니다."

"그 마음이야 화산에서 노부가 가장 잘 아오."

"헌데　　."

안우경은 이석추의 말을 잘랐다.

"그 마음이 문제이오."

"예?"

"이석추 장로가 무슨 생각을 하시는지, 무슨 마음을 품고 계시는지 누구보다도 노부가 잘 아오. 나도 만약 장문인이라는 짐이 내 어깨 위에 없었다면 오히려 이석추 장로보다 더한 발언을 서슴없이 했을 것이오. 하지만 노부는 어디까지나 노부가 틀릴 수 있다는 가정을 하고 스스로를 끊임없이 의심해야 하는 입장이오."

"……."

"장로. 만약 장로의 생각이 틀렸다면 어떻겠소? 화산을 너무나 사랑하시어, 화산 이외 모든 문파들이 전부 다 화산을 위협하는 적으로만 보이니, 그 생각이 커져서 그들이 한통속이라고 보이는 것이면 어쩌겠소?"

"아닙니다. 단지 높은 가능성을 이야기 하는 것입니다. 지금 중원에 백도의 기둥은 우리 화산파뿐입니다. 저기 서쪽의 백도는 뿌리도 없는 것들 아닙니까? 우리가 무너지면 백도 그 자체가 사라지는 것입니다. 청룡궁도 마교도 이계도 모두가 반길 만한 상황 아닙니까? 무당산의 정기가 사라진 것도 사실 마교와 이계가 합동으로 꾸민 일이면 어떡합니까? 심검마선이 무당산에 있었던 것만 봐도 이상합니다."

"노부도 그런 생각을 안 한 것은 아니오. 하지만 다시금 생각하면 그건 억측이라는 것을 알 수 있소."

이석추는 가슴이 답답하다는 듯 말했다.

"그게 무슨 뜻입니까, 장문인! 속 시원하게 설명해 주시지요."

안우경은 자신의 거처 앞에 놓인 돌을 가리켰다. 그 돌은 검기로 반듯하게 깎여 있었는데, 그는 생각이 많아질 때마다 그곳에 앉아 고민하는 습관이 있었다.

"우선 마음을 가라앉히고 잠깐 자리합시다."

"……"

이석추가 깊은 심호흡을 하며 마음을 가다듬고 안우경과 함께 그 돌 위에 앉았다. 안우경이 부드러운 목소리로 말했다.

"화산을 사랑하는 마음으로 끈끈하게 뭉친 우리 화산 안에도 이토록 생각이 다른 사람이 많소. 심지어 어릴 적부터 함께 화산파에 들어와 단 한 번도 의가 상한 적 없는 두 형제 장로분들도 생각에 큰 차이가 있지 않소?"

"그야 그렇습니다."

"그러니 그것은 마교나 이계에도 동일하게 적용되는 것이오. 사실 우리가 단순히 이계라고 말하지만, 그 이계는 하나의 세상. 우리 중원만큼이나 거대한 곳이오. 그곳에 얽히고설긴 이해관계를 생각한다면, 그들이 다 같이 한통속으로 우리를 공격하려 한다는 생각은 너무 표면적으로만 보는 것이오. 우리가 아는 부류만 해도 세 곳이오. 이계의 손님으로 와 계시는 왕궁의 인간. 매화검수들이 말했던 이계의 요괴들. 그리고 차원의 벽이 흔들리기 전부터 이미 중원에 왔었던 이계의 무리들. 그렇지 않소?"

"⋯⋯."

"운정 도사가 말한 부분이 바로 그것이오. 우리가 우리 마음대로 어디까지가 적이고 아군일지 정한다면, 태극지혈에 걸린 마법을 밝혀 줄 이계의 손님까지도 운정 도사와 한패라고 매도해 버리면 그만이라는 것이지."

그 말에도 이석추의 얼굴을 좀처럼 펴지지 않았다.

"아, 무슨 말인지 알겠습니다. 하지만 장문인. 태극지혈에 화산을 겨냥한 마법이 없다면 그의 모든 혐의를 없애겠다는 건 너무한 처사이십니다. 그가 화산의 결박을 받은 것은 애초에 매화검수의 죽음과 향검님의 실종에 관여했기 때문 아닙니까? 그게 왜 뜬금없이 태극지혈에 걸린 마법으로 판결되냔 말입니다."

"그래서 승부라는 것이오."

"⋯⋯."

"그리고 어차피 우리가 이길 것이오."

"예?"

안우경은 팔짱을 끼며 여유롭게 말했다.

"운정 도사가 죄인이라고 우리가 설득해야 하는 건 운정 도사 본인이 아니오. 그는 한사코 자신이 죄를 저지르지 않았다고 할 것이오. 그가 죄인이라고 인정해야 하는 사람은 바로 이석추 장로의 형님이신 이석권 장로이오. 그가 인정할 수 있어야, 화산의 모든 이들이 인정하게 될 것이오."

이석추는 고개를 저으면서 말했다.

"가끔 형님이 평화를 너무 사랑하신다고 생각합니다."

"이석권 장로의 인품과 화산을 사랑하는 마음은 장문인인 노부조차도 따라갈 수 없으니, 그분은 존경받아 마땅하신 분이오. 또한 본질을 흐리지 않고 논리에 충실하신 분이니, 비록 그분의 생각이 노부와 다를지라도 그 말을 청종하지 않으면 안 되오. 그것이야말로 중립을 지키는 것 아니겠소?"

"……."

"노부가 제시한 것은 이석권 장로가 직접 언급했던 것이오. 아마 이석권 장로도 운정 도사가 마법이 걸린 태극지혈을 의도적으로 화산에 가지고 왔다고 믿을 수 없었겠지. 하지만 노부는 보았소. 운정 도사의 마음이 흔들리는 것을."

"무슨 뜻입니까?"

"눈치채기 어려웠겠지만, 그는 상황이 그에게 불리하게 돌아가는 것 같을 때마다 은근히 말을 돌렸소. 혓바닥이라면 중원 제일인 무당의 도사답게 말이오. 하지만 그들과 수십 년을 지내 온 노부이오. 아직 앳된 운정 도사의 수법에 노부가 당할 리 없지."

"그, 그럼 운정 도사가 정말로 태극지혈을 의도적으로 화산에 가져왔다는 겁니까?"

놀라서 묻는 이석추를 보며 안우경이 슬그머니 미소를 지었다.

"그렇게 묻는 이석추 장로 본인도 사실 그것이 그리 신빙성이 있다고 생각하지 않으셨군? 그래서 그것을 통해 다른 혐의에 결백함을 인정받는 것 같아 그리 성이 나신 게고."

이석추는 민망함에 헛기침을 했다.

"그, 그게 아니라, 크흠, 큼."

"하긴 그러니 이렇게 노부에게 찾아와서 항의하려 했겠지. 하지만 노부는 보았소. 운정 도사가 그것에 흔들리는 것을. 이렇게 말하면 미안하지만, 이석추 장로가 내놓은 추측은 누가 보아도 억측이니 그저 무시하거나 웃어넘기는 것이 맞소. 하지만 운정 도사는 필사적으로 그것을 논파하려 했소. 기억하시오?"

이석추의 얼굴이 아리송하게 변했다. 그는 대전에서 오가던 대화들을 천천히 기억했다. 눈과 입을 닫았던 운정 도사가 서서히 입을 여는 장면이 스쳐 지나갔다.

"예, 기억합니다. 운정 도사가 처음부터 보였던 태도라면 제가 그런 억측을 내놓았을 때 장문인께서 말씀하신 것처럼 웃어넘기거나 어이가 없다는 식으로 받아들여야 했을 것입니다.

하지만……."

안우경이 이석추의 말을 그대로 받았다.

"하지만 논파하려 했소. 이계의 손님까지 한통속이 아니라고 하면서. 오히려 더욱더 어이없는 주장이라고 하며 웃어넘겼으면 모를까, 갑자기 왜 태도가 바뀌겠소?"

이석추는 입을 살짝 벌리더니 말했다.

"그, 그것 때문에 운정 도사가 태극지혈을 일부러 화산에 가져왔다고 생각하시는 겁니까?"

"그렇소."

"크흠."

침음을 삼키는 이석추를 보며 안우경이 부드럽게 말했다.

"이석추 장로께선 본인의 말씀대로 말주변이 없고 생각이 단순하오. 하지만 오히려 그렇기에 때로는 남들이 보지 못하는 것을 볼 때가 있소. 솔직히 나도 이번에는 놀라지 않을 수 없었소. 이계와 마교가 한패일 수 있다니… 화산의 정기를 훔치는 것이 양쪽 모두에게 이익이 된다면 능히 그럴 수 있지."

"장문인, 칭찬인 것 같은데 그리 기분이 좋지 않습니다"

"하하하, 그렇소? 미안하게 생각하오."

이석추는 뭔가 마음에 들지 않는 듯 얼굴을 찌푸리며 턱을 쓸었지만 곧 감정을 떨쳐 내듯 자리에서 일어나 몸을 털더니 말했다.

"뭐, 좋습니다. 지혜로우신 장문인께 생각이 있으리라 믿습니다. 그럼 전 가볼 테니, 제자 놈을 잘 부탁드리겠습니다."

그렇게 말한 이석추는 경공을 펼쳐 안우경의 거처에서 멀어져 갔다. 그렇게 조금 시간이 지나자, 한곳에서 한근농이 나와 안우경 앞에 섰다.

한근농은 자신이 숨어 있었다는 것을 그들이 이미 알고 있었다는 사실에 부끄러워졌다. 그는 포권을 취해 인사하고는 안우경에게 말했다.

"어른들께서 말씀을 나누고 계셔서 감히 가까이 와 인사드리지 못했습니다. 죄송합니다."

안우경은 그를 보며 인자한 미소를 짓더니 말했다.

"걱정 말거라. 그래, 너도 생각이 많아졌겠지. 무슨 말을 하고 싶으냐?"

한근농은 생각을 한 번 더 정리한 뒤에 입을 열었다.

"운정 도사가 저를 자신의 대리인으로 내세운 것을 이해할 수 없습니다."

"간단하다. 너를 꿰뚫어 본 게지."

"예?"

"너는 생각이 많기에 의심도 많은 자다. 또한 천성적으로 승부욕이 강하고 자존심도 세지."

"……"

"하지만 그렇기에 편협한 짓을 하지 못한다. 스스로를 용서 못 하는 짓을 하지 못해. 자기가 생각하는 기준에서 벗어나거나 스스로와 타협하는 것도 용납하지 않지."

한근농은 쓴웃음을 지으며 말했다.

"꼭 그렇지만도 않습니다. 최근 들어서 제가 얼마나 편협한 놈인지 깨닫게 되었습니다."

안우경은 더욱더 깊은 미소를 지었다.

"그런 것을 느낀다는 자체가 바로 내가 설명한 성정을 잘 말해 주는 것이다. 네가 스스로의 편협함에 민감한 것 자체가 말이다."

"……."

"그렇기에 운정 도사는 네가 불의를 저지르지 않을 거라는 확신이 있는 것이다."

"예?"

"너는 의심이 많은 만큼 확신을 갈구하지. 운정 도사가 죄인으로 그 재판에 서기까지 가장 많이 기여한 사람이 바로 너다. 팔 할 이상은 너의 증언으로 인해서 운정 도사가 그리된 것이야. 그렇기에 너는 오히려 운정 도사가 진짜 죄인인지 아닌지 가장 확신을 얻고 싶어 하지. 아니더냐?"

한근농은 입술을 살짝 깨물더니 말했다.

"그를 향한 의구심이 혹여나 개인적인 감정에서 출발한 것이 아닌가 하는 의심은 있습니다."

"검봉이더냐?"

한근농은 고개를 숙여 안우경으로부터 표정을 숨길 수밖에 없었다.

"역시 알고 계셨군요."

"내 나이쯤 되면 젊은 아이들이야 얼굴만 봐도 그 마음을 알지."

"......"

"그것뿐만은 아닐 것이다. 너와 비슷한 연배에 그는 이미 환골탈태를 이뤘지. 그러니 검봉까지 그에게 관심을 보였을 때, 네가 가진 질투는 네 스스로 도저히 어떻게 할 수 없을 만큼 커졌을 것이다."

한근농은 고개를 끄덕였다. 아니, 끄덕일 수밖에 없었다.

"맞습니다."

안우경이 말했다.

"오히려 그렇기에 너는 그를 매도할 수 없다. 그래서 그가 너를 정한 것이야. 너는 머리가 너무 좋은 것이 문제다. 머리가 좋지 않았다면 스스로의 질투를 자각하지도 못했을 것이고, 그랬다면 지금처럼 마음이 어지럽진 않았겠지."

"......"

"네 생각은 어떠냐? 운정 도사가 진심으로 악의를 가지고 화산에 왔다고 보느냐? 아니면 그를 질투한 네가 그를 그렇게 만든 것 같으냐?"

한근농은 두 주먹을 꽉 쥐었다.

그러곤 말했다.

"장문인께서는 어떻게 생각하십니까? 장문인께서야말로 무당파를 향한 미움 때문에 운정 도사를 죄인으로 생각하시는 건 아닙니까?"

안우경의 얼굴이 조금 굳었다. 한근농은 감히 안우경의 시선을 마주보지 못하고 땅을 바라보고 있었지만, 그의 두 눈빛에는 결심이 있었다.

안우경이 말했다.

"누구더냐? 네게 그런 생각을 품게 한 것이?"

한근농이 대답했다.

"장문인께서 운정 도사를 제압하셨을 때, 수향차 사고(師姑)께서 옆에 있었다고 했습니다. 사고께서는, 장문인께서 무당파를 향한 개인적인 감정 때문에 운정 도사를 바로 보지 못하는 것이 아닌가 염려하셨습니다."

"그 아이가 그런 생각을 했더냐?"

"제가 장문인을 찾아뵈어야겠다고 하니, 이 말을 꼭 전해달라고 했습니다. 장문인을 걱정하여 한 말이니, 너무 나무라지 마십시오."

안우경은 눈을 살짝 감고 자하신공을 운용했다. 그러자 마음속에서 올라오는 악한 마음이 폐로 가득 모였다. 그는 깊은 숨을 내쉬면서 그 모든 것을 토해 내곤 말했다.

"그 영향이 없지 않아 있겠지. 그 누구도 개인적인 감정에서 자유로울 수는 없는 것 아니겠느냐?"

"그래서 조언을 얻고자 합니다. 어찌하면 세상을 바로 볼 수 있습니까? 장문인께서는 어떻게 객관적인 시각을 유지하십니까?"

젊은 제자의 질문에 안우경이 나지막하게 말했다.

"사람을 두는 것이다. 나와 다른 생각을 가진 사람을. 그리고 그 사람의 선한 의도를 믿어야 한다."

"……."

"운정 도사의 판결을 결정할 방도는 나와 생각이 다른 이석권 장로의 말에서부터 출발했다. 이석권 장로가 처음 그 방도를 제시했을 때에, 나는 그가 혹여나 자신에게 유리하게끔 이끌고 가려 한다고 생각했다. 하지만 그의 선의를 믿었지. 그도 나처럼 화산을 사랑하니 말이다."

"……."

"스스로 믿는 것을 꾸준히 믿되, 나와 생각이 다른 자의 마음이 선한 의도에서 비롯되었다는 것을 믿고 수용하는 자세가, 내 짧은 식견으로는 중립을 지키는 가장 좋은 방도인 것 같다."

한근농은 꽤 오랫동안 침묵을 지켰다. 그러다가 곧 포권을 취하면서 안우경에게 말했다.

"혹여 장문인께서 제가 운정 도사를 매도하길 바라실 것 같아 이렇게 찾아뵌 것입니다. 태극지혈에 화산을 겨냥한 마법이 없다고 할지라도 있다고 말하기를 바라실 것 같아서 말입니다."

안우경은 하늘을 올려다보더니 말했다.

"그런 마음이 없지 않아 있었지. 하지만 스승이 되어서 차아가 걱정하는 바를 그대로 할 순 없지 않느냐? 하하. 그 아이가 그런 생각을 했다니… 다 컸구나."

"……"

"네 신념대로 행해라."

"조언에 감사드립니다."

한근농은 곧 경공을 펼쳐 사라졌고, 안우경은 씁쓸한 표정을 지으며 오랫동안 그 돌 위에 앉아 있었다.

*   *   *

머혼과 그의 마법사는 넓디넓은 방에 머물렀다. 그 공간에선 적어도 두 명의 고수가 서로 비무를 펼쳐도 부족하지 않을 정도로 컸는데, 이는 화산의 사랑방 중에서도 가장 넓은 곳이었다.

그런데 그 둘은 그 넓은 방이 무색하게도 한구석에 쪼그리고 앉아 무언가를 열심히 관찰하고 있었다. 서로 열심히 침을 튀겨가며 대화하고 있었는데, 그들 사이에는 사람의 허리까지 올라오는 백자(白磁)가 있었다.

"그러니까 염색이 아니라는 거지?"

머혼의 말에 마법사는 이리저리 둘러보더니 말했다.

"전문 분야가 아니라서 확답은 못 드립니다."

"아니, 여자 하나 맛보지 못하고 서고에 처박혀서 글만 읽는 네가 모르면 어떻게 하냐?"

"……."

"그놈의 전문 분야 타령은 지겹지도 않아? 쯧쯧쯧, 네게 쏟는 돈이 아깝다, 아까워."

머혼은 양 무릎에 손을 얹으며 자리에서 일어났다. 우드득거리는 소리가 들리자 그는 인상을 쓰며 허리를 두들겼다. 그러곤 곧 엉거주춤한 자세로 느리게 침상으로 걸어가 그곳에 걸터앉았다.

마법사는 계속해서 백자를 바라보며 말했다.

"유리보다 대단한 기술이긴 한 것 같습니다. 제가 한눈에 봐도 모르겠으니. 일단 세라믹(Ceramic)은 아닌 것 같습니다."

머혼은 팔짱을 끼더니 물었다.

"세라믹이 아니면 뭐라는 거야?"

"글쎄요."

"결국 모르겠다는 거 아니야. 쓸데없는 놈."

"……."

마법사는 속에서 치미는 화를 억눌렀다. 머혼을 섬기면서 면박당하는 것이 어디 한두 번인가? 그는 한숨을 푹 내쉬더니 머혼의 기분이 좋아질 만한 말을 꺼냈다.

"이런 오묘한 백색을 보면 아마 러브처치(Love Church)에서 환장할걸요? 무공도 무공이지만, 이건 정말 순수하게 돈이 될 겁니다."

그 말에 머혼은 그 백자를 뚫어져라 보았다. 그의 고향에 존재하는 어떠한 토기에도 없는 그 백색은 아무리 봐도 질리지 않는 묘한 느낌이 있어, 눈길을 잡고는 놔주지 않았다.

머혼이 툭하니 말했다.

"그 광신도들이야 백색을 워낙 좋아하니까. 무역 독점권만 따낼 수 있다면야, 폐하께서 공작까지도 시켜 주겠는데?"

"하여간 출세 욕심은……."

"뭐라고?"

"아, 아닙니다."

마법사는 억지로 웃어 보이더니, 곧 백자를 다시금 천천히 살피기 시작했다. 이런저런 마법을 사용하면서까지 오랜 시간을 투자했음에도 그의 얼굴은 그리 밝아지지 못했다.

그 모습을 보더니 머혼이 말했다.

"그렇게 마나를 낭비해서야, 원. 괜찮겠어?"

마법사는 머혼을 보지도 않고 말했다.

"괜찮다니까요. 말했지 않습니까? 중원에는 마나가 풍부하다고."

"그래도 그 도자기 하나 어떻게 만들어졌는지 알아보겠다고, 그렇게 마법을 퍼부으니 어이가 없어서 그런다."

"마나 스톤(Mana Stone)은 하나도 안 쓰고 있으니 걱정 마십시오, 백작님. 백작님 재산은 온전히 보존되고 있으니까요."

그 말에 머혼이 놀라며 말했다.

"아, 정말이야?"

"주변의 마나를 끌어다 쓰고 있습니다. 그 왜 중원의 심법이니 뭐니 하는 거 있잖습니까? 전에 선물이라고 받은 거."

"아, 있지."

"그거 공부해서 어느 정도 활용하니 잘되는 거 같습니다."

"그새 그걸 다 공부한 거야?"

"제가 좀 천재입니까? 파인렌드(Fine land)에서 탑3 안에 드는 천재 아닙니까? 한어도 한 달 만에 전부 마스터(Master)했지요. 게다가……."

머혼은 얼른 말을 끊었다. 마법사는 자랑을 잘하는 편은 아니지만, 한번 시작하면 고막을 뚫어 버리고 싶어질 때까지 끝나지 않기 때문이다.

"알지, 알지. 그래서 마나 스톤 없이 마법을 쓸 수 있는 거야?"

"간단한 건 다 가능합니다. 조금 상승의 내공심법을 익히거나 하면 뭐……."

머혼은 벌러덩 누워 버렸다.

"됐다. 중원인들의 자랑질에 질려서 네 자랑질까지 들을 여력이 없어. 난 한숨 잘 테니까, 알아서 연구해 봐. 이런 푹신한 침상은 정말 오랜만이야."

"예, 예."

머혼이 눈을 감는데, 그의 목걸이에서 갑자기 에메랄드빛이 뿜어져 나오며 방 안을 밝혔다. 머혼과 마법사는 깜짝 놀라 그 목걸이를 보더니 동그랗게 변한 눈으로 서로를 보았다.

마법사가 말했다.

"엘프?"

머혼이 얼굴을 찌푸리며 물었다.

"여기 중원에 엘프가 왜 있어?"

마법사가 뭐라고 하려는데, 그때 갑자기 환하게 비추던 에메랄드빛이 서서히 사라지면서 언제 빛났냐는 듯이 소멸했다.

이 기이한 현상을 보면서 머혼이 다시 물었다.

"중원으로 넘어오면서 고장이라도 난 건가?"

마법사가 고개를 저었다.

"그럴 일은 없습니다."

"근데 여기서 왜 이게 빛나?"

"글쎄요. 에메랄드빛이라면 엘프의 향기를 감지하는 마법이니, 꼭 엘프라고 할 순 없습니다. 빛나다가 사라진 것을 보면 잠시 주변을 지나간 것 같은데……."

"화산에 뭔가 있는 거 아니야? 위험한 거 아니냐고?"

"걱정 마세요. 제가 지켜 드릴 테니."

"니가 무슨? 파리 새끼 하나 못 잡으면서."

"백작님이 죽으면 나도 죽는데 제가 혼자 도망이라도 치겠습니까?"

"그것도 결국 마법이지. 네가 풀어 버림 그만이잖아?"

"뭐, 한두 시간만 주면 풀 순 있긴 하지만……."

"뭐? 진짜야?"

머혼의 경악 어린 목소리에 마법사는 어깨를 올리며 눈웃음쳤다.

"전 백작님을 좋아하니까 뭐 그러진 않겠습니다."

"……."

"고민은 제가 해 볼 테니, 백작님은 쉬세요. 앞으로 저들과 대화하려면 백작님이 나서야 하지 않습니까? 말솜씨 하나로 백작이 되신 분이니."

머혼은 얼굴을 일그러뜨리며 말했다.

"요새 자주 개긴다?"

마법사는 피식 웃으며 뒤돌더니 다시 백자를 관찰하며 나지막하게 말했다.

"맨날 개겼는데요, 뭘. 새삼스럽게."

머혼은 뭐라 소리치려다가, 쏟아지는 잠을 이기지 못하고 그대로 누워 버렸다. 고된 여행길 동안 그를 모신 마법사는 서비스에 재능이 전혀 없었다. 아마 그 마법사 열 명이 있었다고 해도, 그의 전속 시녀 한 명만도 못할 것이다. 그러니, 그동안 쌓여 온 피로가 몰려오자, 침대의 푹신함이 선사하는 잠의 유혹을 도저히 뿌리치기 어려웠다.

그렇게 곯아떨어진 머혼이 화산이 떠나가라 코를 골며 몽계로 떠나 버렸다. 도저히 집중할 수 없었던 마법사는 행여나 머혼이 들을까 욕을 속으로 삼키면서 그의 입가에 침묵마법을 걸었다.

그가 잠에서 일어난 것은 만 하루가 꼬박 지나서였다.

머혼이 말했다.

"……."

머혼은 자기 목을 만지작거리더니, 다시 말했다.

"……."

머혼은 신경질적으로 자리에서 일어나 아직도 백자 앞에서 뭐라고 주문을 읊조리고 있는 마법사의 뒤통수를 냅다 후려 갈겼다.

"으악! 커헉."

"야. 내가 침묵마법 걸지 말라고 몇 번이……. 너, 너 괜찮은 거냐?"

"크흑, 쿨컥."

머혼은 떨리는 목소리로 물으며 반쯤 쓰러진 마법사를 부축했다. 마법사는 입가에서 피를 흘리면서 정신이 넘어갈 듯했는데, 머혼은 서둘러 그를 들고 침상에 누여 놓았다.

숨을 헐떡이며 겨우 정신을 차린 마법사를 보며 머혼은 안심의 한숨을 깊게 내쉬었다.

"그러기에 그토록 마법을 써 대니까 문제지. 아니, 몸 생각도 좀 하면서 써."

마법사는 치미는 화를 가까스로 참았다.

"백작님이 갑자기 제 머리를 치셔서 그런 거 아닙니까?"

"그게 왜?"

"에휴."

"뭐? 내가 뭘 잘못한 건데?"

마법사는 옆을 보곤 그릇 위에 피가 섞인 침을 퉤 하고 뱉곤 말했다.

"중원의 기술은 온몸을 씁니다. 특히나 호흡기관을 사용해서 마나를 모으는 겁니다. 그래서 중간에 방해를 받으면 몸이 그대로 죽어나는 거예요."

"응? 뭔 개소리야, 그게?"

"육신에 큰 대미지가 온다고요."

"왜?"

"설명했잖… 아, 아닙니다, 백작님. 하여간 무림인들이 이래서 마나를 모으는 것과 쓰는 걸 동시에 하지 않습니다. 한껏 모았다가 쓸 땐 화끈하게 쓰고 뭐 그러는 것이지요."

"……."

머혼의 얼굴에는 금세 죄책감이 가득 찼지만, 굳은 입술은 열리지 않았다. 마법사는 질렸다는 듯 눈길을 피하면서 자리에서 일어났다.

"예, 예. 사과 잘 받았습니다."

"네놈이 침묵마법을 걸어서 그런 거잖아. 쯧. 다음부턴 그러지 말라고, 알았어?"

마법사는 알았다는 듯 손을 몇 번 흔들더니 물었다.

"하여간 시간이 얼마나 지난 겁니까?"

"그걸 자던 내가 어떻게 아냐?"

"밖을 보면 태양의 위치가 거의 그대로인 것 같은데, 하루는 지났나 봅니다. 밤이었다가 해가 뜬 건 희미하게 기억나니."

"그래? 내가 그렇게 오래 잤나? 하긴 몸이 축 처져서 아주 죽을 맛이긴 하군. 배도 엄청 고프고."

"저도 연구에 집중하느라고 만 하루를 꼴딱 샌 것 같습니다."

"흐음, 그러고 보……."

우우웅. 우우웅.

머혼은 말을 하다 말고 자기 목걸이를 보았다. 목걸이가 작게 진동하기 시작했다.

그걸 같이 본 마법사가 말했다.

"누군가 오는군요?"

"그래서 내가 잠에서 깼나 보군."

그가 그 말을 끝내기 무섭게 누군가 방문을 두드리더니 한어로 말했다.

"你睡得好吗?"

머혼이 마법사를 보며 턱짓하자, 마법사가 방문을 열었다.

그곳에는 길고 긴 두 자루의 태극지혈을 들고 있는 한근농이 경계 어린 시선으로 그들을 바라보고 있었다.

第十三章

"끝까지 아무런 말씀도 하지 않으실 것입니까?"

벌써 세 번째다.

들리지 않는 대답에 정채린은 무표정으로 운정을 내려다보았다. 창살 뒤에서 정좌한 채로 눈을 감고 깊이 호흡하고 있는 운정은 그 어떠한 미동도 하지 않았다.

검집을 잡은 정채린의 손이 파르르 떨렸다. 그녀의 고개가 숙여지자, 그 시선이 운정을 지나 땅으로 향했다. 그녀는 몇 번이고 침을 삼켰지만, 입은 계속해서 말랐다. 그녀의 호흡은 점차 빨라졌지만, 운정의 호흡은 점차 느려졌다.

정채린은 결국 고개를 들고야 말았다. 그녀는 입술을 살짝 문 채 원망 어린 시선으로 운정을 보았다.

운정은 처음 이곳에 와서 보았을 때와 전혀 다른 것이 없는 그대로의 모습이었다. 가지런히 내려앉은 머리카락이나 옷 위에 난 주름 하나하나까지 어느 것 하나 바뀌어 있지 않았다.

그대로 죽은 것이 아닌가 하는 생각이 들 정도다. 하지만 그의 코를 통해서 들어가는 숨과 나오는 숨은 작지만 확실한 소리를 내고 있었다. 오로지 숨 쉬는 것만이 그의 지상 과제인 듯했다. 호흡을 제외하면 그가 살아 있는지 죽어 있는지조차 모를 정도였다. 고요함 가운데 오로지 운정에게 집중하고 있는 정채린은 그가 잘만 살아 있다는 걸 알았다.

차라리 죽어 있었다면 마음이 덜 아팠을 것이다. 죽은 몸이라면, 대답하지 못하는 것이지 대답하지 않는 것이 아니니까.

정채린은 고개를 돌렸다. 그리고 미련 없이 발걸음을 옮겼다. 저벅저벅 걸어가는 소리가 점차 멀어지며 곧 고요함이 운정의 뇌옥에 가득 찼다. 운정은 자신의 숨소리 의외에 그 어떠한 소리도 듣지 못하게 되었다.

들어오고 나가는 숨결이 흐트러지기 시작했다.

그는 결국 버티지 못하고 눈을 떠, 양손으로 얼굴을 쓸어내렸다.

반쯤 쓸어내렸을까? 그는 다시 손을 머리 위로 올리고 얼굴을 또 한 번 쓸어내렸다.

그리고 또 반쯤 가서 멈추었다.

"사부님……"

그의 외침은 너무나 공허해, 그의 마음을 더욱 괴롭게 만들었다.

운정은 눈을 그대로 감은 채 무념무상을 하기 위해 노력했다.

하지만 검은 시야에서 방금 전 대전의 상황이 생생하게 떠오르기 시작했다.

그러자 마음속 깊은 곳에서부터 그의 몸을 옥죄는 감정이 치밀기 시작했다.

수치심(羞恥心).

그는 본능적으로 무궁건곤선공을 일으키려 했다. 마음속 깊은 곳에서부터 올라오는 그 수치심을 이겨내기 위해서 정신을 보호하려 했다. 하지만 그의 몸속에는 정신은커녕 육신조차 제대로 보필할 수 없을 만큼 작은 양의 선기만이 있었다.

태극지혈을 통해서 모았던 감기와 리기는, 태극지혈이 손에서 떠난 이후로 그의 몸에서 급속도로 빠져나가 완전히 종적을 감추었다. 그나마 그의 몸에 남아 있는 선기는 화산의 정기를 모은 것인데, 그 성질이 다른 것이라 정제하고 나면 남는 게 없었다. 현재 운정은 범인의 몸과 마음을 가지고 있는 것과 다름이 없었다.

아무리 생각을 멈추려 해도 도저히 멈춰지지 않았다. 선기를 지녔을 때는 숨 쉬는 것보다 쉬웠던 무념무상이 어째서 이토록 힘든 것인지… 끊임없이 찾아오는 번뇌는 그를 영혼까지 괴롭혔다.

그는 결국 그의 머리를 짓누르는 생각의 파도에 더 저항하지 못하고 항복했다. 어둠 속에 펼쳐지는 장면을 보지 않을 수 없었고, 고요 속에 들려오는 소리를 듣지 않을 수 없었다.

대전 속의 운정은 도도한 척하며 스스로를 변호했다. 그리고 진실을 일부 숨기면서 자신의 생존을 필사적으로 갈구했다. 어떻게든 그 상황에서 벗어나고자 안간힘을 썼고, 결국 그런 조급함 때문에 그 욕구가 안우경에 들켜 버렸다. 안우경은 곧 운정을 내려다보며 비웃음을 숨기지 않은 채로 그에게 절망을 심어 주었다.

이제 화산을 겨냥한 카이랄의 마법들이 드러날 것이고 그와 동시에 거짓으로 점쳐진 운정의 참모습도 드러날 것이다. 운정은 대악지옥에서 오랫동안 옥살이를 하는 것보다 모든 이의 괄시와 질타가 더 두려웠다.

왜 화산파에 왔지?

그는 스스로를 이해할 수 없었다.

더는 보고 싶지 않다.

더는 듣고 싶지 않다.

운정은 자신의 눈을 확 하고 뜨며 양손으로 귀를 막아 버렸다. 차가운 바닥과 단단한 창살이 그를 반겼다. 운정은 서서히 손을 내리면서 아무것도 가지지 못한 양손을 내려다보며 나지막하게 말했다.

"태극지혈을 놓은 지 얼마나 되었다고… 선기가 사라진 지 얼마나 되었다고……."

그의 양손이 부들부들 떨리기 시작했다. 그 양손을 바라보는 것이 어찌나 괴로운지 운정은 온갖 인상을 다 쓰며 눈을 감았다. 하지만 눈을 감으면 또다시 대전이 눈앞에 펼쳐져 수치스러운 기억만 들추니 그는 이러지도 저러지도 못했다.

그는 한없이 떨리는 그의 양손으로 스스로를 안았다. 그리고 그대로 엎어져 이마를 땅에 박았다. 쿵 하는 소리와 함께 그의 이마가 조금 까져 피를 흘렸다. 뇌가 흔들릴 정도의 아픔이 찾아왔지만, 오히려 그 아픔 때문에 잠깐 동안 생각이 멈췄다는 셈이 너 좋았다.

운정은 눈을 번쩍 떴다.

고통!

그래!

고통이라면 생각을 멈출 수 있다.

그는 양손으로 양팔을 꽉 붙잡았다. 그리고 손톱을 세워 온갖 힘을 주어 팔 안쪽을 후벼 팠다. 끔찍한 고통이 강렬히 그의 뇌리를 강타했지만, 역시 그때만큼은 무념무상을 유지할 수 있었다.

"크흣."

시뻘건 피가 열 구멍에서 나와 그의 백색 도복을 물들였다. 그럼에도 불구하고 운정은 다시금 손가락에 힘을 주어 또다시 양팔을 손톱으로 후벼 팠다. 더 많은 양의 피가 흘러나오고 더 강렬한 고통이 느껴졌다.

"크핫."

피는 시야를 지워 주었고 신음은 소리를 지워 주었다. 어둠도 고요도 지우지 못하는 머릿속의 시야와 소리는 오로지 자해(自害)를 통해서만 사라졌다.

그렇게 운정의 몸은 서서히 피투성이가 되어갔다.

"사부님. 사부니임. 사부… 님."

운정은 고개를 숙인채로 고통 중에 끊임없이 스승을 불렀다. 하지만 그 소리는 속이 빈 울림이 되어 감옥 안을 맴돌 뿐이었다.

"흐으으. 흐으으."

시간이 지나자 스승의 이름은 더 이상 그의 입에서 나오지 않았다. 의미를 전혀 알 수 없는 혼란스러운 소리만이 그의 입가에서 흘러나와 그의 정신을 대변해 주고 있었다. 어떠한 언어로도, 어떠한 단어로도 그가 느끼는 감정을 표현할 길이 없었다.

운정은 피투성이가 된 자신의 몸을 다시 한번 끌어안았다.

싫다.

너무 싫다.

겉으로는 선한 척, 도도한 척해도.

결국 안은 썩어 빠진 위선자.

이름이 없다고 무슨 의미가 있나.

화식을 하지 않았다고 무슨 의미가 있나.

자신의 생명을 영위하기 위해서 온 힘을 쏟고 머리를 굴리는 짐승과 다를 바가 없는데.

운정은 낙선향이 너무나 그리웠다.

무당의 도술과 검술을 마음대로 펼치며 매일매일 새로운 공부를 하던 그 나날들이 그리웠다.

마기가 쌓이는 사부의 몸을 정화하면서, 그 늙은 몸을 씻기고 안마하면서, 사부와 웃고 울었던 과거가 가슴에 사무치도록 그리웠다.

운정은 갑작스레 찾아온 마음의 평화에 숨이 턱 놓이는 듯했다. 그는 행복했던 시절의 기억을 가까스로 붙잡고는 그것을 머릿속으로 상기하며 자기혐오와 맞서 싸웠다.

"우, 운정 도사?"

운정은 고개를 들었다.

그곳엔 소스라치게 놀란 한근농이 빠르게 철문의 문을 열고 다가오고 있었다. 그는 피로 젖어 완전히 새빨갛게 변한 그의 도복을 위아래로 내려다보았다.

사지에 나 있는 손톱자국. 그것이 의미하는 것은 너무나도 뻔했다. 한근농은 떨리는 목소리로 그에게 물었다.

"자, 자해하신 겁니까?"

"……"

운정은 아무런 말도 하지 않았다.

한근농은 우선 항시 가지고 다니는 금창약을 꺼냈다. 운정의 반쯤 찢어진 의복을 벗기고, 상처가 가장 심한 순으로 뿌렸는데, 온몸에 자상이 너무 많아 도저히 그의 금창약으로는 모든 부위의 출혈을 멈출 수 없었다. 한근농은 점혈을 하려고 손을 들어 올렸지만, 곧 내릴 수밖에 없었다. 운정의 몸에는 보통의 점혈이 통하지 않는다는 사실을 깨달았기 때문이다.

의복으로 대충 운정의 몸을 가린 한근농은 그를 등에 짊어지고 밖으로 나왔다. 밖에는 다른 매화검수가 서 있었다.

"가서 전해라. 우선은 요유각(療癒閣)으로 데리고 가겠다고."

한근농의 말을 들은 여인은 섣불리 움직이지 않고 운정을 보며 말했다.

"혹 그가 일부러……."

한근농은 고개를 저었다.

"내력도 거의 없다. 만일의 사태도 내가 감당할 수 있으니, 날 믿고 따로 움직이자."

여인은 고개를 끄덕였다.

"예, 사형."

둘은 동시에 경공을 펼쳐 제각기 다른 방향으로 쏜살같이 나아갔다.

대략 일각 정도가 흘렀을까? 운정을 등에 업고 요우각에 도착한 한근농은 큰 소리로 외쳤다.

"소타선생(小佗先生) 계십니까? 급한 환자가 있습니다!"

아무런 소리가 나지 않자 다시금 큰 목소리로 부르려는데, 그때 방문이 열렸다.

한근농이 소타선생이라 부른 그 노인은 민둥머리에 몇 가닥 없는 흰 수염을 기르고 있었다. 얼굴의 주름으로 볼 때 환갑을 넘어도 한참을 넘었을 것 같지만, 웬만한 장정보다 더 긴 팔다리를 가지고 있었다.

그가 다른 사람의 두 배나 될 법한 손가락으로 눈을 비비더니 짜증을 내며 말했다.

"이 노부가 해가 떠 있을 때 잠을 자는 걸 모르는 사람이 없을 텐데, 당장 죽을 거 아니면 그냥 밤에 오지 그래?"

"출혈이 심합니다. 흰 의복이 전부 붉게 변했습니다."

"그 지경이 될 때까지 뭐 했고?"

"대악지옥에서 자해를 한 모양입니다."

"뭐?"

그제야 노인이 슬쩍 운정을 보았다.

곧 그의 두 눈이 커졌다.

"뭐야? 설마 무당의 제자인가?"

"맞습니다, 소타선생."

소타선생은 못마땅하다는 듯한 표정을 지었지만, 곧 안으로 들어오라는 손짓했다. 한근농은 얼른 운정을 들고 그 노인이 연 방문이 아닌 다른 쪽의 대문을 통해서 안으로 들어갔다.

그곳에는 각종 약재가 이곳저곳에 마치 열매처럼 주렁주렁 달려 있었다. 그것을 모두 헤쳐 나간 한근농은 정중앙쯤에 있는 나무 침상 세 개 중 하나에 운정을 눕혔다. 다시금 그의 몸에서 선혈이 흘러나오자, 코를 찌르던 쿼쿼한 냄새가 어느새 철 냄새로 바뀌었다.

다른 문을 열고 나온 소타선생은 어디서 꺼냈는지 모를 둥근 나무통 하나를 들고 있었다. 그 크기는 어린아이 하나가 충분히 들어갈 만큼 컸다. 그 무거운 것을 아무렇지도 않게 들고 다가온 소타선생이 멀뚱멀뚱 서 있는 한근농에게 말했다.

"비켜 보게."

한근농이 두 발자국 뒤로 움직였다. 소타선생은 그 나무통을 높이 들더니 그 안의 내용물을 운정의 전신에 쏟아 버렸다. 잿빛이 나는 그 가루는 기이하게도 전혀 공중에 퍼지는 것 없이, 마치 물처럼 운정의 몸에 착 달라붙었다.

소타선생은 빈 나무통을 옆에 두고는 관심 없다는 듯 돌아서며 말했다.

"저대로 놔두면 알아서 회복될 거야. 피가 모자라니 고기라도 좀 준비해서 먹이고… 아, 무당의 도사니 그건 안 되겠구먼. 대신 콩을 많이 먹여."

그렇게 말한 소타선생은 한근농의 말을 듣지도 않고 자기 방으로 돌아가 버렸다. 그의 화끈한 치료 방식에 할 말을 잃은 한근농이 가만히 있는데, 그를 향해서 운정이 미약한 목소리로 말했다.

"나를 왜 돕지?"

한근농은 그를 내려다보며 천천히 말했다.

"태극지혈에는 화산을 겨냥한 마법이 없었습니다. 의심한 점 사죄드립니다."

한근농은 포권을 취하며 고개를 숙였다.

운정은 가만히 침묵을 지켰다.

카이랄이 건 마법이 설마 화산을 겨냥한 것이 아니었을까?

꼼짝없이 갇히리라 믿었는데, 무슨 일이 일어난 것일까?

운정은 자기도 모르게 작은 안도의 한숨을 쉬었다.

그리고 안도감을 느끼는 자신에게 또다시 혐오감을 느꼈다.

*　　　　　*　　　　　*

해가 떨어지고 달이 모습을 비춘 해시(亥時).

요유각의 소타선생의 방 안에는 두 노인이 있었다. 한 명은 화산파를 책임지고 있는 장문인 안우경이었고, 다른 인물은 방의 주인 소타선생이었다.

소타선생이 말했다.

"이제야 모습을 비치시는군."

안우경은 앞에 놓인 찻잔에 손도 대지 않으며 소타선생의 눈을 정면에서 응시했다.

"차도는 어떻소?"

소타선생은 한쪽 콧구멍을 벌렁거리며 말했다.

"장문인은 내 솜씨를 못 믿소? 내가 다 회복된다고 말했으면, 그때 다 회복되는 것이오."

"그때 바로 떠나겠다는 그의 마음에는 변함이 없소?"

"회복되기도 전에 떠나겠다는 그 아이의 의지를 꺾으려고 거짓부렁까지 씨불였소."

"거짓부렁?"

"내 손에 들어온 환자는 무조건 완치해서 내보내든 시체를 내보내든 둘 중 하나를 한다는 식의 고집을 가지고 있기에 보내 줄 수 없다고 했지. 그런 신념이 아예 없는 건 아니지만, 장문인도 아시다시피 내가 뭐 그런 걸 목숨 걸고 지키는 사람은 아니지 않소? 그러니 거짓부렁은 거짓부렁이오."

"……"

"그나마 그 도사는 은혜를 아는 자라 내 말을 듣고 오늘 자정까지는 머무르겠다고 했소. 한데 무슨 바쁜 일 때문에 나에게 시간을 끌어 달라고 한 것이오?"

안우경은 잠시 망설였다. 그가 한 일은 화산파 내부에서도 기밀로 취급되는 것이기 때문이다. 엄밀히 말해서 화산의 제자가 아닌 소타선생에게 그 사정을 말하긴 어려웠다.

하지만 소타선생이다. 화산의 제자 수십 명의 생명을 수백 번도 넘게 살려 준 화산의 은인이다. 화산의 은거를 허락한다는 소선으로 그의 의술을 빌려 온 것이 벌써 몇십 년째. 이미 그는 화산의 어른이라고 봐도 무방하다.

안우경의 고민을 눈치챈 소타선생이 먼저 말했다.

"나도 웬만해선 물어보고 싶지 않소. 하지만 그 무당의 제자 아니오? 무당의 제자가 대악지옥에서 자해를 했다? 이건 노부도 사정을 도저히 묻지 않을 수 없소."

안우경은 눈앞에 놓인 찻잔에 시선을 가져가더니 나지막하게 대답했다.

"매화검수 하나가 죽고 태룡향검이 실종됐소."

소타선생의 두 눈이 번쩍 떠졌다.

"태룡향검이?"

"그에 관해서 혐의를 가지고 있었소. 전부 이야기하자면 복잡하오. 다만 그에 관한 혐의는 벗겨졌고, 그것을 그에게 말해 주려고 온 것이오. 그가 왜 자해를 했는지는 나도 알지 못하오."

소타선생은 몇 가닥 나지 않은 턱수염을 몇 번이고 매만지며 걱정하는 마음을 표정에 내비쳤다.

"태룡향검이 실종되다니……. 허어, 이거 정말 큰일이군. 한데 장문인이 직접 와서 그의 혐의가 벗겨졌다고 말해 주려 한 것이오?"

"그렇소."

"흐음."

"그가 자해했다는 소식을 듣고, 더욱 엄중히 시시비비를 가려 보았소. 하지만 그에 대한 혐의를 찾을 수 없었기에, 이렇게 직접 와서 유감을 표하려 하오."

"하, 개마환(蓋魔丸)이 필요해서 핑계 삼아 온 건 아니시오? 장문인이나 장로라는 자리가 주는 무게는 노년의 도사도 세속적으로 바꾸고 그 마음에 마를 꽃 피우니 말이오. 참회를 다 하기 전까지 채면을 세우기 위해 은밀히 요구하는 자가 많소, 장문인."

안우경의 얼굴이 순간 굳었다.

"그럴 일 없소. 그리고 혹시라도 장로 중에 그 혐오스러운 것을 바라는 자가 있다면 즉시 내게 알려 주시오."

"그럼 장문인은 진짜로 사죄를 표하러 왔다는 것이로군."

"사죄하러 온 것이 아니라 유감을 표하러 왔소."

소타선생은 날카롭게 일렀다.

"무당의 힘이 온전했다면 유감을 표하는 게 아니라 사죄를 표했겠지."

안우경은 담담하게 그 말을 받았다.

"현 무당의 상황을 고려한다면, 장문인인 내가 직접 말을 전해 주는 것으로 충분할 것이오."

"흥, 그렇게 된 것이로군. 그런데 사실 그보단 향검이 실종되었다는 것이 더 신경 쓰이오."

"본래 기밀이나, 소타선생께는 말씀드리는 것이 좋을 것 같아 말씀드리는 것이외다."

소타선생은 피식 웃더니 찻잔을 들었다.

"노부가 지금까지 세 분의 화산파 장문인을 보았지만, 안우경, 당신만큼 생색내길 좋아하는 사람도 없었소."

"……."

"뭐 시대가 시대이니, 현실적이고 정무적인 사람이 장문인이 되는 것이 맞긴 하지. 사실 전 장문인은 너무 대인배처럼 뒤에서 허허거리기만 했지. 안 그렇소?"

화산파 현 장문인에게 전 장문인의 험담을 아무렇지도 않게 하는 소타선생을 보며 안우경은 천천히 자리에서 일어났다. 괴팍하기 그지없는 그와 더 대화해 보았자, 기분만 상할 뿐이니 말이다. 이대로 가면 전 장문인 정충에 관한 험담이 어디까지 나올지 모른다.

"의식은 있소?"

"충분히 대화할 만하니 해 보시오. 아, 그리고 앞으로 향검에 관한 소식이 더 들려오면 이 노부에게도 알려 줄 수 있겠소?"

안우경은 그 방에서 나가면서 대답했다.

"장로들과 의논 뒤에 그렇게 하겠소. 쉬시오."

탁.

방문을 닫고 요유각의 안쪽으로 들어선 안우경은 침상 위에 누워 있는 운정을 쉽사리 찾을 수 있었다. 운정은 맑은 두 눈빛으로 서서히 다가오는 안우경을 보았다.

그런 그에게 안우경이 말했다.

"이야기는 들었겠지만, 최종 결정이 나왔네. 태극지혈에는 화산을 겨냥한 마법이 전혀 걸려 있지 않은 것으로 판명되었고, 따라서 네게 모든 혐의를 제하기로."

이유는 모르겠지만, 화산에서 초대한 이계의 손님들은 태극지혈에 분명히 걸려 있는 마법들이 걸려 있지 않다고 한 것이다. 그것을 다시금 확인한 운정은 어지러운 속내를 숨기며 가라앉은 목소리로 물었다.

"그 말을 전하고자 장문인이나 되시는 분께서 직접… 이렇게 제게 찾아오신 겁니까?"

안우경은 한쪽에 놓여 있는 의자를 가지고 와서 운정이 누워 있는 침상 옆에 자리했다.

"예를 차리는 것이야. 유감을 표하는 방법일세. 운정 도사도 아시다시피 화산에는 귀한 이계의 손님이 와계시네. 그들을 접대하고 여러 가지 의논하느라 시간이 나질 않아 이 늦은 밤이 돼서야 이곳에 올 수 있었지."

"……."

"지금까지 화산에서 행한 다소 불편한 행위들은 운정 도사가 이해하길 바라네. 화산은 더 이상 운정 도사를 구속하지 않을 테니, 도사가 원하는 곳을 말하면 그곳까지 고수 두 명을 붙여 주겠네. 또한 여행을 위한 경비 및 위로금 또한 심심치 않게 줄 것이고."

"……"

운정은 끝까지 침묵을 지켰다.

안우경은 의자의 등받이에 몸을 기대더니, 팔 하나를 올려 비스듬히 앉았다.

"대단하군."

"갑자기 무엇이 말입니까?"

"노부가 무서워서 그런 건 아닐 테고… 화가 안 나는 것도 아닐 테고… 하지만 정말 표정에 어떠한 분노도 느껴지지 않아. 아무리 선인지체를 이루었다 하나, 내력이 전혀 없는데 선인의 마음을 품을 수 없는 노릇이고……"

"……"

안우경은 턱을 몇 번이고 매만지더니 말했다.

"승부에서 졌다는 건 인정하지. 그러니 말해 주었으면 좋겠네. 자해한 것을 보면 분명 스스로에게 죄책감을 느끼는 것이 분명해. 지금껏 단 한 번도 악행을 한 적이 없을 정도로 순수하니, 분명 뭔가 있긴 있겠지. 그게 뭔지 궁금하네."

"……"

"말하지 않을 셈인가? 흐음, 정말 이계의 손님까지도 한패인 것은 아니겠지?"

운정은 눈을 딱 감으면서 진저리가 난다는 듯 말했다.

"아직도 절 의심하십니까?"

"물론. 방금 눈을 감은 그 행위조차도 내 눈길에서 마음을 숨기기 위해 한 것이라고 의심하네."

"……."

"하지만 승부에서 졌지. 그리고 확실한 증거도 없어. 오로지 심증만 있지. 그것만 가지고 운정 도사 자네를 매도한다면 백도라 할 수 없지. 그래서 내어 주는 것이야. 아니었다면 이미 대악지옥에서 고문이라도 했겠지."

"화산파의 장문인으로서 해선 안 될 말씀들을 잘도 하십니다."

"노부도 아네. 노부는 애초에 백도의 기둥인 대화산파의 장문인이 될 만한 성정을 가지지 않았어. 그걸 너무나 잘 알기에 노부는 평생 장문인이 될 거란 기대조차 하지 않았지. 하지만 전 장문인인 정충은 나를 장문인으로 뽑았어. 나조차도 너무나 의외였지. 아마 시대가 시대인지라… 노부가 된 것이겠지."

"이리도 속마음을 내비치시니 예를 차리기 위해서 절 보러 오신 것은 아닌 듯합니다."

안우경이 고개를 크게 끄덕였다.

"그럼 내가 이곳에 온 이유를 한번 추측해 보게."

"그걸 어찌 알겠습니까?"

"운정 도사는 무당파의 마지막 제자라 해도 과언이 아니야. 무림에는 온갖 술수가 난무하지. 이 정도의 심계도 하지 못한다면 절대로 살아남을 수 없어. 특히나 태극지혈을 잃어버린 채로는 더더욱."

"……."

"그러니 애를 한번 써 보게. 제발 도도한 척 좀 그만하고. 그걸 보고 있노라면 마음속에서 살기가 치밀어 노부의 정진에 얼마나 방해가 되는 줄 아는가? 그러니 노부 생각을 좀 해서라도 부탁하니, 제발 머리 좀 굴려 보게."

운정은 눈을 뜨고 안우경을 보았다.

그곳엔 도저히 도사라고 볼 수 없는 노인의 매섭도록 차가운 두 눈이 그를 기다리고 있었다.

운정이 말했다.

"모르겠습니다."

"재미없군. 정말 모르겠는가?"

운정은 서로 속고 속이는 심계를 싫어했다. 안 그래도 그 때문에 자기 자신에게 혐오감을 느끼는 중이었다. 그러니 안우경의 대답에 해 줄 말은 하나밖에 없었다.

"정말 모르겠습니다. 왜 오셨습니까?"

안우경은 한동안 운정을 내려다보았다.

그러더니 곧 스스로 속내를 밝혔다.

"태극지혈을 그냥 내어 줄까, 아니면 화산에서 품을까 알아보려고 왔네."

"……."

"만약에 말이야, 정말로 만약에. 운정 도사가 이계의 손님들과 한패라면 화산은 절대로 태극지혈을 가져선 안 돼. 화산에 해가 될 것이 자명하니까. 하지만 그 외의 경우라면 화산이 가지고 있는 것이 절대적으로 이익. 내주었다가 혹여나 운정 도사가 검선이 그랬던 것처럼 마선의 경지를 깨달아 버리면 화산으로선 골치 아플 수 있거든. 전에 운정 도사가 했던 말로 유추해 보면 운정 도사는 내력을 되찾는 방도를 생각해 냈을 것인데, 그게 태극지혈과 관련이 있을 가능성이 높으니까 말일세."

"태극지혈 없이도 내력을 되찾을 방도가 있는 것 같은 게 의심스러워서 저를 구속하신 것 아닙니까? 그런데 생각이 그새 바뀌셨나 봅니다."

"이계와 한패라면 그 경우가 말이 되지. 이계인에게 약속받는 것이 무당산의 정기라면 충분히 이런 일을 벌일 만하니까. 하지만 그건 아닐 테고. 노부가 보았을 땐, 화산파에서 예의상 태극지혈을 받지 않을 거라고 운정 도사가 나름 계산한 것이 아닌가 해. 설마 백도의 중추인 화산에서 얼른 받아먹을 줄은 몰랐던 게지."

운정은 씹어 내뱉듯 말했다.

"그런 세속적인 생각을 머릿속에 품고 어찌 도사의 길을 걸을 수 있다는 말입니까?"

안우경은 조금도 지체하지 않고 대답했다.

"화산을 사랑하기 때문이다. 누구보다도."

"……."

"낙선이라 하지? 무당에서는. 도에서부터 완전히 끝장나는 거 말이야. 화산에도 마찬가지로 돌이킬 수 없는 정도가 있지만, 무당보단 훨씬 여유롭지. 나도 이 구질구질한 장문인 자리를 오래할 생각이 없네. 다만 이 구질구질한 시대가 지날 때까지, 내가 구질구질한 짓거리를 할 뿐일세. 그러곤 산속에 틀어박혀 참회하며 지내야겠지."

"그렇게 합리화하지만 결국 권력을 추구하는 것뿐 아닙니까?"

안우경은 피식 웃으며 말했다.

"스스로를 혐오하는 건 운정 도사뿐이 아니야. 의외로 세상엔 그런 사람들이 많지."

"……."

"하여간 이렇게 나오는 걸 보니 태극지혈은 화산파에서 가지고 있어야겠어. 태극지혈에 걸린 마법으로 화산의 정기를 훔치는… 그런 과도한 걱정까진 할 필요가 없는 것이니. 안 그런가, 운정 도사?"

운정은 다시금 눈을 감으며 말했다.

"애초에 그렇게 하기로 마음을 먹으셨잖습니까?"

안우경의 두 눈에 작은 감탄이 떠올랐다.

"오호? 이제 좀 머리를 굴리시는군. 그럼 내가 이곳에 진짜로 왜 왔겠는가?"

안우경의 말에 운정이 말했다.

"무당이 싫어 무당의 도사를 해코지하고 싶은 마음에서 그런 것입니다. 태극지혈을 주지 않는다고 하며 내 얼굴에 떠오르는 절망감을 직접 보고 싶어 그런 것입니다."

"흐음, 답을 맞혔으……."

"…라고 본인은 생각하실 겁니다."

운정에게 말이 빼앗긴 안우경은 순간 말을 이을 수 없었다.

짧은 침묵 가운데 운정이 다시 말했다.

"하지만 장문인께서는 그런 못된 이유에서 오신 것이 아닙니다."

"그럼?"

"스스로의 의심을 확인하고 싶어서 오신 겁니다. 그에 관해서 죄책감을 느끼시기에 말입니다."

"노부가? 노부가 죄책감을 느낀단 말인가?"

운정은 깊은 두 눈빛으로 안우경을 보았다.

"인간은 완전히 선할 수도, 완전히 악할 수도 없습니다, 장문인. 선한 내공을 익히는 백도의 무림인이라면 더 말할 것도 없습니다."

"……."

"사죄는 받아들였으니, 더는 마음 쓰지 마시고 돌아가셔도 됩니다."

안우경은 그 바닥을 알 수 없을 정도로 깊은 운정의 두 눈빛을 보며 어떠한 말도 할 수 없었다.

그렇게 한참을 운정을 내려다보던 안우경이 마지막 말을 남기며 몸을 돌렸다.

"잘 가시게, 운정 도사."

운정은 억지로 고개를 움직여 문가로 사라지는 안우경의 뒷모습을 보았다. 그의 뒷모습은 대화산파 장문인의 그것이라고 하기엔 너무나 초라했다.

*　　　　*　　　　*

화산파 아래 객잔까지 동행한 한근농이 운정에게 말했다.

"정말 여기까지면 됩니까? 원하신다면 다른 제자들을 동원해서 무당산까지 보필하겠습니다."

그의 말에 운정은 옅은 미소를 지으며 말했다.

"괜찮아."

한근농은 표정이 좋질 못했다. 운정은 그 좋지 못한 표정 때문에 마찬가지로 더욱 죄책감을 느꼈다.

한근농이 말했다.

"마지막이 될지 모르니 정식으로 사과하고 싶습니다. 죄송합니다."

"……"

그는 입술을 몇 번이고 씹다가 곧 가슴을 치고는 말했다.

"저와 비슷한 연배임에도 환골탈태를 이루셨고 또 제가 속으로 연모하는 정 사저의 마음을 얻으신 것 같아, 제 마음속에서 일어나는 시기심을 다스리지 못했습니다. 때문에 끝까지 운정 도사님을 믿지 못하고 의심하였습니다. 합당한 이유가 있었기 때문이 아니라, 오로지 개인적인 감정 때문에 눈앞이 가려졌습니다. 몸만 컸지 아직 어린아이에 불과하여 이토록 운정 도사님께 해악을 끼쳤으니, 용서하지 못하신다 하더라도 전 할 말이 없습니다."

한근농은 고개를 푹 숙였다. 그것은 밤잠을 설쳐가며 자신과 씨름하며 고통을 감내해야만 나올 수 있는 그런 사과였다. 그 말을 꺼내기까지 분명 수많은 고민을 했을 것이다.

운정은 속에서부터 진실을 토해 내고 싶은 충동을 느꼈다. 그는 토악질을 억지로 막듯 있는 힘을 다해서 속내를 억눌렀다. 그러니 겨우 한마디를 꺼내는 것이 최선이었다.

"정말 괜찮아."

그 말을 들은 한근농은 포권을 취하더니 마지막 말을 남겼다.

"그럼 평안하십시오."

그는 그렇게 몸을 돌려 화산파로 걸어갔다. 운정은 그의 뒷모습이 사라질 때까지 그를 보다가 곧 객잔 안으로 들어가 아무 방이나 잡고 침상 위에 누웠다.

아침과 점심이 지나 해가 질 무렵까지 그는 침상에서 나오지 않았다.

"괜찮나? 꼴이 말이 아니군."

운정은 눈을 떠 앞에서 들린 목소리의 주인을 보았다.

"카이랄."

카이랄은 백색의 눈동자로 그를 내려다보더니 곧 툭하니 말했다.

"다시 잃었군."

"뭘?"

"눈빛 말이다. 오랜 세월을 산 나보다 더 깊은 그 눈빛."

"……."

"내력이 없나 보군. 뭐, 그 칼이 없으니 당연한 말이겠지만. 무림인의 무공은 분명 대단하지만 내력이 없을 땐 몸도, 마음도 보통으로 돌아가는군."

운정은 귀찮다는 듯 말했다.

"나만 그렇지."

"너만?"

"삶의 고통도 모르고 그저 선공만 익혀 입신의 경지에 올랐었으니까. 그러니 선기가 없어져 낙선해 버리니 범인처럼, 아니, 범인보다 못한 거야."

카이랄은 운정의 옆에 걸터앉았다. 힘없이 누워 있는 운정을 내려다보던 카이랄이 말했다.

"자책하는 건가?"

"응."

"무엇을?"

"화산을 속인 걸."

"내 생각보다 정채린이란 그 여인과의 인연이 깊었나 보군."

"꼭 정 소저 때문만은 아니야. 그들 모두를 속인 것이 마음이 아프니까. 그것도 대의를 위해서가 아니라 그저 나를 위해서니까."

"이름을 아는 사인 나를 위한 것이 아니고?"

"조건이 없었다면 그랬겠지. 하지만 난 조건을 내걸었어. 즉, 나는 엄연히 나 자신을 위해서 그들을 속인 거야. 네가 그들에게 어떤 해악을 끼칠지도 모르는데."

카이랄이 나지막하게 말했다.

"스승과 사문을 위해서다. 무당파의 무공을 다시금 재확립하지 않는다면 무당파는 완전히 사라질 거라도 말하지 않았나?"

"다른 방도도 있었어. 화산에 솔직히 모든 것을 고하고 도움을 청하는 것. 그곳엔 사숙되시는 분도 계시니, 그분을 통해서 태극마심신공을 발전시켜 무당파의 유지를 이었을 수도 있어. 하지만 나는 여전히 그들을 속이는 걸 택했어. 태극마심신공 없이 무궁건곤신공으로 무당파의 유지를 잇기 위해서라지만… 이계의 도움을 받는다면 순수하지 않는 건 매한가지. 결국 스승님을 위한 것이 아니라, 그저 나는 나에게 더 쉬운 방법을 선택했을 뿐이야."

"혹은 나를 위해서 그렇게 한 것이지."

"그래, 카이랄. 생색내고 싶진 않지만, 내게 처음 생긴 친구를 위해서 나는 그렇게 했다고 믿으려 해. 그렇게라도 믿지 않으면 도저히 살고 싶지 않으니. 이래서 사람들이 쉽게 서로에게 죄악을 저지르나 싶어."

"그게 무슨 뜻이지?"

"나 자신을 위해서라고 하면 감당하지 못할 죄책감도, 내 친구를 위해서, 내 가족을 위해서, 내 사문을 위해서라고 하면 줄어드니까. 그렇게 처음 다들 시작하는 거지. 그렇게 다들 선을 넘는 거야. 그리고 한번 넘은 선은 그만큼 다시 넘기 쉬워지니까."

그 말을 들은 카이랄의 초점이 잠깐 흐려졌다.

"우리 일족에게 인간을 표현하는 재미있는 한마디가 있지."

"뭔데?"

"인간은 숲속에서 길을 걸으면 자기가 걷는 곳까지만 길이라 하고 자기가 걷지 않는 곳부터는 길이 아니라 한다는 말이다."

"한마디치고는 기네."

"번역상 길어진 거다."

운정은 그 말을 두고 생각하며 말했다.

"즉 사람은 자기가 저지른 짓까지는 괜찮다고 생각한다는 거 아니야."

"정확하게 말한다면 인간은 스스로 정의 내리길 좋아하고 그 기준점을 자신의 경험으로 삼는다는 것이다. 그런 사고방식으로 우리보다 더 큰 사회를 이루는 것이 어떻게 가능한지는 도저히 이해가 가질 않지만 말이야."

"⋯⋯."

"엘프에게도 죄책감은 있다. 인간은 잘 모르지만 사실 포악한 야수에게도 있지. 그것은 함부로 선을 넘지 않게끔 해 주는 일종의 장치 같은 거야. 크게 신경 쓰지 마."

운정은 도문의 글귀를 하나 떠올렸다.

"생명체가 영생하지 않고 번식으로 연명하는 이유가 뭔지 알아, 카이랄?"

"뭔데?"

"양심의 초기화로 얻는 집단적 이익이 지식과 경험의 초기화로 인한 개인적 손해보다 크기 때문이야. 양심은 그토록 소중한 것이지. 지식보다 경험보다 소중한 것을 단순한 장치로 생각하기 어려워."

카이랄은 엘프답게 반박했다.

"벌레들도 번식으로 번영하지만 그들에겐 양심이 없다."

운정은 눈을 감았다.

"내 말뜻은 그런 게 아니잖아."

"아니든, 맞든. 양심에 너무 큰 기대를 하지 말라는 거다. 내 말뜻은."

카이랄의 충고에도 운정은 고개를 저었다.

"친우를 위해서든, 내 자신을 위해서든, 남을 속이는 것은 잘못된 일이야. 내가 그들을 속이다니……."

운정은 고개를 파묻었다.

그 말은 카이랄에겐 지극히 어린아이의 투정 같은 것이지만, 카이랄은 그를 힐난하지 않았다. 이름을 아는 자인만큼 그의 입장을 충분히 생각했고, 때문에 그의 마음을 어느 정도 공감할 수 있었다.

운정은 세속에서 완전히 동떨어진 삶을 살았다. 그러니 남들이 흔히 저지른 작은 악행조차 저지를 필요가 없었고, 따라서 그 순수함을 지켜 온 것이다.

카이랄이 말했다.

"그래서 모두 강함을 추구하지. 강하다면 악을 저지를 필요가 없으니까."

운정이 고개를 파묻은 채로 카이랄에게 물었다.

"하지만 강해지기 위해서 악을 저지른다면 강해지는 데 무슨 의미가 있지?"

카이랄은 잠깐 침묵한 뒤 대답했다.

"엘프는 개개인이 그런 것을 판단하지 않는다. 그런 것을 연구하고 정의하는 자가 따로 있지. 나는 그저 일족의 요구대로 훈련을 받아 전장에 나갔고 또 임무를 수행하며 살 뿐이다. 물론 그 와중에 얻는 지식들과 지혜들이 있어 내 자의식이 점차 강해졌지만, 그렇다고 내 것을 앞서 내세우지 않아. 하얗고 검고를 떠나서 엘프는 모두 그렇다."

"······."

"나 나름대로 생각이 있지만, 우리 일족의 현자를 소개시켜주지. 그에게 물어봐. 그도 너도 서로 얻을 것이 많을 테니."

"너라면 뭔가 해답이 있을 거라 생각했는데··· 다른 사람이라면 괜찮아."

실망 어린 운정의 말에 카이랄이 타이르듯 말했다.

"현자는 일족 최고의 지혜를 가진 자다. 그러니 그에게 물어보면 될 것이다."

"……"

침울해진 운정의 뒷모습을 내려다보던 카이랄이 말을 이었다.

"확실히 넌 전과는 비교할 수 없을 만큼 몸도 마음도 어린아이가 되었다. 하지만 단 한 가지 괜찮아진 점이 있어."

"그게 뭔데?"

"무섭지는 않아."

"무섭지는 않다고? 내가 무서웠었어?"

운정이 놀란 눈으로 카이랄을 돌아보자, 카이랄은 턱에 손을 얹고 천천히 말했다.

"무섭다기보단, 두려웠다고 표현해야 하나. 그 말도 너무 강하군… 정확한 번역을 못 하겠다. 공포나 두려움보다는 조금 약한 감정이야. 그러니까 어두운 동굴로 들어가기 전에 조금 긴장하는 정도. 버섯 하나를 보고 독버섯인지 모르니까 경계하는 정도. 뭐 그 정도의 감정."

운정은 그가 하고자 하는 말을 대강 알아들었다.

"그래서? 왜 나에게 그런 감정을 느꼈는데?"

"넌 살생은 하지 못한다면서 사람이 죽는 것에 그 어떤 거부감도 없었지. 죽은 이를 위해서 기도를 했지만, 정작 그자들은 우리가 죽인 자들이었다. 그런 모습을 보면서 조금… 이질감을 느꼈다. 무당파의 가르침이라면 절대로 어기진 않지만… 그 외라면 어떠한 짓이라고 할 수 있는 그런 무서운 순수함을 느꼈어."

"……."

"하지만 지금은 인간 같아. 하나만 물어보지. 혹시 남을 속이는 것이 무당파의 가르침에 어긋나나?"

"그랬다면 무당파의 도사들은 다 죽었어야지. 거짓말을 하는 것이 불법일 뿐 정확히 남을 속이면 안 된다는 식의 공과율은 없어. 남이 스스로 알아서 오해하는 걸 내 책임이라고 볼 순 없으니까."

"그래. 다시 말하자면, 너는 지금 무당파의 가르침이 아닌 것에도 양심의 가책을 느낀 것이다. 원래의 너라면 절대 그러지 않았을 거야. 무당파의 가르침만 지키면 그만이었지. 안 그런가? 그런 점들 때문에 넌 인간이 아니라 동족 같았지."

"……."

겉만 도사인 척하는 더러운 위선자.

운정은 안우경의 말이 말하는 바를 이제야 확실히 이해할 수 있었다. 무당의 도사들은 그들의 가르침 속에 있는 공과율만 지킨다면 그 외에 모든 것에서는 자기 마음대로 하는 경향이 있다. 하나의 기준을 절대선이라 믿는 만큼 진정으로 선을 고민할 필요가 없기 때문이다.

운정이 물었다.

"애루후라 했나? 너희 일족은 다들 그래?"

"말했다시피, 엘프는 선악의 개념 같은 걸 고민해 주고 연구해 주는 자가 따로 있어 엘프 개개인은 그의 것을 받아들인다. 때문에 네가 보였던 양상과 비슷한 양상들을 많이 보여. 나만 해도 백 살 전에는 그렇게 살았지. 내 자의식이 충분히 강해져 그 외의 것이 보이기 시작한 것도 꽤나 최근의 일이야."

"배, 백 살? 너 몇 살인데?"

"중원 기준으로 정확히 계산을 안 해 봐서 모르겠지만, 백 년은 확실히 넘었을 거다."

"……."

이 소소한 충격에 운정은 한동안 말없이 고민에 빠졌다. 그런 그에게 충분한 시간을 준 카이랄이 품속에서 두 개의 물건을 꺼냈다. 겉에 이상한 조각이 되어 있는 것으로, 둘 다 어린아이의 주먹만 한 크기였다.

곁눈질로 그것을 본 운정은 갑자기 자리에서 벌떡 일어나더니 다소 격앙된 목소리로 말했다.

"그거구나. 애리매탈의 알."

반짝반짝 빛나는 운정의 두 눈을 보며, 카이랄은 한마디 해 주고 싶었지만 이제 겨우 기운을 되찾은 운정에게 찬물을 끼 얹고 싶진 않았다.

카이랄이 말했다.

"하나는 바람, 하나는 땅이다."

"오오, 좋아."

"그냥은 아무 쓸데없고, 우선 계약을 해야만 이 속에 잠든 엘리멘탈과 의사소통을 할 수 있게 된다. 하지만 우리 엘프의 방식이 네게 통할지는 모르겠어. 특히나 이 중원에서 말이야."

"그럼?"

"아무도 가 보지 않은 길이니, 네가 스스로 알아내야겠지."

"그럼 당장 하겠어."

"여기서?"

"어차피 이게 안 되면 그땐 그냥 검선의 태극마심신공을 익 힐 거야. 그 외에는 다른 방도가 없으니까. 어차피 당장 해야 할 일도 없고."

"……."

"일단 줘 봐."

카이랄은 떨떠름한 표정을 지었지만, 두 개의 엘리멘탈 알 을 운정에게 건네주었다. 운정은 그것을 양손에 받아 들더니,

이리저리 살펴보고는 카이랄을 보며 말했다.

"은은한 건기와 곤기가 느껴지는 건 맞네. 한번 이 기운을 이용해서 무궁건곤선공을 펼쳐 볼까?"

운정은 어깨를 들썩이더니, 곧 무궁건곤선공을 펼쳤다.

그때였다. 한 남자가 갑자기 방문을 벌컥 열고 들어온 것은. 그리고 그와 동시에 운정은 그 침상 위에 그대로 쓰러져 버렸다.

*   *   *

사람이 호흡하기조차 어려운 높은 고도에 두 명의 남자가 떠 있었다. 공중에 부유하는 마법사는 마치 사제처럼 고귀하게 서 있었으나, 그의 옆에 있는 머혼이 거지처럼 추위에 몸을 바들바들 떨고 있었다.

그의 목걸이에서는 계속해서 에메랄드빛이 나고 있었다.

머혼이 마법에 집중하고 있는 마법사에게 물었다.

"그러니까, 이 근방은 확실해."

"예, 예. 조금만 조용히 해 보세요. 집중 좀 하게."

신경질적인 어조로 말한 마법사는 자신의 마법에 집중하느라 머혼의 표정을 보지 못했다. 만약 머혼의 표정을 보았다면 절대 마법에 집중하지 않았으리라.

머혼은 하늘 높이 손을 들었다. 그리고 마법사의 뒷머리를 보았다. 하지만 이미 마법사의 뒷머리를 후려쳤어도 진작 후려쳤을 그 손은 웬일인지 그대로 자기 자리를 고수했다. 그리고 힘없이 스르르 내려왔다.

마법사는 자기도 모르게 몸을 움찔거렸다. 그리고 곧 자신이 움찔거렸다는 사실에 무언가 깨닫는 것이 있었다.

맞다. 방금 뒤통수를 맞을 짓을 했다. 그는 자각하지 못했지만, 다년간 뒤통수를 후려 맞으며 그의 뼛속에 각인된 그의 본능은 스스로가 맞을 짓을 했다는 것을 인지, 이후 이어질 고통을 위해서 몸을 움츠린 것이다. 그 모든 일련의 과정은 남들은 심혈을 기울여 집중해야 할 비행마법과 추적마법을 동시에 시전하면서도 잡생각을 할 만큼 넘쳐흐르는 포커스를 가진 마법사의 천재적인 재능으로 인한 결과였다.

그런데? 이어지는 고통이 없다? 마법사는 남아도는 포커스를 조금 사용하여 그 이유를 생각했다. 그리고 거의 즉시 그 답을 얻을 수 있었다. 머혼 백작은 자신이 전처럼 중원의 심법을 이용하여 마법을 펼칠 경우 뒤통수를 때리면 피를 토할시도 모른다는 생각을 하는 것이다!

마법사는 점점 올라가는 입꼬리를 안간힘을 다해 붙잡았다. 이대로 계속 중원의 심법을 사용하는 척 연기를 한다면, 아무리 시건방진 말을 해도 머혼의 손아귀에서 벗어날 수 있는 것이다!

아니다! 겸손하자! 모든 것에는 선이 있는 법. 너무 넘다간 오히려 들킬 수 있다.

마법사는 이 모든 생각을 정리하곤, 옷매무새를 가다듬으며 남짓 엄청난 일을 해낸 것처럼 이마의 땀을 훔치듯 했다. 물론 이마는 뽀송뽀송했지만.

"후우… 힘들군요. 저 여관입니다."

마법사는 손가락 하나를 들어 한 여관을 가리켰다. 머혼의 주름진 두 눈은 사람이 개미만큼 작아 보이는 높은 하늘 위에서 한 손가락으로 가리키는 집을 정확히 판별할 수 있을 리 만무했다. 대낮이어도 어려울 텐데 석양의 붉은빛으로는 더더욱 그랬다.

하지만 머혼은 마치 알았다는 듯이 되물었다.

"확실해?"

마법사는 눈초리를 살짝 모으더니, 고개를 몇 번이고 끄덕이며 말했다.

"예, 예. 분명 그 마법이 걸린 특이한 검을 가져온 자는 저곳에서 쉬고 있을 겁니다."

"그럼 한번 들어가 보자고. 어쩌다가 엘프의 향기를 묻히고 다니는지. 화산파 인물의 말을 들어 보면 엘프 본인들은 아닌 것 같고… 같은 중원인 같은데 말이야. 꽤나 흥미로워. 심상치 않은 자일 거야. 대가리가 있는 놈이면 우리가 자기 목숨을 살려 준 줄은 알겠지."

머혼의 말에 마법사가 물었다.

"굳이 이래도 되겠습니까? 화산파에게 거짓말을 하면서까지 말입니다."

머혼은 의미심장한 미소를 짓더니 마법사에게 말했다.

"네놈도 한 머리 하지만 나도 마찬가지야. 이래봬도 사교계, 정계에서 난 알아주는 수 싸움꾼이지."

"그래서요?"

"통역해서 알잖아? 화산파에선 이미 우리에게 마음을 닫았어. 하는 말은 들을 것도 없어. 눈빛 자체가 그냥 경계하는 그 눈빛이었지. 적을 보는 눈빛 말이야. 우리를 부른 용무가 끝나자마자 내치듯 한 것 봐. 원, 더러워서. 그 향검인가 뭔가 하는 작자는 말이 좀 통했는데, 그가 없으니 대화가 진행이 안 돼. 그러니 그냥 나와야지 어떡하겠어. 안에서 무슨 일이 일어나도 크게 일어난 것 같은데… 이젠 나도 신경 끌란다. 천마신교를 생각해서 이곳까지 왔는데, 이딴 식으로 나오면 나노 싫어."

마법사는 화산파 쪽을 슬쩍 보더니 머혼에게 물었다.

"우릴 미행할 것 같습니까?"

"하겠지. 아마 그 검을 가져온 자와 같이 움직이는 것이 아닌가 끝까지 지켜볼걸? 우리에게 공손히 물어보는 말들이 거의 취조의 성격을 떴지 아마? 저자와 우리가 한패인 걸 의심한다고 볼 수 있어. 정확히 그것이 무엇을 시사하는지 모르겠지만, 저자와 대화를 해 본다면 분명 흥미롭기 그지없는 결과에 도달할 거다. 에, 에취!"

재채기까지 하며 몸을 떨었지만, 머혼의 두 눈빛만큼은 젊은이의 그것처럼 활활 타올랐다. 마법사가 물었다.

"그럼? 어떻게 합니까?"

"화산에는 마법에 대해서 아는 자가 전혀 없어. 간단한 투명마법이면 우리의 행방을 전혀 모를 거야."

"흐음. 비행에, 추적에, 투명까지 쓰라고요? 그 정도면 마나 스톤이 하루도 안 가 동날 겁니다."

"일단 그 엘프의 향기가 나는 자를 만날 때까지만 해. 그리고 마나 스톤이 없으면 그 중원의 내공심법인지 뭔지 쓰면 되잖아? 암튼 내 촉이 말하고 있어. 그자에게 뭔가 있다."

"……."

마법사는 품속에서 마나 스톤 하나를 꺼냈다. 진한 검은빛이 나는 그것을 들고 주문을 외우자, 그 둘의 모습이 투명하게 변해 육안으로 식별할 수 없게 되었다. 그와 동시에 마나 스톤의 검은빛이 완전히 탁해졌다.

"그자를 원격에서 볼 수 있나? 지금 찾아가도 괜찮은지 알아보자고."

마법사는 어이없다는 듯이 머혼을 돌아보았다. 하지만 투명 마법 때문에 청명한 하늘만이 보일 뿐이었다.

"장난하십니까? 천리안까지 쓰면 한 시간도 못 버텨요."

"잠깐만 보자고."

마법사는 한숨을 내쉬고는 다시 눈을 감았다. 그리고 그는 자신의 두 눈을 두 손으로 가린 뒤에 몇 마디 마법 주문을 외웠다. 그런데 갑자기 그의 얼굴이 굳었다.

"다, 다크 엘프? 그, 그보다 설마? 엘리멘탈의 알?"

머혼은 당황한 마법사의 독백을 듣고는 놀라며 물었다.

"무슨 소리야, 갑자기? 다크 엘프라니? 그리고 엘리멘탈은 또 뭐……."

머혼의 말이 끝나기 전에, 마법사의 모습이 그 자리에서 사라졌다. 당연하지만, 머혼의 몸은 추락하기 시작했다.

"어? 어엉? 으, 으아악!"

비명 소리와 함께, 하늘에서부터 떨어지는 노인의 모습은 추하고 또 추했다. 온몸이 바들바들 떨리고 눈이 뒤로 넘어가더니 곧 정신을 놓아 버렸다.

그렇게 힘없이 축 처진 그의 늙은 몸은 빠른 속도로 떨어졌다.

카이랄은 보지도 않고 품속에서 대거(Dagger)를 꺼내 두 차
례 뿌리더니, 곧 다크 엘프 고유의 무기인 차크람(Chakram)을
꺼내 들었다. 그가 자세를 잡기도 전에 마법사의 몸에 닿을
듯했던 두 단검은 그의 앞에 펼쳐진 거대한 공기의 장벽에 막
혀, 공중에 부유했다.

마법사는 놀란 표정을 짓더니 양손을 앞으로 뻗고는 카이
랄에게 말했다.

"머, 멈추십시오! 저, 적이 아닙니다!"

카이랄은 그대로 차크람을 휘둘러 그 마법사 앞에 펼쳐진
공기의 장벽을 찢어 버리곤 그대로 그 사내의 목에 날카로운
칼날을 가져갔다. 공중에 선 두 대거가 땅에 떨어지기 무섭
게, 마법사의 목에서 한줄기 피가 흘러내렸다.

카이랄의 눈이 가늘어졌다. 마법사의 행색이 중원의 그것이
아님을 본 것이다. 카이랄은 매서운 눈길로 마법사를 바라보
며 파인랜드의 공용어로 으르렁거렸다.

"파인랜드의 인간이군, 마법사? 누구지?"

마법사는 겁에 질린 표정으로 카이랄을 보더니 곧 떨리는
한 손으로 운정을 가리키며 말했다.

"저, 저 남자는 지금 상당히 위험합니다. 목숨을 부지하지

못할 만큼!"

카이랄은 다른 손의 차크람까지 가져와 마법사의 목을 조여왔다. 마법사는 그대로 오줌을 지려도 이상할 것이 없을 만큼 몸을 바들바들 떨며 두려워했다.

마법사에게서 어떠한 살의도 찾지 못한 카이랄이 두 차크람을 내리며 위협적으로 일렀다.

"설명해라."

마법사는 침을 꼴깍 삼키더니 말했다.

"인간에겐 인간의 방식이 있습니다. 엘프의 방식대로 엘리멘탈을 부르려 하면 안 됩니다."

"무슨 뜻이지?"

"지금이라도 내가 가서 저자를 구해야 합니다. 안 그러면 저자의 영혼이 평생 돌아오지 않을 것입니다!"

카이랄은 마법사의 떨리는 목소리를 들으며 그 진위 여부를 판단했다. 마법사의 말은 갑자기 방 안에 쳐들어와서 늘어놓는 말치고는 참으로 믿기 어려웠다. 하지만 그 마법사의 두 눈빛에는 어떠한 악의나 공격 의사도 찾아볼 수 없었다.

카이랄이 말했다.

"난 마법사는 아니지만, 마법에 관한 지식은 상당하다. 허튼 수작 부리면 바로 목을 자를 테니, 그리 알아."

마법사는 고개를 연신 끄덕이더니, 곧 엉거주춤한 자세로 운정에게 다가갔다. 그리고 운정의 손목을 잡았는데, 카이랄은 그때까지 그 마법사의 목과 자신의 차크람의 간격을 정확히 손가락 두 마디로 유지하는 신기를 보여 주었다.

마법사는 눈을 살짝 감더니, 곧 마법을 영창했다. 카이랄은 그 주문을 듣는 데 집중하여 첫마디부터 끝마디까지, 중간중간 섞인 마법사의 호흡마저도 놓치지 않았다. 정확히 무슨 마법을 시전하는지는 몰랐지만 치유의 단어와 정신의 단어가 들어가는 것으로 봐서 해악을 끼칠 의도는 아닌 것이 분명했다.

마법사가 주문을 완성하자, 갑자기 운정이 눈을 크게 뜨더니 긴 호흡을 했다.

"후우우. 하아아."

카이랄이 보니, 운정의 의식이 돌아온 것 같진 않았다. 동공은 풀려 있었고, 얼굴은 무표정했다. 마법사는 그 자리에서 일어나더니 카이랄에게 말했다.

"응급처치는 했지만, 잠깐 다녀올 곳이 있습니다."

"뭐? 무슨 말이야."

"공간마법을 쓰려는데, 허락해 주십시오. 바로 이곳으로 오겠습니다."

카이랄은 살기 어린 눈빛을 번뜩이며 말했다.

"허튼 수작 부리면 목이 잘린다고 말했을 텐데?"

"이자를 살린 은인을 모셔 오겠다는 것입니다. 이야기는 그에게 들으십시오."

"갑자기 나타나서 하는 말들을 믿으라는 것이냐, 인간?"

마법사는 답답하다는 듯한 표정을 하더니, 곧 갑자기 자신의 가슴팍에 손을 대고는 말했다.

"신용의 대가로 심장을 주겠습니다. 그러니 다녀올 동안 잘 보관해 주십시오."

"뭐?"

마법사는 마법을 영창했다. 즉시 카이랄은 차크람을 휘두르려 했지만, 이번에 시전하는 마법은 그가 정확히 아는 마법이었다. 그렇기에 카이랄은 적절한 시간에 마법사의 목 안으로 파고드는 두 차크라에 힘을 뺄 수 있었다.

푸─욱!

마법사의 손이 그의 심장 안으로 들어갔다. 마법사는 그대로 자기의 심장을 잡아서 빼내었고, 쿵쾅거리며 그 생동감을 알리는 그의 심장을 마법사가 카이랄에게 내어 주었다.

"가지고 계십시오. 바로 오겠습니다."

그 마법은 다크 엘프의 마법이나. 누구모나노 그 마법의 효과를 잘 아는 카이랄은 마법사의 말이 진심임을 알 수 있었다.

"진심인 것은 알겠지만, 만에 하나라는 것이 있으니 받아 두

겠다."

카이랄은 왼손으로 차크람 하나를 등 뒤로 숨기고는 그 심장을 받았다. 마법사는 그것을 본 뒤, 바로 공간마법을 펼쳐 그 자리에서 사라졌고 몇 초 지나지 않아 머혼과 함께 나타났다.

"흐캬캭! 뭐, 뭐냐! 으악!"

막 기절에서 깨어난 머혼은 괴상한 소리를 마구 질리며 엉덩방아를 찧었다. 그 모습을 카이랄이 경계 어린 시선으로 바라보았다.

마법사는 카이랄에게 손을 내밀며 말했다.

"심장을……."

카이랄은 머혼과 마법사를 번갈아 보다가 곧 내어 주었고, 그 마법사는 심장을 되찾더니 그것을 자기 가슴 속에 넣었다. 그리고 몇 번이나 심호흡을 한 뒤에, 방의 구석에서 몸을 마구 떨고 있는 머혼에게 다가가 그의 뺨을 때렸다.

쫙!

정신이 번쩍 든 머혼은 동그랗게 변한 두 눈으로 마법사를 보았다.

"너, 너어. 지금 나, 날?"

마법사가 머혼의 몸을 번쩍 들며 세우더니 말했다.

"백작님, 백작님이 말씀하신 것처럼 대화는 백작님이 하셔야 합니다. 저는 지금 당장 아스트랄(Astral)로 가서 저 남자를 구해야 하니까, 다크 엘프에게 설명하는 일은 백작님께 부탁 드리겠습니다."

"어? 뭐? 뭐어?"

머혼은 당황한 표정으로 옆에 서 있는 카이랄과 침상에 누워 있는 운정을 연달아 보았다.

마법사는 카이랄을 돌아보더니 말했다.

"자세한 이야기는 여기 백작님에게 들으십시오. 당신은 공용어를 잘하시니 무리가 없으리라 봅니다."

마법사는 그렇게 말한 후 빠른 걸음으로 운정에게 다가가 그의 이마에 손을 올렸다. 그랬더니, 그 마법사의 몸도 갑자기 힘이 빠져 그대로 운정의 위로 엎어졌다.

"……."

"……."

방 안에 남은 한 엘프와 한 인간은 서로를 바라보며 입을 살포시 벌렸다. 서로 영문을 모르는 매한가지. 그나마 연장자라고 생각한 머혼이 어색한 한마디를 건넸다.

"숭원의 공기는 살 맞으시오?"

카이랄은 얼굴을 일그러뜨렸고, 머혼은 자기 얼굴을 쓸어내렸다.

                    *   *   *

　운정은 천천히 눈을 들어 하늘을 보았다. 오색구름이 찬란한 하늘 위로 연보랏빛이 나는 구름이 둥둥 떠 있었고, 서쪽 하늘에는 세상을 온통 검은빛으로 물들이는 칠흑의 태양이 떠 있었다. 그가 땅을 보니, 땅 위에선 은은한 흰빛이 흘러나왔는데, 그 칠흑의 태양이 내뿜는 검은빛이 닿는 곳에는 깊은 어둠이 내려앉아 있었다.

　"여, 여기는?"

　운정은 회색빛이 나는 나무줄기에 걸터앉아 있었다. 나무는 잎사귀가 하나도 없었고, 운정의 키보다 조금 높은 지점에서 마치 종잇장처럼 찢어져 있었다. 그는 그 나무를 좀 더 자세히 살펴보았다. 특이하게도, 각각 다른 두 개의 뿌리로부터 출발한 두 개의 나무가 서로 엉켜들어 가 하나를 이루기 직전의 상태였다. 그대로 자란다면 그 두 나무는 하나의 연리지(連理枝)가 될 것이다.

　그는 자리에서 일어나 사방을 보았다. 수없이 많은 둥근 동산들이 지평선까지 이어졌고 각 동산마다 나무가 한 그루씩 있었다. 어느 것은 하늘 높이 뻗어 있었고, 어떤 것은 작디작은 싹을 겨우 피웠을 뿐이다. 하지만 어느 동산에도 하나 이상의 나무가 자라진 않았다.

"이봐요!"

운정은 목소리가 들린 방향으로 고개를 돌렸다. 그곳엔 한 인형(人形)이 그에게 달려오고 있었는데, 이상하게도 그의 얼굴과 행색을 확인할 수 없었다. 마치 눈으론 그 색과 모양이 들어오지만 그것이 어떤 색이고 어떤 모양인지 기억나지 않는 듯했다.

운정이 말했다.

"사, 사람입니까?"

그 인형은 고개를 끄덕였다.

"전 로스부룩이라 합니다. 이젠 제가 보이십니까?"

헐레벌떡 달려온 인형이 운정 앞에 서서 자신의 이름을 말하자, 운정의 눈에 그의 흐릿하던 얼굴과 행색이 확연히 눈에 들어오기 시작했다. 하지만 운정은 그 이름을 듣기 전부터 그 얼굴과 행색을 보고 있었다는 것을 깨달았다. 단지 인지하지 못했을 뿐.

운정이 말했다.

"내 모습을 보려면 내 이름을 들어야 합니까?"

로스부룩은 고개를 여러 차례 끄덕였다.

"아스트랄(Astral)은 처음 오신 것일 텐데, 지혜로우시군요. 맞습니다. 이름을 말씀해 주십시오."

"운정입니다."

그 말을 들은 로스부룩은 운정에게 다가오더니 그의 어깨에 손을 올리며 말했다.

"한 가지 확인할 것이 있습니다. 혹시 화산파에 그 길고 붉은 한 쌍의 검을 가지고 오신 분이 본인입니까?"

운정은 자신의 어깨에 손을 올린 로스부룩을 위아래로 흘겨보며 말했다.

"그렇게 말하는 걸 보니, 화산파에서 초대한 이계의 손님이 바로 당신이군요."

로스부룩은 손을 내리더니 말했다.

"맞습니다. 후우… 그럼 다행입니다. 하마터면 현실로 돌아가지 못하게 될 뻔했습니다."

"무슨? 그게 무슨 뜻입니까?"

로스부룩은 그 자리에 주저앉더니 운정을 올려다보며 말했다.

"숨을 좀 골라야겠습니다. 너무 많은 마법을 한 번에 사용하다 보니, 포커스가 고갈되어서 이렇게 형태를 유지하는 것도 힘들군요."

"……"

"제가 무슨 말을 하는지 모르겠지요?"

"이계의 마법사인 것 같은데, 포커스가 고갈될 정도의 마법을 사용했다면 그 마법으로 이 이상한 곳으로 절 붙잡아 두

신 겁니까?"

운정의 지적에 로스부룩은 잠시 놀랐다. 운정은 이미 포커스가 무엇인지, 그리고 그것이 마법에 어떻게 사용되는지 알고 있는 것이 틀림없었다. 로스부룩은 곧 양손을 흔들며 말했다.

"아, 아닙니다. 이곳은 아스트랄이라고 해서, 그 표면에 보이는 세계에 정반대에 존재하는 곳입니다. 중원의 말로는 이면(裏面)의 세계라고 보면 됩니다. 이곳은 제가 누굴 잡아 두고 말고를 할 수 있는 세계가 아닙니다."

"이면의 세계라면, 이곳이 이계의 마법사인 당신의 고향입니까?"

"제가 사는 곳은 중원의 말로는 이계(異界). 여기는 이계(裏界)라고 보시면 됩니다."

"그 둘이 다른 겁니까?"

운정의 질문에 로스부룩은 양손을 앞으로 펼쳐 보았다.

"이 두 손은 말입니다. 각각 다른 세계를 뜻한다고 합시다. 이 세상에는 이렇듯 여러 세계가 있습니다. 차원의 거리로 서로 가까운 세계가 있는가 하면 먼 세계도 있지요. 이렇게 수많은 세계가 하나의 우주를 형성합니다. 이건 이해하겠습니까?"

"그것은 도문에도 있는 가르침이라 이해할 수 있습니다. 그런데 아스투랄이란 것은 뭡니까?"

로스부룩은 오른손을 뒤집었다.

"하나의 세상의 반대에 있는 세상을 말합니다. 그러니까, 종이에도 앞면과 뒷면이 있지 않습니까? 이렇듯 모든 세상에는 각각의 앞뒤가 있습니다. 저희가 있는 곳은 바로 중원의 아스트랄, 혹은 이계(裏界)라고 하는 곳입니다."

"이(異)와 이(裏)에 그런 차이가 있는 줄은 몰랐습니다. 흥미롭네요."

"⋯⋯."

로스부룩이 운정을 올려다보니, 그는 상당히 재밌다는 표정으로 턱을 괴고 있었다. 로스부룩이 자신을 뚫어지게 본다는 걸 깨달은 운정이 다시 말했다.

"왜 그러십니까?"

버뜩 정신을 차린 로스부룩이 대답했다.

"마치 아스트랄에 와 보셨던 것처럼 침착하셔서 놀랐습니다. 대부분의 사람은 처음 아스트랄에 올 때 육신조차 제대로 유지하지 못합니다."

"육신을 유지하지 못한다?"

"이곳은 정신이 모든 것을 만드는 곳입니다. 육이란 것이 없는 곳. 정신이 흐트러지면 그대로 그 존재가 사라지는 곳입니다. 예를 들어 두려운 감정이 든다면, 그것이 실체를 얻어 그대로 존재를 삼켜 버리지요. 그래서 마법사들도 제자들을 아스트랄로 처음 데리고 올 때는 신중에 신중을 기합니다."

"……."

"그런 의미에서 운정 공자께서 가진 정신력은 말로 다 표현할 수가 없군요. 그랜드위저드(Grand wizard)라도 그 정도의 디테일(Detail)을 취할 순 없을 겁니다."

운정은 고개를 숙여 자신의 몸을 보았다. 그가 입고 있는 새하얀 도복은 무당파 본연의 그것. 어떠한 결점도 찾아볼 수 없는 비현실적인 청결함이 가득했다.

그는 호흡을 내뱉은 후, 손을 허리춤으로 가져갔다. 덜컥. 손에 잡히는 익숙한 검이 있었다. 운정은 안도하며 그 검을 내려다보았다. 그곳에선 태극지혈이 아닌 태극검이 그를 반겼다.

운정은 조금 자신 있게 말했다.

"공자가 아닙니다. 도사입니다. 운정 도사라 불러주십시오."

아스트랄 사람의 정신세계를 투영한다. 로스부룩은 티끌 같은 더러움도 침범하지 못하는 운정을 보며, 경이롭다는 생각이 들었다. 그가 아는 가장 강력한 마법사도 운정의 디테일을 따라가긴 어려우리라. 심지어 운정은 심혈을 기울인 것도 아니다. 그저 가만히 존재할 뿐인데도, 현실과 동일하다 못해 오히려 넘어서는 디테일을 가지고 있었다.

트랜센덴트(Transcendent).

중원의 땅에서 그것을 이룩한 자를 만날 수 있을 줄이야.

로스부룩은 나지막하게 물었다.

"제가 모시는 분은 가끔, 아니, 아주 가끔 놀라운 일을 하시는데 이번은 정말 아니라고 생각했습니다. 하지만 이렇게 입신에 오른 자를 만나니 제가 모시는 분을 인정하지 않을 수 없군요. 중원에서 입신에 오른 자를 만나 뵐 수 있게 되니 영광입니다."

그의 말에 운정이 이상하다는 듯 그를 돌아보며 말했다.

"화산의 태룡향검을 보지 못하셨습니까?"

로스부룩은 고개를 끄덕였다.

"당신처럼 완벽하진 않았습니다. 가까스로 현실과 비슷한 정도의 디테일을 보일 뿐, 당신처럼 현실을 뛰어넘는 형상을 보여 주진 않을 겁니다."

"……."

"무슨 이유에서 이 신적인 모습이 현실에 드러나지 않는지는 모르겠습니다만, 제가 도울 수 있는 만큼 도와드리겠습니다. 중원에서 얻은 가장 큰 수확은 아마 당신을 만난 것인지도 모르겠습니다."

로스부룩의 공손한 말에 운정이 부드럽게 말했다.

"덕분에 오랜만에 신선의 경지를 다시금 맛보게 되었으니 고맙게 생각합니다. 후, 다시 이 상태로 돌아와, 내가 전에 했던 말과 행동들을 다시금 생각해 보니 참으로 어리석고 참으로 모자란 것이로군요. 하지만 그 육신의 껍질에 갇히게 된다면 또다시 그런 어리석고 모자란 판단을 거듭할 것입니다. 허무하고 또 허무하군요."

과연 운정의 표정에는 허탈감이 가득했다.

로스부룩은 그 모습에 작은 위기감을 느껴 서둘러 그의 말을 꺼냈다.

"사실 지금 우린 급한 상황에 있습니다. 그렇게 넋두리를 할 때가 아닙니다."

"아, 그렇습니까? 신선의 마음을 되찾고 나면 모든 일이 무의미하게 느껴져 조금 느긋했나 봅니다. 분명 당신도 이곳까지 나를 따라온 이유가 있을 텐데 말입니다. 말씀해 보십시오."

로스부룩이 엉켜 있는 나무를 가리키며 말했다.

"보시다시피 이미 당신의 정신에는 두 개의 패밀리어가 자리를 잡고 말았습니다. 패밀리어란 자아의 분신. 절대로 두 개가 될 수 없습니다만, 그 다크 엘프가 건네준 두 개의 엘리멘탈에 동시에 기운을 불어 넣어서 이런 사태가 벌어진 것 같습니다."

운정은 잠시 잠깐 미간을 좁혔다가 곧 깨달았다는 듯 말했다.

"아, 분명 그런 일이 있었습니다. 방금 전의 일이지만, 마치

십 년 전의 일을 기억하는 것 같습니다."

로스부룩이 더 말했다.

"이대로 둔다면 자아분열이 일어나게 됩니다. 때문에 운정 도사의 정신 또한 저 두 개의 패밀리어에 맞춰 분열되고 있었습니다. 그랬기에 제가 우선 엘리멘탈을 진정시켰습니다만, 언제라도 분열은 시작될 겁니다."

"흐음. 무슨 뜻인지는 잘 모르겠지만 내 정신에 악영향이 미친다는 뜻이로군요."

로스부룩은 그 나무에 다가가 자세히 살펴보면서 천천히 설명했다.

"원래대로라면 선착(先着)의 법칙에 따라 하나의 패밀리어가 정해지면 결코 다른 패밀리어는 들어올 수 없게 될 것입니다만, 흥미롭게도 중원의 기술을 이용하여 기운을 조화롭게 끌고 가니 저렇게 엉켜 버리는 사태가 일어난 것 같습니다. 하지만 엘리멘탈은 분명한 의식을 가지고 있는 정신체이니, 중원의 기술이라고 해서 완전히 융합은 할 수 없을 것으로 보입니다. 이렇게 보니 정신 분열이 아니라 아예 뒤죽박죽 섞여서 자아 상실로 이어지겠군요."

운정은 포권을 취하며 말했다.

"이해는 잘 가지 않지만, 은혜를 입은 것 같습니다. 감사드립니다."

로스부룩이 말했다.

"다크 엘프와 인연이 있는 중원의 입신의 고수라면… 뭐 저희도 인연을 쌓을 수 있게 되어 감사할 따름이지요. 또 그것이 이렇게 도움을 줄 수 있는 형태라는 것도 운이 좋았습니다."

"……"

로스부룩은 한참을 그 나무를 바라보다가 이내 허리를 젖혀 몸을 일으켰다.

"에구구, 허리야. 자, 정확한 해결책은 잘 모르겠습니다만. 확실한 것 하나는 우선 마법사가 되셨다는 겁니다."

"마법사가? 내가 말입니까?"

"예, 예. 패밀리어가 그 증거이지요. 하나도 아니고 두 개나 되니 마법사가 아니라곤 할 수 없습니다."

"……"

"엘리멘탈이 알에서 깨어날 정도의 충격을 받았습니다. 알을 단숨에 부화시켜서 이렇게 뿌리를 내리게 만들었으니, 이젠 엘리멘탈과 떼어질 수도 없는 사이십니다. 중원식으로 말하면 자연스럽게 내공을 취득해 버린 겁니다. 이제 와서 그만둘 수도 없으니 천마신교의 마인들이 익히는 마공을 취득했다고 하는 것이 더 옳겠군요. 제가 보았을 땐, 처음부터 마법을 차근차근 익혀서 천천히 소통하지 않으시면 안 될 듯합니다."

"그럼 그걸 어떻게 하면 되는 것입니까?"

로스부룩은 대수롭지 않다는 듯 말했다.

"엘리멘탈은 인간에게서 흔히 찾아보기 어려운 패밀리어입니다. 에어(Aer)와 테라(Terra)의 스쿨(School)은 엘프들과 긴밀한 관계를 맺은 스쿨이지요. 제가 소개시켜 드릴 수는 있습니다. 물론 공짜는 아닙니다."

"……"

"우선 현실로 돌아갑시다. 살펴보니 이대로 그냥 현실로 돌아가도 큰 무리는 없을 것 같습니다. 또 여기서 많은 이야기를 해 봤자 잘 기억도 안 날 겁니다."

로스부룩은 방긋 웃으며 손을 내밀었다. 운정은 그 손을 잠시 내려다보다가 말했다.

"다시 그 껍질로 돌아가고 싶지 않기도 하지만……."

"……"

"이렇듯 정신 속에서만 입신을 이루고 있다 하여 무슨 의미가 있겠습니까? 산속이든 세속이든 입신의 경지가 변하지 않아야 진정한 입신이지요. 떠나겠습니다."

운정은 옅은 미소를 지으며 로스부룩의 손을 마주 잡았다.

로스부룩이 본 운정의 마지막 표정은 아쉬움과 허무함이었다.

마법으로 인해 뒤로 손이 묶이고 두 다리가 의자 다리에
붙어 버린 채, 심문을 받다시피 하는 건 머혼에게 전혀 익숙
하지 않은 일이었다. 머혼은 괴로운 마음에 최대한 애처로운
목소리로 말했다.

"어차피 나는 아무런 무술도 마법도 모르는데 이렇게까지
해야 하나?"

카이랄은 머혼의 부탁을 처절하다시피 무시했다. 그는 말없
이 자신의 대거와 차크람을 점검했고, 곧 그를 돌아보며 말했
다.

"어디 왕국의 귀족이지?"

서늘한 그 말은 차가운 눈빛을 동반했다. 머혼은 본능적으
로 그가 원하는 대답을 하지 않을 경우, 손가락이든 발가락이
든 어디 하나가 잘려 나간다는 것을 알 수 있었다.

그렇게 마음을 먹고 나자, 머혼의 눈빛 또한 낮게 가라앉았
다.

"델라이(Delai). 머혼 백작이다."

"델라이의 머혼 백작이라. 그럼 이 마법사가 그 유명한 델
라이의 천재인가?"

"가까이서 본 나로서는 인정하기 싫지만, 그렇다."

카이랄은 운정 위에 엎어진 채로 정신을 잃은 로스부룩을 흘겨보더니 머혼에게 말했다.

"하긴, 차원 간의 이동은 쉽지 않으니, 보낼 땐 최고의 인물들로 보내야 하겠지. 혹 델라이의 미치광이는?"

머혼은 카이랄이 다크 엘프라고 믿기 어려울 정도로 인간 세상에 해박한 지식을 가졌다고 생각했다. 다크 엘프와 인간은 거의 교류가 없기 때문이다. 단적인 예로 머혼 본인이 다크 엘프에 대해서 아는 것은 단편적인 것밖에 없었다.

머혼이 그를 떠보기 위해서 물었다.

"그가 없으면 델라이 왕국은 그날로 멸망인데, 오겠나?"

"하긴."

즉시 수긍하는 것을 보면 카이랄은 델라이 왕궁의 유명 인사뿐 아니라 그 주변 나라들과의 관계 및 군사력까지도 대강 파악하고 있는 것이 분명했다.

머혼은 선수를 잡기 위해서 다시금 물었다.

"다크 엘프가 중원에 무슨 볼일이지?"

"허튼 수작 부리지 마. 질문은 내가 한다."

"……."

"델라이에선 둘뿐인가?"

카이랄의 질문에 머혼이 대답했다.

"본인이 말했다시피 차원 이동은 쉽지 않아. 델라이의 국력으론 두 명 보내는 것도 벅차지. 엘프 쪽은 아닌가 보군."

"왜지? 나 의외에 다른 엘프도 중원에서 마주쳤나?"

머혼의 눈꼬리가 살짝 올라갔다.

"흥. 엘프답지 않은 좋은 수였지만, 난 이미 다른 엘프도 중원에 왔었다는 걸 확신한다. 저자의 몸에선 엘프의 향기가 나고 있어. 여자 엘프가 아닌 이상 향기를 묻히는 건 불가능하니, 적어도 당신 말고도 다른 엘프가 이곳에 온 것이지."

카이랄은 머혼을 노려보다가, 문득 그가 목걸이를 옷 안쪽으로 착용하고 있다는 걸 발견했다. 그는 그것을 잡아 뺏어들었는데, 그 목걸이는 은은한 에메랄드빛을 내고 있었다.

"이 아티펙트 때문에 여길 찾은 것이군. 엘프의 냄새를 맡을 수 있는 건가?"

카이랄은 그것을 자기 품에 넣었다. 머혼은 두 눈을 꼭 감으며 쓰린 속을 참았다.

그가 말했다.

"엘프의 차원 이동 방법을 알고 싶다. 한 인간 국가의 국력으로도 두 명이 최선인데, 아직 부족사회를 이루고 있는 엘프들이 차원 이동이 가능할 정도의 자원과 기술을 가지고 있다고 믿기 어려워. 분명 우리보다 수백 배, 아니, 수천 배는 효율적인 방법이 있을 테지. 일족의 장로에게 이야기해 보고 델라

스에서 얻을 수 있을 만한 동등한 것을 요구한다면 나 또한 우리의 국왕에게 말을 해서, 서로서로 돕는 것은 어떤가?"

카이랄은 팔짱을 끼더니 그에게 말했다.

"인간과의 거래는 엘프도 조심스럽지. 다크 엘프가 할 거라 생각하는가?"

"이제부터 하면 되지. 시대가 변했어. 이렇게 마나가 충만하기 그지없는 이계와 마주칠 줄이야 꿈에도 몰랐지. 이제 예언자 그레이스가 되살아나도 한 시간 후의 미래조차 못 맞힐걸? 미래는 불투명해지면 불투명해질수록……"

카이랄은 머혼의 말을 뺏었다.

"선점하는 자의 것이지."

"그래. 다크 엘프도 예언자 그레이스는 아는군."

"……"

"잘 알겠지만, 인간은 미개척지를 개척하지. 이 중원의 힘을 먼저 얻는 것은 인간일 것이고, 그러면 인간의 힘은 타종족에 비해 더욱 강력해진다. 다크 엘프의 입장에서 반가운 소리는 아니겠지. 그러니 서로 협력하자는 것이다. 어차피 강물의 흐름은 막을 수 없으니, 같이 가야지."

카이랄은 분노를 표하며 씹어 내뱉듯 말했다.

"숲에는 엘프가 살지. 계곡에는 드래곤(Dragon)이 산다. 그 누구도 살아 있을 수 없다 믿어 의심치 않는 불타오르는 헬

(Hell)에도 데빌(Devil)들이 산다. 이 세상 어느 곳도 너희 인간들이 감히 미개척지라 칭할 수 있는 곳은 없어. 미개척지라 부르며 그곳에 사는 원주민들을 학살하고 그들의 것을 취하는 악독한 행위를 개척이란 이름 아래 가릴 텐가?"

머혼은 이런 논쟁에 질 정도로 녹록하지 않았다. 그는 천천히 그리고 정확히 발음하며 카이랄에게 말했다.

"처음 하면 서투르게 마련. 인간의 국력이 나날이 발전하고 그것을 사용하여 인간의 추악한 욕구를 채운 것은 분명한 역사적 사실. 하지만 우리는 스스로를 제한하고 발전시킬 능력이 있어. 후회할 줄 알며 반성할 줄도 알지. 때문에 작금에 와서 우리의 힘을 그저 폭력으로 낭비하는 것이 아니라 이렇듯 외교로 승부하고 있지 않나?"

"인간이 말하는 외교란 결국 폭력으로 짓밟기 전 네 스스로의 양심을 죽이기 위한 행위일 뿐이야."

"외교로 전쟁을 빗겨간 역사도 적지 않다."

"외교로 얻는 것이 전쟁으로 얻는 것보다 싸기 때문에 그런 방도를 취한 것 아닌가? 결국 끝없는 욕구를 채우려는 것은 매한가지야."

카이랄의 말을 머혼은 감히 부정할 수 없었으나, 그가 생각하는 바를 말했다.

"그것이 인간이 생존한 방식이지. 우리더러 우리가 생존한 방식을 버리라는 것인가? 또한 버린다면, 우리의 생존을 누가 책임질 것인가? 다크 엘프가 할 것인가?"

"……."

"인간의 다양성을 모르진 않겠지. 인간 중엔 엘프보다 엘프 같은 사람이 있는가 하면 드래곤보다 더 드래곤 같은 사람이 있지. 그런 무궁한 다양성을 가진 인간이 사회를 이루기 위해선 필연적으로 약해야 하며 또한 악해야 해. 그렇지 않다면 서로의 생존을 위해 애초부터 모이지 않을 테니까. 그리고 그것을 위해서 우린 끝없는 욕망을 타고났다. 이를 부정하고자 한다면 적어도 더 좋은 대안을 들고 와. 얼마든지 받아 주지."

머혼의 말에 카이랄은 꿀 먹은 벙어리처럼 가만히 머혼을 바라보고만 있었다. 손과 다리를 억압당한 채 생살여탈권을 지닌 자 앞에서 이렇듯 당당하게 자신의 철학을 설파할 수 있는 자는 고귀한 엘프 중에서도 몇 없을 것이다.

카이랄은 중얼거리듯 말했다.

"네가 살아남는 쪽이었으면 좋겠군."

"무슨 뜻이지?"

"인간의 발전은 오로지 살아남는 자들에 의해서 이루어지니, 네가 가진 생각이 인간 주류의 것이 되길 바란다는 뜻이다."

"……."

"네 제안, 생각해 보겠다. 과거 엘프는 마법혁명이라는 새로운 흐름을 부정했었다. 그 결과 상당수의 인구가 줄게 되었지. 중원이라는 이 새로운 흐름 또한 부정하려고만 한다면 분명 또다시 처참한 결과가 일어나 엘프의 생존이 불가능할 수도 있겠다는 염려가 있다."

"그건 엘프만의 생각이 아니야. 인간 국가도 마찬가지다. 이 새로운 가능성에 대해서 모두들 기대와 두려움을 같이 가지고 있지. 같은 입장이다. 그러니 전에는 하지 않았던 것을 과감히 해야 한다."

카이랄은 고개를 끄덕였다. 그러더니 공중에 손짓하여 머혼의 몸을 구속하던 마법들을 모조리 풀었다. 머혼은 손마디와 발목을 풀면서 생각했다.

아무리 오래 살았다고 하나 엘프는 엘프. 거짓이 없는 세상에 살다 보니, 타인에 대한 피아 식별을 끝나면 관계의 정의가 한쪽으로 완전히 치우쳐지게 마련이다. 적 아니면 친구. 그것이 엘프의 사고방식이다. 그래도 나이가 있기는 있는지, 어린 엘프처럼 완전히 믿어 버리진 않지만, 이 짧은 시간에 인간이라면 불가능한 정도의 유대감이 형성되었을 것이다. 문제는 그 장단에 잘 놀아나는 것.

머혼은 낯설기 그지없는 이 다크 엘프가 동네에서 자주 마주치는 친구의 친구쯤으로 생각하기로 마음먹었다.

그가 말했다.

"목이 말라서 그러는데, 혹시 한어를 할 수 있다면 차를 주문하는 걸 도와줄 수 있나?"

카이랄은 갑작스러운 머혼의 질문에 얼굴을 잠시 찌푸렸지만, 운정과 로스부룩을 보더니 말했다.

"너희를 완전히 신용하는 것은 아니다. 이 둘에게서 시선을 뗄 수 없으니, 주인을 불러오면 그에게 말을 건네는 것까진 하지."

머혼은 방긋 웃고는 자리에서 일어났다.

"다른 곳에 가지 않을 거니까, 걱정하지 말고. 딱 주인만 불러오지. 그 정도야 뭐 손짓 발짓 하면 될 테니까."

"그 말이 진실이라는 것은 이미 아니까, 그렇게 약속할 필요 없다."

카이랄은 머혼에게 관심을 끄곤 운정을 보았다. 머혼은 조심스레 밖으로 나가더니, 그가 카이랄에게 했던 말 그대로 주인을 불러오는 행동 외에 다른 것을 하지 않았다. 소변이 마려웠으나, 그가 카이랄에게 말한 진실이 왜곡될까 변소에도 가지 않았다. 한번 신용이 틀어진다면 걷잡을 수 없기 때문이다.

"변소에도 간다고 할걸 그랬네……."

나지막하게 중얼거린 머혼이 객잔 주인과 함께 방에 왔다.

카이랄은 긴 귀를 가릴 수 있는 모자를 쓰고 있었는데, 엘프를 모르는 중원인의 시각에선 매우 특수한 문화를 가진 소수민족쯤으로 보였다. 그래도 중원인의 모습과 상당히 달랐기에, 객잔 주인의 두 눈은 마치 요괴라도 보는 듯, 놀란 눈으로 카이랄을 보았다.

카이랄은 머혼의 눈을 뚫어지게 바라보더니, 곧 객잔 주인에게 시선을 돌리며 한어로 말했다.

"請給我四杯紅茶."

객잔 주인이 방 안을 둘러보더니 말했다.

"你需要支付更多的錢, 因為還有兩個人."

"總共多少?"

"兩枚銅錢."

카이랄은 품속에서 동자 두 개를 꺼내서 주었고, 객잔 주인은 그것을 받아 들더니 계단 아래로 내려갔다. 멀뚱멀뚱한 눈으로 둘의 대화를 지켜보던 머혼은 한적한 자리에 앉아서 운정과 로스부룩에게 고갯짓을 했다.

"아직인가?"

카이랄이 대답했다.

"아스트랄에 갔다면 언제 귀환할지는 알 수 없어. 이대로 시간을 흘려보내는 수밖에."

"자칫 잘못하다간 화산에 들킬 염려가 있는데. 우리가 한패라고 오해한다면 다시 추격해서 붙잡을지도 몰라."

"왜지?"

머혼은 화산의 사정을 잠시 동안 알려 주었고, 그 이야기를 모두 들은 카이랄은 어이없다는 듯 말했다.

"그럼 방금 객잔 주인은 왜 부른 것이지? 그에게 우리 존재가 알려지면 곤란하지 않나?"

"아……."

"……."

"몰랐군."

"몰랐다?"

"정말이야. 일부러 그랬다고 오해하지 않았으……."

"오해하지 않는다."

카이랄은 그렇게 말한 후에, 방 밖으로 나갔다. 그런 그의 뒷모습을 보다가 곧 문이 닫히자 머혼은 얼른 자기 머리를 쥐어뜯었다.

"이런 병신이 따로 없지. 유대감을 좀 더 형성해 보겠다고 이딴 차나 시키고. 당장 눈앞이 급해서 병신 같은 짓을 해 버렸구먼. 후우. 엘프라서 정말 다행이야. 안 그랬으면 내가 일부러 그랬다고 꼼짝없이 믿었겠어."

"그렇게 머리를 쥐어뜯는 걸 보니, 또 바보 같은 실수를 하셨군요?"

머혼은 앞에서 들리는 소리에 고개를 퍼뜩 들었다. 그곳에는 관자놀이를 집고 눈을 껌벅껌벅 거리는 로스부룩이 있었다.

"어? 돌아왔군. 일은 잘되었나? 그자는 어때?"

로스부룩은 이제 막 정신이 들어 눈을 뜬 운정을 흘겨보더니 말했다.

"你還好嗎?"

운정은 가만히 눈동자만 이리저리 움직이더니 말했다.

"這就像一場夢."

로스부룩은 한숨을 쉬며 머혼에게 말했다.

"괜찮습니다. 그런데 백작님이 또 무슨 사고를 치셨기에 또 머리를 쥐어뜯고 계셨습니까?"

머혼은 깊은 한숨을 내리쉬더니 손가락으로 앞에 놓인 차를 가리켰다.

"차를 시켰다. 다크 엘프랑 친해지려고. 그런데 객잔 주인이 엘프를 봤어."

파인랜드 전체에 천재로 소문난 로스부룩은 그 말만 듣고 상황을 모두 파악했다.

"진짜······."

"욕하려면 해. 먹어도 싸니."

"후우, 됐습니다. 백작님이 바보 같은 실수를 할 때가 됐긴

됐죠. 그 왜, 기억나십니까? 한번은⋯⋯."

"알았으니까, 그만해."

"다크 엘프는요?"

"처리하러 나간 것 같은데?"

그 말을 들은 로스부룩은 벌떡 일어났다.

"아니 그런 일을 다크 엘프에게 맡기면 어떡합니까?"

"왜? 왜?"

영문을 모르겠다는 듯한 머혼을 내려다보더니 곧 로스부룩이 재빨리 방 밖으로 나가며 말했다.

"다크 엘프라면 90퍼센트 이상, 죽일 겁니다. 그럼 일은 더 커지죠. 한번 실수하고 나면 적어도 육 개월은 괜찮은데, 이번처럼 연속적으로 실수하는 건 또 처음입니다? 역시 백작님도 나이는 어쩔 수 없는 것 같습니다."

그렇게 뛰쳐나간 로스부룩의 뒷모습을 보며 머혼은 또다시 자신의 머리를 쥐어뜯었다. 그런 그의 모습을 운정이 묘한 표정으로 바라보았고, 그 시선이 신경 쓰인 머혼은 결국 손을 서서히 내렸다.

"⋯⋯."

"⋯⋯."

서로를 처음 보지만 말이 통하지 않는 두 사람은 우선 침묵을 지켰다. 운정이 곧 이계어로 인삿말을 기억했을 때쯤, 무시무시한 살기가 객잔 전체를 짓눌렀다.

운정이 고개를 돌려 창밖을 보니, 그곳엔 카이랄과 정채린이 전력으로 부딪치고 있었다. 정채린의 매화검은 이미 출수되었고, 카이랄의 불도 이미 토해지고 있었다.

그 순간 운정의 두 눈동자가 미약한 연보랏빛으로 아른거렸다.

탁.

머혼이 운정이 움직였다는 것을 인지할 때쯤, 운정의 다리는 이미 창문턱을 밟고 있었다. 그리고 그것을 보고도 믿을 수 없었던 머혼이 눈을 깜박이고 다시 떴을 때, 운정은 방 안에 더 이상 존재하지 않았다.

그는 이미 카이랄과 정채린의 사이에 있었다.

第十四章

안우경과 면담을 마치고 밖으로 나온 수향차는 무거운 마음에 깊은 한숨을 쉬었다. 그러나 혹시라도 안에 계신 스승님께서 들을까 염려되는 생각이 들자, 최대한 소리를 내지 않으려 했다.

그러니 시원할 리가 없다.

그녀는 답답함을 풀기 위해서라도 최대로 내력을 끌어올려 화산파의 경공 암향표를 극한으로 펼쳤다. 있는 힘껏 바람을 마중 나가며 얼굴이 아플 정도로 맞으니 마음에 가득 담긴 짐 덩이가 풍화되는 듯했다.

그녀는 평소보다 세 배는 빨리 그녀의 거처에 도착했다. 그곳엔 의외의 손님이 있었다.

"후우… 힘드네. 채린인가? 웬일이래."

정채린은 스승인 수향차에게도 자신의 본심을 잘 드러내지 않았다. 수향차는 정채린에게 무공을 가르치는 와중에 아무리 가까워져도 꼭 한 번씩 거대한 마음의 장벽에 가로막히곤 했다. 때문에 스스로 먼저 거처에 찾아와 있는 경우는 좀처럼 없었다. 뜻밖에 정채린이 자길 기다리고 있다는 생각에 수향차는 조금 기분이 좋아졌다.

그러나 고개를 올려 다가오는 스승을 바라보는 정채린의 표정을 보자, 좋아졌던 수향차의 기분이 금세 달아났다.

"너… 울었어?"

아무리 고된 수련이라고 해도 절대로 눈물을 보인 적이 없던 사람이 정채린이다. 남제자들도 질질 짜면서 살려 달라고 울부짖는 지옥 같은 훈련 속에도 얼굴 표정 하나 변하지 않았던 정채린이다. 그런데 그런 그녀가 눈물을 보이고 있다?

정채린은 자신의 검을 만지작거리며 나지막하게 말했다.

"제 자신이 싫습니다."

"……."

"그깟 외모 하나로 남자를 좋아하는 제가 싫습니다, 스승님."

수향차는 서서히 그녀 앞에 다가가 앉아 그녀의 얼굴을 자신의 풍만한 가슴에 기대게 했다. 정채린은 그리운 어머니의 품속에 들어온 것 같아, 억지로 참았던 눈물을 다시금 흘리기 시작했다.

수향차가 말했다.

"아직까지 결혼도 못 했지만 남자 보는 눈에는 자신 있어. 그런 내가 직접 시험해 봤잖아? 그 도사는 괜찮은 남자야. 그러니 단순히 외모만 보고 네가 그 남자를 좋아하는 건 아닐 거야."

"그렇습니까?"

"왜 갑자기 그런 생각을 하게 되었니?"

"모르겠습니다. 청아의 말이 자꾸만 생각이 나서……."

"그 계집애 말은 한 귀로 듣고 한 귀로 흘리라고 내가 몇 번이나 말해 주었잖니? 매번 잘해 왔으면서."

"이번엔 모르겠습니다. 자꾸만 그 말들이 마음속에 맴돌고… 전처럼 흘려들을 수가 없습니다."

수향차는 정채린의 머리를 크게 쓰다듬었다.

"그러기에, 만날 수 있을 때 남자들을 만나 보라니까. 네가 만약 여러 남자들과 연애를 해 봤으면, 이렇게 좋은 남자가 나타났을 때 어떻게 해야 할지 잘 알 텐데… 내 누누이 말했잖니. 검공을 훈련하고 경공을 익히듯, 남자들도 여러 번 만나 봐야 좋은 사람도 만날 수 있다고."

"……."

"청아 그 계집애가 하는 말은 대부분 질투 어린 쓸모없는 말이지만, 한 가지는 맞다. 남자도 만나 봐야 제대로 된 남자를 만날 수 있어. 너는 네 마음을 빼앗긴 것이 처음이라, 그것을 제대로 표현할 줄도 모르고 또 상대방의 마음도 얻을 줄 모르는 것이지. 그렇다고 그 도사도 여자를 모르는 것 같으니, 에휴. 너희 둘이 이어지려면 월하노인(月下老人)이 팔 걷고 나서도 힘들겠다야."

"지금 위로해 주시는 것입니까?"

수청아는 머쓱한 표정을 지었다. 그녀는 정채린의 말에 자기의 평소 말버릇이 누구를 위로하는 데 썩 좋지 못하다는 걸 깨달았다. 그러니 위로보다는 자기가 잘할 수 있는 걸 하기로 했다.

수청아는 정채린의 양손을 꼭 맞잡은 채로, 그녀의 눈을 똑바로 응시하며 말했다.

"덮쳐."

"네?"

"덮치라고, 확! 모르겠어?"

"……."

"밤에 찾아가서 옷 벗고 그 남자 이불 속에 들어가서……."

"무슨 말인지 압니다. 그, 그런데 그걸……."

"맨날 남제자들 마음에 불장난만 쳐 놓은 죗값을 내가 이제 치를 때가 되었구나! 이렇게 생각하고 그냥 눈 딱 감고 하라고."

"……."

정채린은 눈물이 쏙 들어가는 것 같았다. 그녀가 어이없다는 듯 수향차를 보는데, 수향차는 지지 않고 자신의 말을 계속했다.

"어차피 끝난 인연이야. 이어지지 않는다면 더 이상 볼 일이 없을 거야. 아무도 모를 거야. 그러니까 그냥 덮치라고. 그것 말고는 수가 없어. 둘 다 숙맥 중의 숙맥이라 그런 과감한 방법이 아니면 도저히 불가능해."

"스, 스승님!"

"여자랑 남자랑 달라. 그걸 알아야 돼. 남자가 갑자기 그렇게 밤에 들어오면 여자는 무섭고 그래서 남자가 싫어지지만, 남자는 아니야. 오히려 여자한테 반한다고. 특히나 여신처럼 도도하고 차가웠던 여자가 그러면… 아이구. 죽어나, 죽어나."

"……."

"게다가 내가 보니까, 책임감도 강할 것 같더라고. 하룻밤이라도 같이 동침하면 그 여자랑 무조건 결혼할… 그런 부류의 남자야, 운정 도사는. 그러니 그걸 빌미로 책임지라고 해. 그럼 끝이지."

"하아, 스승님……."

"소설 속에나 나오는 일이지만, 운정 도사는 딱 그런 게 먹힐 남자라니까. 연애 경험 이십 년이 넘어가는 네 스승을 믿어 보렴. 다른 건 몰라도 그건 내가 확실히 보증하마."

정채린은 잔뜩 붉어진 얼굴로 그 자리에서 일어났다. 그러더니 당장에라도 보법을 펼칠 것처럼 했지만, 결국 마당을 빙빙 돌다가 수향차 옆에 다시 앉았다.

"정말인가요?"

수향차는 입을 살포시 벌리더니 말했다.

"너, 진짜 좋아하는구나."

"……."

"진짜야, 어머나. 애 좀 봐. 너 진짜 그렇게 하려고?"

"역시 절 놀리려고 하신 말이군요."

수향차는 막 일어나려는 정채린의 어깨를 잡아다가 눌렀다.

"그건 아니야. 그거밖에 수가 없는 건 확실해. 단지 네가 절대 안 하리라고 생각했는데……. 너 정말, 진짜, 정말로, 정말로, 운정 도사를 좋아하는구나."

"……."

"각 연령별로 화산파 최고 미남 모두가 들이댈 때도 거들떠

보지 않던 애가, 갑자기 무슨 바람이 든 거야?"

정채린은 마른 입술을 침으로 적시더니, 작은 목소리로 대답했다.

"취향입니다, 얼굴이요."

"……."

"가 보겠습니다. 밤이 되기 전까지 운정 도사님이 잘 만한 곳을 미리 알아봐 두어야겠습니다."

그렇게 말한 정채린은 암향표를 펼쳤다.

그런 그녀의 뒷모습을 수향차가 숨도 쉬지 않고 멍하니 바라보다가 이내 중얼거렸다.

"그래. 한다면 하는 애였지, 쟤가… 호호."

＊　　　＊　　　＊

"운정 도사님, 어디 있니?"

화산의 사랑채에 막 도착한 한근농은 팔짱을 끼고 서서 그를 바라보고 있는 정채린의 비장한 모습에 조금 당황한 목소리로 말했다.

"마음을 거부당해 상심하신 건 알지만……."

"말해, 어디에 묵으셔?"

한근농은 잠시 가만히 정채린을 보다가 딱딱한 어조로 말했다.

"혹시 그를 감시하라는 장문인의 명이라도 있었던 겁니까?"

"아니다, 그런 거. 장문인도, 이석추 장로님도 승부에 깨끗하게 승복할 줄 아시는 분들이야. 그런 명령이 떨어졌다는 걸 이석권 장로님께서 알게 된다면, 아마 화산파 내부가 한바탕 뒤집어지겠지."

"그런데 왜 물으십니까? 화산파가 운정 도사님께 한 행동을 생각하, 아니, 제가 운정 도사님께 한 걸 생각한다면 운정 도사께서 화산파를 원수로 생각하셔도 할 말이 없습니다. 악감정뿐이 남지 않았을 텐데, 무엇이 더 할 말이 있다는 겁니까?"

"개인적인 용무야."

한근농은 그 말을 듣는 순간 얼굴이 일그러지는 것을 가까스로 참았다. 그는 속내를 최대한 숨기며 말했다.

"대악지옥에서도 아무런 대화를 하지 않으셨습니다. 다시 얼굴을 뵌다고 뭐가 달라지겠습니까?"

"그건 네가 상관할 것이 아니야, 한 사제."

"……."

"어디서 묵고 계신지 말해 주겠어?"

한근농은 고개를 숙여 파르르 떨리는 눈가를 숨겼다. 그러곤 마치 너무도 밝은 햇볕 때문인 듯이 손을 들어 눈가를 가리며 말했다.

"마을 객잔까지 동행했습니다만, 거기에 머무실지 모르겠습니다."

"알겠어. 고마워. 들어가서 쉬어."

정채린은 한근농의 눈을 일부러 피하면서 그를 지나쳤다. 한근농은 그런 그녀를 불러 세웠다.

"사저……."

정채린은 섰다. 그녀의 표정은 굳었지만, 그녀는 억지로 미소를 지으며 그를 돌아보았다.

"응?"

그녀의 되물음에 한근농의 입술이 두어 번 달싹였다. 그와 함께 정채린의 미소에 숨겨진 억지스러움이 드러났다. 너무나 작디작은 표정의 변화였지만 한근농에게 그것을 무엇보다도 크게 보였다. 때문에 그는 끝끝내 진심을 입에 담지 못했다.

한근농은 힘없이 속에도 없는 말을 했다.

"혹, 이석권 장로님께서 아직 개화련에 임하셨습니까? 그 전에 찾아오라고 하셨는데, 제가 늦은 건 아닌가 합니다."

정채린의 미소는 조금 밝아졌고, 그만큼 한근농의 가슴은 아려왔다. 그런 그의 마음도 모르고 정채린이 말했다.

"개화련에? 흐음, 듣지 못했어."

"알겠습니다. 그럼, 내일 있을 장례식에서 뵙겠습니다."

한근농은 고개를 한 번 숙이곤 몸을 돌려 경공을 펼쳤다.

그런 그의 뒷모습이 사라질 때까지 바라보던 정채린은 곧 자신의 길을 재촉했다.

익숙한 길 위로 익숙한 풍경이 여러 차례 지나자, 곧 익숙한 객잔이 나왔다. 입구를 당당히 열고 들어가려던 정채린은 왠지 모를 수치심에 걸음을 멈추고야 말았다.

사람들은 갑자기 나타난 화산의 미녀가 객잔의 문고리를 잡았다 놓았다 하는 진풍경을 바라보며 영문을 모르겠다는 듯 숙덕거리기 시작했다. 정채린은 그런 사람들의 시선과 소리를 들을 수 없을 정도로 자신만의 고민에 빠져 있었다.

얼마나 있었을까? 정채린은 결국 입구에서 물러서서 보법을 펼쳐 객잔의 뒤편으로 갔다. 그리고 나무 위로 올라가 객잔에 난 창문 하나하나를 보았다. 그런데 그때, 객잔 1층에서 검은 피부를 가지고 있는 요괴가 눈에 들어왔다.

"아, 저 요괴는? 운정 도사와 같이 있던 요괴로구나. 어째서? 아, 운정 도사님이 불렀나?"

정채린은 나무에서 내려왔다. 그녀의 작고 은밀한 계획을 실현시키기 위해선 우선 운정과 함께 있는 요괴에게 양해를 구해야 하기 때문이다. 아니, 오히려 솔직히 말하고 도움을 구하는 것도 방법일 것이다. 운정 스스로가 친구라고 말했으니, 요괴에게 사정을 잘 설명하면 그런 민망한 일을 하지 않아도 오히려 나서서 대화의 자리를 마련해 줄 수도 있다.

정채린이 막 객잔 안으로 들어갔다. 카이랄은 그녀를 보곤 살기 어린 눈빛을 했다. 그랬다. 그 요괴에게 있어 화산파는 아군이라기보단 적. 정채린은 자기 생각에 팔려 미처 그와 있었던 은원 관계를 기억하지 못했다는 걸 깨달았다. 우선 공격 의사가 없다는 표현하기 위해서 양손을 활짝 펴 보이고는 말했다.

"자, 잠깐, 하고 싶은 말이……."

그런데 그녀의 시선이 카이랄에서 계단 쪽으로 움직이며 그 말이 끝이 흐려졌다. 막 계단에서 내려온 로스부룩은 갑자기 자신을 뚫어지게 쳐다보는 중원 미녀의 시선에 당황하면서도 카이랄이 가만히 서 있는 것을 보며 카이랄에게 말했다.

"Ohw si ehs?"

그 말 한마디였다.

정채린의 분위기가 송두리째 바뀐 것은.

도저히 화산파의 검객이라 생각할 수 없을 만큼 흉흉한 살기가 정채린의 전신에서 뿜어져 나왔다. 그녀는 즉시 검을 뽑아 들고는 카이랄을 향하더니 얼음장처럼 차가운 목소리로 말했다.

"장문인의 추측이 사실이군요. 설마 했는데… 당신들이 한 패일 줄이야……."

카이랄은 굳은 얼굴로 등 뒤로 손을 돌려 그의 류검을 빼

들었다. 로스부룩은 당황한 표정 그대로 카이랄과 정채린을 번갈아 보더니 곧바로 상황을 이해했다.

"Yako, siht skool dab."

그 말이 떨어지기 무섭게 카이랄은 정채린을 향해 뛰어들었다. 정채린은 보법을 펼쳐 카이랄의 공격을 수월하게 피한 후에, 이십사수매화검공을 펼치려 했다. 그러나 그의 뒤를 따라오는 단검에 공격을 할 수 없다는 것을 빠르게 판단, 그녀는 그대로 뒤로 후퇴하면서 객잔의 밖으로 나가며 단검의 궤도에서부터 벗어났다.

탁. 타타타탓.

흙 위로 보법을 밟으며 아름다운 춤사위를 선보인 정채린은 즉시 자세를 잡아 전신에서 내력을 끌어올렸다. 막 그녀를 따라 나온 카이랄은 공격을 이어가지 않고 잠시 잠깐 몸을 멈췄는데, 이는 내력을 잔뜩 머금은 정채린의 검을 막을 수 있는 수단이 없었기 때문이다.

정채린은 이십사수매화검공 펼치며 검을 휘둘렀고, 카이랄은 볼을 크게 부풀리며 앞으로 화염을 토해 냈다.

그와 동시에 정채린의 매화검과 카이랄의 불길이 동시에 하늘 위로 숫구쳤다.

"도사님?"

"운정?"

그 둘은 갑자기 나타난 운정 때문에 놀라 눈이 휘둥그레졌다.

운정은 양손을 하늘 위로 올리고 있었고, 그의 팔에는 육안으로 볼 수 있는 어떤 팔찌가 감겨 있었다.

바람으로 이루어진 팔찌가.

카이랄과 정채린은 이해할 수 없는 운정의 등장에 각자 아는 단어를 중얼거렸다.

"이형환위(移形換位)……."

"루밍(Rooming)……."

당장에라도 서로를 잡아먹으려는 두 맹수는 난생처음 보는 그 광경에 투기가 모조리 증발하는 것을 느꼈다. 정채린의 매화검은 힘을 잃고 떨어졌고, 카이랄의 륜검 또한 마찬가지였다.

완전한 소강상태에서 운정의 눈이 감기며 은은한 연보랏빛 또한 종적을 감추었다.

털썩.

그는 그대로 땅바닥에 쓰러졌다. 그의 손목에 감겨 있던 바람으로 만들어진 팔찌 또한 종적을 감췄다.

"……."

"……."

정채린과 카이랄 둘 모두에게 쓰러진 운정을 걱정하는 마음이 생겼다. 그러나 그들은 훈련된 자들이다. 금세 그 마음을 밀어내고 서로를 향해서 무기를 들어 올렸다.

판단력만큼은 둘 다 동일하게 빨랐지만, 그것이 몸을 통해 현실화되는 데 있어서는 정채린이 거의 두 배 이상 빨랐다. 카이랄에겐 내력을 활용하여 신체에 기본적인 모든 능력을 향상시키는 중원의 무공을 따라잡을 기술이 없었기 때문이다.

정채린의 검끝이 흔들리며 그 안에 담긴 가공할 내력을 매화꽃으로 승화시켰다. 카이랄의 차크람을 들었지만, 내력이 담긴 매화검은 종잇장보다 쉽게 그것을 뚫고 카이랄의 얼굴로 날아들었다.

[파워—워드 페인트(Power—word Faint)]!

로스부룩의 입에서 마법이 영창되자, 그 즉시 정채린의 두 눈이 뒤로 넘어갔다. 그리고 그와 동시에 매화검을 놓치며 그 안에 담긴 내력이 역류하여 정채린의 기혈을 찢어 놓았다. 마치 대량의 혈류가 억지로 지나가느라 혈관이 찢어지는 것과 비슷했다.

정채린은 기절한 채로 입가에서 주르륵 선혈을 흘리더니 곧 땅에 엎어졌다.

"하아, 하아, 그, 괜찮으십니까?"

로스부룩의 질문에 카이랄은 목숨을 건졌다는 강렬한 안도감을 느꼈다. 그는 자기도 모르게 눈을 몇 번이고 껌벅이더니, 로스부룩을 돌아보며 말했다.

"살려 주었군. 고맙다."

"예, 예. 그래서 말이… 자, 잠깐!"

카이랄은 자신의 대거를 들어 정채린에게 가져갔고, 로스부
룩은 큰 소리로 그를 멈춘 뒤에, 막 달려가서 정채린 앞을 막
아섰다.

그를 내려다보며 카이랄이 말했다.

"죽이진 않을 것이다."

"히, 힘줄을 끊어 놓을 거잖습니까!"

"다크 엘프의 문화를 잘 아는군."

"자, 잠시. 그녀를 무력화하는 거라면, 제 마법으로도 가능
합니다."

"힘줄을 끊는 것으로도 가능하지. 뭐 하러 마법을 쓰려는
거지? 걱정 마라. 운정과 관계가 있는 만큼 회복이 가능한 수
준으로만 끊을 생각이니."

"자, 잠깐 잠깐 잠깐. 그, 여기선 마나 스톤이 낭비되지 않
으니까, 마법으로 하는 게 오히려 더 효율적입니다. 그리고 또
우, 운정 도사의 생각도 들어 봐야 하지 않겠습니까?"

"……"

"대부분의 인간은 엘프처럼 맺고 끊는 것이 확실하지 않습
니다. 아무리 관계가 끝난 사이라고 해도 마음이 딱 단절되는

것이 아닙니다."

"알고 있다. 그래서 회복되는 수준으로만……."

"그것도 너무 심하다고 봅니다. 인간을 잘 아시지만, 그래도 인간인 저보단 아니지 않습니까? 하나만 물어봅시다. 운정 도사가 당신의 이름을 압니까?"

"……."

"표정을 보니 아는 것 같군요. 이름을 아는 자라면, 운정의 의사를 묻기 전에 그녀의 힘줄을 끊는 건 절대로 좋은 판단이 아닙니다. 일단 심문할 수 있게끔 결속마법을 걸어 놓겠습니다. 그러니 운정 도사가 깨어날 때 그의 의사를 물어보십시오."

카이랄은 로스부룩의 눈을 지그시 보다가 말했다.

"네 말이 진심이니 듣겠다."

"그럼 우선 운정 도사를 들고 방으로 가 줘야, 아니, 장소를 옮겨야겠군요."

로스부룩이 보니 이미 주변에 사람들이 모여 웅성거리고 있었다. 만약 이 소식이 화산에 닿아 화산파의 고수들이 도착한다면 속수무책으로 당할 것이다.

로스부룩은 허리춤에 찬 주머니를 꺼내서 그 안을 살폈다.

"푸우… 아슬아슬한데."

카이랄이 그 모습을 보더니 말했다.

"마나 스톤이로군. 아깐 없어도 된다고 하지 않았나?"

"그것 말고 공간마법을 쓰려고 해서 말입니다. 보시다시피 제가 지팡이가 없지 않습니까? 그래서 공간마법 정도를 쓰려면 마나 스톤을 이용해야 하는데, 급하다고 파워 워드를 써버려서 마나 스톤의 빛이 좋질 못합니다. 그래도 우선 이동은 해야겠군요."

그때쯤, 머혼 백작이 그들이 있던 곳으로 나왔다. 그는 상황을 둘러보더니 말했다.

"다크 엘프 덕분에 팔목도 발목도 쑤셔 죽겠는데, 또 움직여야 할 판이네? 젠장."

로스부룩은 고개를 끄덕이더니 말했다.

"이쪽으로 오십시오, 백작님. 공간마법을 써야 할 것 같습니다. 그리고 다크 엘프분은 제가 주문을 외우는 동안 절 지켜 주시겠습니까?"

카이랄은 순순히 고개를 끄덕였다.

"알겠다. 그런데 말하는 것을 들어 보니, 이들이 우리를 기억하는 것이 문제가 되는가 보군. 그런 경우라면 내가 정신 계열 마법을 쓸 수 있다."

로스부룩은 눈을 동그랗게 뜨고 말했다.

"정말입니까? 이 많은 인원을?"

카이랄은 손을 하나 뻗으며 말했다.

"잠깐의 기억만 지우는 거면 가능해. 마나 스톤을 줘라."

로스부룩은 고개를 끄덕이더니, 마나 스톤을 그에게 건넸다. 그리고 곧 눈을 감고 주머니 전체를 붙잡고 주문을 읊기 시작했다. 카이랄도 마찬가지로 주문을 읊더니 곧 큰 소리로 외쳤다.

[포겟풀(Forgetful).]

그가 그렇게 외치자 모든 이들의 표정이 멍청해졌다. 그와 동시에 로스부룩이 영창을 마치며 말했다.

[루밍(Rooming)!]

그러자 그가 쥐고 있던 주머니에서부터 볼록하고 투명한 무언가가 사방으로 퍼졌다. 그것은 하나의 원이 되어 정채린, 운정, 머혼, 카이랄 그리고 로스부룩을 감싸더니 곧 푹 하고 땅으로 꺼져 버렸다.

그들이 있던 공간이 줄어들면서 엄청난 바람이 일었고, 덕분에 그 광경을 끝까지 바라보던 사람들은 안쪽으로 크게 밀려들어 오며 흙먼지를 뒤집어써야 했다.

"뭐, 뭐야 갑자기?"

"바람인가?"

정신이 번쩍 든 그들은 무슨 일이 일어났는지 영문을 모르겠다는 듯 서로를 쳐다보았다.

　　　　*　　　　　*　　　　　*

　정채린은 눈을 떴다.

　뚝. 뚝. 뚝.

　빛이 겨우 스며드는 그 안에 물이 떨어지는 소리가 일정한 간격으로 들려왔다. 정채린은 눈을 깜박이며 안력을 돋구었고 곧 그 물이 종유석에서부터 떨어지는 것을 확인할 수 있었다.

　동굴 속이다.

　그녀는 자신의 몸을 내려다보았다. 그녀는 돌 위에 앉아 있었는데, 그녀를 속박하는 어떠한 것도 없었음에도 몸을 움직일 수 없었다. 가장 먼저 독인가 생각했지만, 그랬다면 몸이 말을 안 들었을 것이다. 하지만 그녀의 발가락도 손가락도 자유자재로 움직였다. 다만 팔목과 발목이 돌에 딱 붙어서 움직이지 않는 것뿐이었다.

　그녀는 기혈을 돌보았다. 매화검으로부터 역류한 내력이 그녀의 기혈을 몽땅 휘저어 놓았지만, 화산파의 내공은 워낙 정순한 내공인지라 이미 어느 정도 제자리를 잡고 회복되고 있었다. 제대로 된 위력을 기대할 수 없겠지만, 검공을 펼치라면 충분히 펼칠 정도니 얼마든지 전투가 가능했다.

　점혈도 안 했다.

만년한철로 묶지도 않았다.

그런데 손과 발이 돌에서 떨어지지 않는다.

이건 중원인의 방법이 아니다.

그녀는 오른 손가락 끝에 내력을 집중했다. 그리고 그것을 바위를 눌러 구멍을 내려 했다. 계속해서 한다면 바위 전체가 깨질 것이고, 그러면 그녀를 속박하는 힘이 무엇이든 일단 사라지리라 기대한 것이다.

그녀의 손가락이 쫙 펴졌을 때, 어둠 속에서 낮은 소리가 들렸다.

"내가 너라면, 그런 멍청한 짓은 하지 않는다."

정채린은 화들짝 놀라 그 목소리가 난 곳을 바라보았다. 지독히도 어두운 그곳엔 두 개의 백색 눈동자가 그녀를 차갑게 노려보고 있었다.

정채린이 말했다.

"흑요(黑妖)로군요."

카이랄은 그녀의 손가락을 주시하며 말했다.

"그 바위를 부순다면, 너를 마법으로 속박한다는 것이 잘못된 방법임을 증명하는 꼴이지. 그렇다면 결국 힘줄을 끊어 놓는 방법을 써야 할 텐데, 그보다는 자신의 육신을 온전히 보존할 수 있는 지금 이대로가 좋을 것이다."

정채린은 카이랄의 두 눈동자를 마주보았다. 그럼에도 그의 존재를 전혀 느낄 수 없었다. 그가 그대로 눈을 감아 백색의 눈동자만 가린다면, 정채린은 그가 그곳에 계속 있는지 아니면 떠났는지 전혀 분간할 수 없을 것이라 생각했다.

정채린이 말했다.

"바위가 부서진 후, 내가 다시 붙잡힌다면 말입니다."

"도박해 볼 텐가? 나는 환영이다만."

"마법사가 없었다면 당신은 내 검에 죽었습니다."

"그러니 묻고 싶다. 화산파의 제자는 사람을 죽이면 안 된다고 하지 않았나?"

정채린은 그 말을 듣고는 입을 다물었다.

확실히 그녀는 죽일 마음으로 카이랄에게 검을 뻗었고, 로스부룩이 그녀를 마법으로 기절시키지 않았다면 그의 머리가 꿰뚫렸을 것이다.

살인(殺人)이 아니라 살요(殺妖)라고 할 수 있지만, 그것으로 과연 정순한 화산파의 내공에 마성(魔性)이 스며들지 않을 거란 보장이 될까?

정채린은 눈을 감았다.

평생 동안 그토록 분노한 적은 세 손가락 안에 꼽았다.

그녀가 말했다.

"운정 도사를 불러 주십시오. 할 말이 있습니다."

"치료 중에 있다. 치료가 끝나면 그도 만나고 싶다고 했으니, 그때 대화하면 될 것이다."

그 말을 듣자, 정채린은 운정이 중간에서 싸움을 막자마자 쓰러졌다는 걸 기억했다. 그녀는 조금 떨리는 목소리로 물었다.

"몸은… 괜찮으신가요?"

카이랄은 피식 웃는 소리를 내더니 대답했다.

"스스로 가진 신념을 깨고 살생을 저지르려 했을 정도로 분노한 것 아닌가? 그런데 이제 와서 또 그를 걱정하는 건가? 인간은 중원인이나 파인랜드나 비슷비슷하군."

"파인란두?"

카이랄은 팔짱을 끼더니 입을 다물었다. 오로지 감시만 하겠다는 무언의 선포였다.

정채린도 그와 더 대화하고 싶지 않았다. 아니, 운정에 대해서만큼은 묻고 싶었지만 한번 실수로 입을 열었던 카이랄은 절대로 입을 다시 열지 않을 것이다. 때문에 어떤 질문을 하더라도 무의미할 것이다.

그녀는 대신 눈을 감고 운기행공에 들어갔다. 기혈이 완전히 회복된 것은 아닌지라, 그 부분에 집중하며 내력을 운용했다. 가부좌를 틀 수 없어 회복하는 데 시간이 걸렸지만, 꾸준히 내력을 운용한 결과 그녀는 기혈을 완전히 진정시키고 회복할 수 있었다. 그리고 남은 시간은 명상으로 보냈다.

일이 어떻게 돌아가는 것인가?

그녀는 상황 전체를 판가름했다.

심호흡으로 운기행공을 끝낸 정채린이 눈을 뜨고 앞을 보니, 카이랄의 백색 눈동자는 여전히 그녀를 향하고 있었다. 그 눈빛은 여전히 차가웠지만, 전과는 다른 감정이 조금이나마 실려 있었다.

정채린이 말했다.

"무공에 대해서 알고 싶습니까?"

카이랄은 눈을 감아 버렸다. 아니, 눈동자가 사라지는 모습을 보니 아예 고개를 돌려 버린 것 같았다.

정채린은 다시 물었다.

"처음 화산에 백요(白妖)가 요괴의 무리를 이끌고 화산에 왔을 때, 그녀를 함께 수행하던 다른 요괴들은 모두 괴한에게 죽임을 당했었습니다. 그때는 누가 범인인지 몰랐지만, 이후 백요가 한 번 더 습격을 당해 그 몸에 화산의 검상이 남았다면… 그 뜻은 화산 내부의 인물이 처음부터 공격했다는 걸 알 수 있습니다. 화산을 대표해서 일단 사과를 드리고 싶습니다."

뜻밖의 말에 카이랄이 다시 눈을 뜨고 그녀를 보았다. 그는 한참을 고민하더니 이내 입을 열고 말했다.

"인간은 어느 집단이든 그 안에 파(派)가 있지. 피값은 그

짓을 저지른 장본인들에게 받을 것이다. 한데 그런 말을 하는 것을 보면, 생각이 달라졌군? 운정에게 속았다고 믿었기에 그렇게 분노한 것이 아닌가?"

정채린의 시선이 땅으로 향했다.

"그 부분에 대해선 본인에게 직접 들을 겁니다. 다만 우리가 먼저 당신들에게 해악을 끼친 건 사실이라고 봅니다. 처음 운정 도사와 백요를 다시 화산파로 이송하려 했던 이유도 태룡향검의 실종과 변 사형의 죽음에 대한 심문뿐 아니라, 화산파에서 백요에게 처음 일어난 일에 진상을 알아보려 한 것입니다. 하지만 그들이 마교에 의해 화산파의 손에서 벗어나게 되자, 전자의 책임을 회피하려고만 한다고 치부하고 후자에 대해선 자연스레 이야기하지 않게 되었습니다."

"자기 성찰이 그래서 중요하지. 감정에 가려 보이지 않던 것을 보게 해 주니까."

"누가 처음 백요의 무리를 공격했고, 또 이차적으로 백요까지도 죽이려 했는지… 그에 관해서 백요에게 묻고 싶은 것이 많습니다. 당신에겐 그 점에 대해서 말씀드리고 싶습니다."

정채린에겐 보이지 않았지만, 카이랄은 팔짱을 꼈다. 그는 지그시 그녀를 보다가 툭하니 한마디를 내뱉었다.

"깊은 통찰력이군, 그 나이에."

카이랄은 천천히 어둠 속에서 걸어 나오더니 어느 한쪽으로 사라졌다. 정채린은 손가락에 내력을 불어 넣어 바위를 부술까 하는 생각이 들었지만, 그 또한 하나의 시험이라는 생각이 들어 가만히 그 자리를 고수했다.

곧 그가 사라진 방향에서 운정이 나타났다.

운정의 얼굴은 무척이나 수척했다. 눈은 퀭했고 눈빛은 탁했다. 그러나 그의 미모를 완전히 가리지 못해, 정채린은 다시금 두근거리는 마음을 진정시키느라 애를 써야 했다. 다행히 그녀의 노력이 빛을 발했는지, 그녀의 얼굴에는 표독스러움만이 가득했다.

운정은 그녀 앞쪽에 앉고는 말했다.

"우선 오해를 바로잡고 싶습니다."

운정은 정채린의 눈을 똑바로 마주 보지 못했다. 정채린은 낮은 어조로 조용히 말했다.

"말씀해 보세요."

"화산파에서 초대한 이계의 손님과 나는 전에 만난 적이 없었습니다. 그들이 나와 먼저 입을 맞춰서 태극지혈에 화산파를 향한 마법이 걸리지 않았다고 거짓 증언을 한 것이 아닙니다."

"그럼 운정 도사가 그들과 함께 있었다는 건 그저 우연에 불과한 것입니까?"

"계획된 것이라면, 화산파가 버젓이 앞에 있는 그 객잔에서 그렇게 만나지 않았을 것입니다. 깊은 산속이나 먼 곳에서 재회했을 겁니다."

"……."

"하지만 제가 화산파를 속인 건 맞습니다. 태극지혈에는 화산파를 겨냥한 마법이 걸려 있습니다."

정채린이 쓴 표독스러운 표정의 가면은 그 말 한마디에 산산조각이 났다. 그녀는 믿을 수 없다는 듯 말을 더듬이며 말했다.

"아, 아닙니다. 운정 도사님은……."

운정은 그녀와 시선을 마주치며 말했다.

"진실입니다. 시르, 아니, 백요에게 일어난 일을 알아보기 위해서, 제 이계의 친우가 직접 마법을 걸었습니다. 태극지혈을 통해서 화산파 내부를 염탐하여 정보를 얻기 위해서 말입니다. 그뿐만이 아닙니다."

"……."

정채린은 무슨 말을 해야 할지 몰랐다. 끝까지 믿고자 하는 마음이 송두리째 배신당하니 이젠 분노도 뭐도 없이 허탈감만이 가득했다.

운정이 말했다.

"저는 깨끗한 척, 도도한 척 굴며, 마치 원주인에게 마땅히 되돌려 줘야 한다는 식으로 주장하며 태극지혈을 들고 화산파에 왔습니다. 거기서 생명이 위험할 수도 있지만, 선행을 위해선 그런 위험도 감수하는 수행 깊은 도사인 것처럼 위선을 떨었습니다. 하지만 진실은… 내력을 회복하는 방법을 조건으로 제 이계의 친우를 도운 것뿐입니다. 이를 화산파 장문인께서 꿰뚫어 보시고 승부를 거셨지만, 천운이 제게 따라 이계의 손님들이 거짓말을 해 준 겁니다."

정채린은 고개를 마구 흔들며 말했다.

"그, 그럴 리가 없습니다. 운정 도사께서 그러실 분이 아닙니다. 사, 사전에 이계의 손님들과 만나지 않았다고 했습니다. 그들이 그럼 왜 운정 도사를 위해서 그런 거짓 증언을 한 것입니까?"

"그들의 말로는 내 몸에서 요괴의 냄새가 나기 때문에 흥미가 돋았다고 했습니다. 나보다 제 이계의 친우에게 뭔가 바라는 게 있는 듯합니다만… 정확하게는 모릅니다."

정채린은 입술을 몇 번이고 달싹이더니 애써 미소를 지었다.

"호, 혹 사문을 위해서 그런 거 아닙니까? 무당파의 재건을 위해서 내력을 회복해야 하지 않습니까? 무당파의 정기를 되찾아야 합니다. 그래서 그런 일을 하신 것 아닙니까? 사문을 다시 세우기 위해서 더러운 꼴을 보셨다면 저도 추, 충분히 이해하……."

운정은 정채린의 말을 잔인하게 잘랐다.

"그랬다면 그냥 화산파에 기거하고 계신 보향낙선께 부탁하여 태극마심신공을 익혔을 것입니다. 이계의 친우를 통해서도 내력을 되찾는 방법도 순수하지 않은 방법. 즉, 나는 사부님의 유언도, 사문을 위해서도 아닌 나 자신을 위해서 화산을 속인 겁니다. 무궁건곤선공을 포기하지 않고 일전에 이룩한 입선의 경지를 쉬이 되찾고 싶어서 그런 겁니다."

"……"

"제가 정 소저에게 보여 준 제 모습들은 입선의 경지에 이른 저입니다. 선기를 잃어버려 세속의 오염된 지금의 저는 방금 말씀드린 대로 탁하디탁하고, 추하디추한 사람일 뿐입니다."

"……"

정채린은 아무런 말도 하지 않고 운정을 보았다. 그녀의 두 눈에는 비난도 정죄도 없었다. 그저 불쌍한 한 사람을 바라보는 동정심만이 있을 뿐이었다.

운정은 차마 그녀를 계속해서 보지 못했다.

"그렇기에 더더욱 입선의 경지를 되찾는 것에 집착하는 지도 모르겠습니다. 이렇듯 수단과 방법에 제한을 두지 않는 것을 보면 말입니다……. 이렇게까지 해서 다시 무궁건곤선공을 통해 입선의 경지를 되찾는다면, 그것이 진정으로 신선이 되는 길일까 모르겠습니다."

그 말을 끝으로 운정은 한동안 고개를 푹 숙이고 있었다.

얼마나 시간이 지났을까? 운정이 스스로의 부끄러움을 참지 못하고 자리에서 일어나려고 할 즈음에 정채린이 입을 열었다.

"쉰여섯 명이에요."

"예?"

정채린은 입술을 오므렸다가 다시금 말했다.

"지금까지 제게 정을 고백한 남자 말이에요. 쉰여섯 명예요. 잊지 않으려고 제 방구석에 있는 일기에다가 날짜와 이름 그리고 외모의 특징 등등을 적어 놓았죠. 점수도 매겨 놓았어요. 90점을 넘긴 남자는 단 세 명뿐이지만."

"……"

"훈련이 힘들거나, 기분이 울적하거나, 다른 여제자들의 질투에 피곤해질 때마다 한 번씩 열어 봐요. 그리고 제게 고백했던 모습들을 다시금 상상하죠. 나보다 나이가 열 살이나 어렸던 남자부터 삼십 살이나 많았던 남자도 있고. 털이 복슬복슬해서 산적 같은 사람부터 삐삐 말라서 안쓰러운 사람까지. 그렇게 다양한 남자들이 모두 제 앞에서 다양한 모습으로 자신의 연심을 고백했었던 그날들을 생각하면, 정말 기분이 좋아지거든요."

달라진 말투에 위화감을 느낀 운정이 말을 더듬었다.

"저, 정 소저?"

"하지만 그들 중 단 한 명도 제 성에 차지 않았어요. 중원 최고의 남자가 아니면 아마 성에 차지 않을 거예요. 전 항상 첫 번째여야 하거든요. 화산파의 여제자들 중에서 미모에서도, 무공에서도, 지혜에서도, 그 어떤 부분에서도 절대로 뒤처질 수 없어요. 저는 누구보다도 아름다워야 하고 누구보다도 강해야 하고 누구보다도 똑똑해야 해요. 그런 생각으로 지금까지 살아왔고 앞으로도 살아갈 거예요."

"그, 그럴 리……."

정채린은 작은 미소를 지으며 운정의 말을 잘랐다.

"그게 아무도 모르는 제 모습이에요. 화장도 잘하지 않고 수수한 옷차림만 고집했지만, 아무도 보지 않는 곳에선 누구보다도 열심히 미인공(美人功)을 익히고 예쁜 몸짓과 표정을 연습했죠. 하지만 밖에서는 그런 것에 아무런 관심도 두지 않는 척, 도도한 척 굴었어요."

"……."

"제가 사람들을 지켜본 결과 도달한 결론이 뭔 줄 아세요? 다들 비슷해요. 인성이 좋은 사람들도, 그것조차도 다 다른 사람의 칭찬 때문인 것이고, 나쁘게 보여 책잡히는 것을 두려워하지요. 도를 따르는 화산 내부에서도 사람은 똑같아요. 산속에서도 비열한 사람이 있는가 하면, 낙양 한복판에서도 정직한 사람이 있죠. 하지만 결국 그 모든 건 스스로의 계산에 의해서 좀 더 유리한 고지를 취하고자 하는 것 아니겠어요? 결국 다 자기를 위함이지요, 도사님."

"정 소저께서 그런 생각을 품고 계실 줄은 몰랐습니다."

"그런 생각이라 함은 악하다는 건가요?"

"……."

"도사의 본분은 자기 수행이에요. 타인을 돕는 것도 다 자기를 위함이죠. 신선의 경지에 이르지 않는다면 어떠한 행위를 하더라도 결국 자기를 위하기 때문이에요. 진정한 신선에 이르러 모든 욕구로부터 해방되어야, 그때서야 진정으로 자신을 돌아보지 않는 일을 할 수 있으니까요."

그래서 도사는 산속에 틀어박혀 고된 수행을 하는 것이다.

운정은 기본 중의 기본을 다시금 상기하며 공손히 말했다.

"정 소저의 말이 맞습니다. 나를 먼저 세워야 남도 세울 수 있는 법이지요. 하지만 나를 세우는 과정에서 남을 무너뜨린다면, 나를 세우는 데 무슨 의미가 있다는 말입니까?"

정채린은 조금은 외로운 눈빛으로 하고 말했다.

"타인의 질투에 지칠 때면 가끔 그런 생각이 들 때가 있어요. 그래서 내가 일부러 내 외모를 추하게 만들어야 하나? 그래서 내가 일부러 검공 익히기를 쉬어야 하나? 그래서 내가 일부러 멍청한 짓을 해야 하나? 그렇게 해서 그들과 섞인들 무슨 의미가 있지? 그런 생각들요. 오로지 나 자신만 바라보고 살아도 그 자체만으로도 타인을 무너뜨릴 수 있어요. 추파 한번 던지지 않고 웃음 한번 내비치지 않았어도, 나에게 마음을 빼앗겨 자기 삶을 제대로 살지 못한 남제자들처럼 말이에요. 운정 도사님께서 저라면 어떻게 하시겠어요? 몸가짐을 조심히 할까요? 웃음을 짓지 말까요?"

"……."

"어릴 땐, 실수를 많이 했어요. 관심과 질투가 좋아서 제 외모를 이용했죠. 제가 추파를 던졌을 수도 있어요. 일부러 남심을 흔들었을 수 있어요. 저도 사람이니까요. 하지만 나이를 먹으면서 또 성장하면서 서서히 여유를 찾기 시작했어요. 나는 그러지 않아도 충분히 최고의 남자를 만나리라 스스로를 믿으며 자신을 가꾸는 데만 최선을 다했어요. 그리고 운정 도사님이 나타났죠."

"난 그 최고의 남자에 전혀 어울리지 않는 사람입니다."

"어울려요, 충분히. 운정 도사님은 강하고 아름다워요. 그토록 강한 사람도, 그토록 아름다운 사람도 본 적이 있지만, 그토록 강하고 아름다운 사람은 운정 도사님이 유일해요. 운정 도사님은 화산에서 말하는 도의 모든 것이죠. 저는 그래서 운정 도사님을 연모하기로 정했어요. 내가 정한 거예요,

그건."

"그건 환상에 불과합니다. 전 이미 그런 사람이 아닙니다."

"아니요. 그 모습이야말로 운정 도사님의 본모습이에요. 지금 이렇게 제 앞에서 궁상을 떠는 남자야말로 허상일 뿐이죠."

"그, 그런……."

"오히려 전 좋아요. 제가 그 본모습을 찾게끔 도와드릴 수 있으니까요. 제가 나서서 운정 도사님을 보필할 수 있을 테니까요. 그래서 제가 반했던 그 운정 도사님을 내 힘으로 쟁취하고 싶어요."

"……."

"이 또한 디딤돌일 뿐… 제가 좋아하는 말이죠. 너무 절망하지 마세요. 이런 슬픈 경험 또한 다 위로 올라가기 위한 거예요."

"……."

운정은 말없이 고개를 들어 정채린을 보았다.

정채린은 지금까지 단 한 번도 보여 준 적 없던 따스한 미소로 그를 바라보며 다시 말했다.

"혹 백요와 잘되지 않았다면, 제게도 기회가 있을까요, 운정 도사님?"

운정은 참지 못했다.

그의 두 눈에서 또르르 눈물이 흘러내렸다.

운정과 로스부룩은 동굴 깊숙한 곳으로 들어갔다. 운정의 몸과 정신이 완벽히 회복되지 않아, 더 시간이 필요하다는 것이 이유였다.

때문에 카이랄과 정채린 그리고 머혼, 이 세 명은 동굴 안, 한적한 곳에 모닥불을 피워 놓고 대화를 시작했다.

먼저 카이랄이 한어로 말했다.

"하얀 것과 연락했다. 그녀가 기억하는 인상착의는 온몸이 온통 검은색인 세 명의 남자였다고 한다. 다양한 무기를 사용했는데, 그들이 그녀와 동행한 우리 쪽 사절들을 모두 죽였다고 했다. 그리고 그녀까지도 죽이려 했는데, 중간에 화산파의 장문인과 두 명의 고수가 더 나타나서 그녀를 도왔기에, 살아날 수 있었다고 했다."

"다양한 무기라면, 누군가에 의해서 고용된 살수들일 겁니다. 두 번째로 화산파 내부에서 암습한 흉수의 인상착의는 어떻게 됩니까?"

"천으로 얼굴을 가렸는데, 화산파의 도복과 화산파의 검을 사용했다고 했다. 그들로부터 겨우 도주해서 깊은 계곡에 몸을 던졌다고 했어."

"흐음… 살수가 화산파 내부에서 살행을 할 수 없으니 하는 수 없이 직접 나섰겠군요."

"그자를 찾는다면 일이 틀어지게 만든 자를 색출할 수 있겠지. 우리는 그의 피값을 받을 것이다."

정채린은 잠시 말이 없었다. 색출해 낼 수 있다고 해서 그 사람을 순순히 요괴들의 손에 넘겨줄 수도 없는 노릇이기 때문이다. 일단 그녀는 말을 돌렸다.

"그 부분은 사문으로 돌아가서 더 알아봐야겠습니다. 애초에 백요가 왜 화산에 오게 되었는지, 그 이유를 알 수 있다면 좀 더 수월해질 것 같은데 알려 주실 수 있습니까?"

"네가 그 이유를 모른다는 건, 화산파의 지도층이 네게 숨겼다는 것이로군."

"매화검수는 화산의 손과 발입니다. 머리는 될 수 없죠."

"그런데 왜 이제 와서 화산의 머리가 되려 하는 것이지?"

"운정 도사와 척을 지고 싶지 않아서 그렇습니다. 진실을 밝히고 제가 연모하는 사람과 제가 사랑하는 사문이 함께하길 바랍니다."

"……."

"알려 주시겠습니까?"

카이랄은 머혼을 보았다. 머혼은 지금까지 오간 대화를 전혀 알아들을 수 없었으니, 어깨를 들썩일 뿐 뭐라고 말을 해 줄 수 없었다.

카이랄은 다시 정채린에게 고개를 돌려 말했다.

"백요가 화산에 온 이유는 당연하지만 무공을 얻기 위해서다. 화산은 마법을 원했겠지. 화산은 마법에 대해 아는 것이 전무하다시피 하니까."

"역시 그렇군요."

"그 만남은 우선 서로 안면을 트기 위한 것이었다. 예전에 우리 쪽으로 넘어온 중원인들 중 화산의 제자가 우리 일족에게 접촉했었다. 마교 몰래."

"흐음."

"마교는 자기들 외에 다른 방법으로 중원의 무공이 이계로 새나가는 걸 철저하게 막고 있다. 그래서 화산의 입장에선 몰래 일을 진행할 수밖에 없었지. 그래서 마교가 이미 외교를 시작한 델라이 왕국이 아닌, 전혀 다른 우리들과 인연을 만들려고 한 것이다."

"그러다가 사고가 난 것이라면… 제가 생각해 오던 것과는 매우 다르다고 할 수 있습니다."

"어떻게?"

정채린은 잠시 말을 아꼈다가, 신중하게 단어를 선택했다. 카이랄에게 새로운 정보를 주지 않으면서 설명하려고 했기 때문이다.

"전체적으로 보았을 때, 화산에는 두 가지 생각이 공존하고 있습니다. 더 개방적이어야 한다는 생각과 더 폐쇄적이어야 한다는 생각."

"그건 인간뿐만 아니라 우리 일족 안에서도 공존하는 두 힘이다. 그런데?"

"저는 그 사건의 흉수는 화산파가 좀 더 폐쇄적이어야 한다는 생각을 가진 사람들이라 생각했습니다. 이계와 어떤 식으로든 연결되는 것이 잘못되었다고 믿는 사람들 말입니다. 하지만 이제 보니⋯ 다른 가능성이 생긴 것 같습니다. 거의 확신이 드는군요."

"누가 되었든 그자를 찾아서 우리 일족에게 넘겨줄 수 있다면, 너를 믿고 새로이 외교를 시작할 여지가 생길 것이다. 일족의 장로들에게 결정권이 있어 내가 확신은 못 하지만."

정채린은 카이랄의 그 말을 그대로 따라 자신을 변호했다.

"저 또한 백요를 공격했던 사람을 색출할 수 있다고 해서 당신들의 손에 넘겨줄 수 있는 건 아닙니다. 결정은 제가 하는 것이 아니기 때문입니다."

"하지만 이제 머리가 되려는 것 아닌가? 인간은 사회적 위치가 고정되지 않으니까."

"⋯⋯."

"뭐, 어쨌든. 우리와 화합하는 방법을 알려 주었으니 선택은 네가 하면 된다. 우리로서는 어차피 중원에 위치한 화산과 전쟁을 할 수도 없는 노릇이니……."

물리적으로 가능했다면 이미 전쟁을 선포라도 했을 거라는 말투였다.

정채린은 아무렇지도 않게 전쟁을 이야기하는 카이랄을 보며, 자기도 모르게 침을 삼켰다. 적어도 할 만하다는 뜻이니까.

카이랄은 머혼을 돌아보며 말했다.

"Uoy tog gnihtyna ot yas ot reh?"

머혼은 카이랄과 정채린을 한 번씩 보았다. 카이랄이 통역해 준다면 대화는 가능하겠지만, 그 대화 내용이 고스란히 카이랄에게 들어갈 것이다. 그렇기에 애초에 카이랄이 그렇게 물은 것일 터.

머혼이 말했다.

"Taerg evom rof na elf ecno niaga. tub on sknaht."

카이랄은 한쪽 입꼬리를 올리더니 정채린에게 말했다.

"저자와 할 말은 없나?"

정채린이 잠시 고민하더니 말했다.

"혹 화산파에서 나가게 된 것이 자의에서 그런 것인지, 아니면 화산에서 나가라고 했기 때문인지 알고 싶습니다."

카이랄은 그것을 물어보았고, 머혼은 순순히 대답했다. 그건 어차피 그녀가 화산에 돌아가서 물어보면 충분히 알 수 있는 정보였기 때문이다.

"Dekcik tuo. yllacitcarp."

"거의 내쫓긴 셈이라는군."

정채린은 운정의 말을 기억하며 말했다.

"바로 내보냈다면 일부러 둘의 만남을 조성했을 수도 있겠습니다. 화산의 지척에는 마을도 하나고 객잔도 하나입니다. 그러니 같은 날 화산에서 떠나게 하여 객잔쯤에서 마주치게 의도했을 수도 있습니다. 그리고 그것으로 책임을 물어……. 아, 그래서 운정 도사에게 매화검수를 동행하게 한 것인가? 위치를 파악하고자?"

"무슨 말이지?"

정채린은 살포시 입을 벌린 채로 꽤 오랜 시간 가만히 있었다. 카이랄과 머혼이 끈기 있게 그녀를 기다렸는데, 그녀는 그기대를 무시하고 자리에서 일어나며 말했다.

"화산으로 돌아가겠습니다. 흑요께서 하신 말씀을 기억하여 화산파에 전할 것입니다만, 원하시는 대로 일이 이루어질지는 모릅니다."

"그렇다면 네가 감내해야 할 것이 많을 것이다. 너는 내 이름을 아는 자가 소중히 여기기에 나도 적의를 품지 않지만, 내 일족과 화산파는 이미 원수가 된 사이야. 나라고 예외가 아니고. 일이 잘 해결되지 않는다면, 나와 검을 마주해야 하는 순간이 올 것이다."

"잘 알고 있습니다. 그럼."

정채린은 포권을 취한 뒤에, 그 동굴에서 빠르게 떠났다.

머혼은 정채린이 경공을 펼치며 동굴에서 떠나는 모습에서 눈을 뗄 수 없었다.

도구를 사용한 것도 아니고 신체 그대로의 힘을 내는데, 어떠한 시동어나 주문도 없이 즉각적으로 빠르게 움직이는 모습은 야생동물이라고 해도 믿기 어려울 정도였다.

다른 건 몰라도 무공에는 확실한 장점 하나가 있다.

머혼이 이계의 공용어로 말했다.

"속도 하나는 정말 마법이 따라갈 수 없겠어."

카이랄은 아무런 대꾸도 하지 않고 그녀가 사라진 방향을 뚫어지게 보았다. 그런 그를 보며 머혼은 카이랄이 같은 생각을 하고 있다고 믿었다.

머혼이 슬며시 말을 이었다.

"다크 엘프가 중원에 있는 이유도 우리와 같다고 보는데, 아닌가? 무공이라면 우리 왕국이 천마신교와의 외교를 통해서 거의 얻었다고 봐도 무방해. 우리 쪽에서도 무공을 제공할 수 있다. 날것의 무공이 아니라 파인랜드에 맞춘 개량형으로 말이지. 그쪽 분야는 지금도 연구되고 있고 그 성과도 상당수 나오고 있어. 개발과 연구야말로 인간의 산물이니, 우리 쪽과 손을 잡는 것이 좋을 거야."

카이랄이 말했다.

"내가 중원의 온 목적은 무공이 다가 아니다. 다크 엘프는 다크 엘프의 기술로 충분해."

"저 처자의 뒷모습을 보는 네 시선은 그렇게 말하지 않는데?"

"네가 얼마나 살았다고 엘프의 마음을 엿볼 수 있다고 믿는 거지?"

"눈만큼은 다 똑같네. 인간이나 엘프나. 마음이 있는 곳을 바라보게 마련이지."

"……."

"엘프의 차원 이동. 그걸 알려 준다면 우리도 무공에 관한 모든 정보를 넘기지."

카이랄은 불길로 눈을 돌렸다.

"인간의 집단은 그 속에 수많이 다른 생각이 공존하지. 폭발적인 다양성으로 인한 현상이다. 그렇기에 한 사람이 그 집단을 대표하여 어떤 약속을 한다 해도, 그리고 그 대표자가 대부분의 구성원의 동의를 받았다고 해도, 언제 엎어지고 언제 뒤집어질지 모르는 게 인간의 집단이야."

"안에서 치료받는 인간에겐 이름까지 알려 주었잖은가? 인간을 완전히 불신하는 것은 아닐 텐데?"

"인간 개개인은 믿을 수 있지. 하지만 인간의 집단을 믿을 순 없다. 인간의 기본적 속성인 다양성으로 인해 한 인간의 집단을 믿는다는 행위는 그 자체로 불가능하고 그보다 더 근본적으로 모순적이니까. 화산파와의 거래도 그런 식으로 끝이 났지. 역시 예외가 없어."

카이랄의 표정은 짜증과 후회로 가득했다.

머혼이 조금 생각하곤 대답했다.

"외로움을 이길 수 있는 인간은 없다. 인간은 집단에 소속되지 않고는 정체성을 유지할 수 없기 때문이지. 네 이름을 아는 그 중원인도 언젠가는 어느 집단에 소속될 것이다."

"그보다는 스스로 만들겠지."

"뭐라고?"

"그는 스스로의 집단을 만들려고 한다. 그가 속한 집단이 패망했기 때문에. 난 그 광경을 옆에서 지켜보고 싶다. 인간의 창의력과 개척 정신의 끝은 바로 스스로의 집단을 창조하는 것이니. 그것을 지켜본다면 인간에 대해서 더 이해할 수 있겠지."

카이랄은 불길에서 시선을 돌려 머혼을 보았다. 머혼은 살짝 벌린 입으로 숨을 쉬고 있었다. 그는 그렇게 카이랄의 시선을 받다가, 나지막하게 말했다.

"내가 읽은 서적에선 엘프들은 다양성이 극도로 적은 탓에 절대로 객관적인 시각을 소유할 수 없어, 오로지 흑백논리로

만 세상을 바라본다고 하던데…… 당신을 보니 그 저자는 지가 뭔 소리를 하는지도 몰랐던 머저리였군."

카이랄은 피식 웃으며 대답했다.

"인간은 나이가 들수록 둔감해지지만, 엘프는 나이가 들수록 민감해지지. 그러다 보니 나이가 들면 들수록 인간은 엘프같아지고 엘프는 인간 같아져."

"아하, 그래서 우리가 서로 대화가 되는구먼!"

카이랄은 팔짱을 끼더니 말했다.

"흥미로운 대화였다, 인간. 하지만 거부하지. 우선 결정권은 나에게 없고, 또 우리 일족의 장로들이 인간의 왕국과 거래를 하겠다고 할 리가 없으니까. 하지만 개인 간의 거래는 가능하다. 너와 너의 마법사에겐 날 향한 적의가 없고 지금까지 진실된 모습으로 일관했으니, 서로의 목적을 위해서 개인적으로 할 만한 거래가 있으면 앞으로도 제안해 주었으면 하는군."

머혼은 고개를 몇 차례 끄덕이며 말했다.

"하긴. 이런 새로운 세상이 열렸으니, 엘프나 인간이나 그 차이가 중요한 게 아니지."

그들은 그렇게 불꽃을 바라보며 각자의 생각에 빠져들었다.

＊　　　　＊　　　　＊

로스부룩은 마법으로 만든 침대 위에 운정을 놓았다. 운정은 그곳에 걸터앉은 채로 로스부룩을 올려다보았다.

로스부룩이 흥분한 목소리로 말했다.

"누군가에게 마법을 설명한 적은 없지만, 제 나름대로 체계적으로 정리한 게 있습니다, 흐흐흐. 이방 언어로도 충분히 이해할 수 있도록 쉽게 가르쳐 드릴 테니 걱정하지 마십시오."

로스부룩은 운정의 치료보다는 마법을 가르치는 그 자체가 즐거운 듯 보였다. 운정은 조심스럽게 물었다.

"꼭 배워야 하는 겁니까?"

로스부룩은 고개를 연신 끄덕이며 말했다.

"예, 예. 그렇게 하지 않으면 목숨은커녕 영혼까지도 제대로 부지하기 어려울 겁니다. 진심으로요. 꼭 배우셔서 엘리멘탈을 다스리셔야 합니다."

운정은 어두운 동굴 쪽을 보았다. 정채린과 작별 인사를 나눈 지 얼마 되지 않았지만, 벌써부터 그녀가 그리워졌다. 그렇게 한번 그리움을 생각하니 사부님도 그리워졌고, 심지어 별로 생각하지 않던 가족들도 그리워졌다.

감정의 기복 자체가 낯선 운정은 마음을 다스리고자 심호흡을 하며 말했다.

"알겠습니다."

운정의 말에 로스부룩은 신난 듯 그의 옆에 앉더니 이야기를 시작했다.

"마법은 말입니다. 간단하게 말하면 자연의 법칙을 거스르는 겁니다."

"자연의 법칙을 거스른다?"

"자연에는 정해진 법칙들이 있습니다. 예를 들면, 뭐든지 땅으로 떨어진다는 것과, 한 곳에서 다른 곳으로 움직일 때는 그 사이에 있는 공간을 지나야 한다는 것. 등등. 이러한 법칙에는 이름을 붙일 수 있습니다. 뭐 중력이라든가, 공간의 연속성이라든가."

"하늘을 나는 새는? 서쪽으로 졌다가 다음 날 동쪽에서 떠오르는 태양은? 예외가 있으니, 법칙이라고 하기 어렵지 않습니까?"

로스부룩은 순간 할 말을 잃었다. 첫마디부터 반박해 올 줄은 몰랐기 때문이다.

그는 씨익 웃더니, 옷의 양 소매를 걷더니 말했다.

"왠지 저랑 잘 통할 것 같습니다. 하지만 일단 배울 땐 어느 정도까진 받아들이고 나서 질문을 해 주셨으면 합니다. 물론 절대 그 의문들을 무시하는 게 아닙니다. 다만 제가 충분히 이 학문을 소개하고 설명한 뒤에 해 주시면 됩니다."

운정은 말없이 고개를 끄덕였고, 로스부룩은 설명을 이었다.

"자, 절대적인 자연의 법칙들. 인간은… 흐음, 아니, 생명체는 그것을 거스르는 것이 가능합니다. 그러한 것을 가능케 하는 걸 우린 윌(Will)이라 부릅니다. 중원의 말로는 의지가 되겠군요."

"의지가 법칙을 거스르는 능력이라……"

처음 들어 보는 정의에 운정은 잠시 고민했다.

로스부룩은 양손을 활짝 펼치더니 품속에서 금전 하나를 꺼내 보이며 말하는 속도를 높이기 시작했다.

"자연적인 소산으론 절대로 만들어질 수 없는 것을 인간은 만듭니다. 보십시오, 이 금전을. 금이란 이 물질이 이렇게 한곳에 모일 수 있는 겁니까? 자연적으로는 불가능에 가까운 일입니다. 하지만 생명체에겐 그런 극도의 확률을 깨부술 수 있는 '의지'라는 능력이 있습니다. 금 조각을 하나씩 모아서 이렇게 만들면 되는 것입니다."

"……"

"다른 예를 들면 제가 이 금전을 들고 있는 것입니다. 자연적으로 이 금자가 이렇게 공중에 있을 수 있습니까? 없지요. 하지만 제가 금전을 들고 있기에 그것은 이렇게 공중에 있을 수 있는 겁니다."

"그야, 당신이 그걸 들고 있어서 그런 것 아닙니까?"

로스부룩은 갑자기 얼굴을 굳히면서 손가락 하나를 운정의 얼굴 앞에 가져왔다.

"그렇습니다! 제가 들고 있지요! 제가 들고 있기에 이 금전은 공중에 있을 수 있는 겁니다. 자연의 법칙으론 불가능하지만 말입니다. 이해 가십니까?"

"흐음."

"모든 생명체는 생존하기 위해서 어느 정도 자연역행적인 일을 합니다만, 그보다 상위종이라 할 수 있는 지… 지성… 지성체(知性體)? 뭐 그렇게 부르는 것이 좋겠네요. 하여간, 지성체는 이런 의지를 임의적으로 가질 수 있습니다. 사실 그게 지성체의 정의기도 합니다. 그래서 저도 지금 제 생명과는 아무런 관계가 없지만, 이렇게 금전을 쥐고 있는 것 아니겠습니까? 그것을 의지, 그러니까 윌이 조금 발전된 형태라고 할 수 있는 포커스(Focus)라고 합니다."

운정은 그 말을 기억했다.

"그건 이계어로 심력이 아닙니까? 아, 무슨 말을 하는지 알 것 같습니다."

로스부룩은 갑자기 자리에서 일어나더니 다소 흥분한 말로 말했다.

"하지만 포커스만으로는 부족합니다. 어떠한 일이 발생하기 위해선 그 일을 발생시키고자 하는 의지만으로는 발생하지 않습니다. 그렇다면 문제! 포커스 외에 무엇이 더 있어야 하겠습니까? Tnih는 두 개입니다!"

로스부룩은 어쩌나 들떴는지 자기 모어를 말해 놓고도 모르는 듯했다. 하지만 그의 말을 대강 알아들은 운정은 심기체(心氣體)에서 그 답을 찾았다.

"기와 체, 아닙니까?"

로스부룩은 잠시 턱을 괴더니 말했다.

"그보다는 좀 더 풀어서 설명해 줄 수 있겠습니까?"

"그것을 발생시키는 데 소모되는 힘과, 그것을 실제로 실행시키는 데 필요한 물건, 물질 정도로 보면 됩니다."

로스부룩은 두 눈을 크게 뜨더니 말했다.

"오호, 오호, 좋습니다만, 마법에서 해석하는 건 조금 다릅니다. 답을 알려드리자면, 일단 그러한 일이 일어나기 위한 대가(代價)를 지불해야 합니다. 그냥은 일어나지 않죠. 그리고 또 그 일을 직접 실행할 매개체(媒介體). 이렇게 두 개가 더 필요합니다. 뭐, 각 학파마다 조금씩 다르긴 한데, 일단 저는 그렇게 생각합니다."

"당신의 학파는 뭡니까?"

"아, 아직 이름은 안 지었습니다. 그냥 제가 이리저리 공부하면서 만든 체계라서… 뭐, 차차 만들도록 하지요."

"……"

아직 이름조차 없는 문파의 가르침이라… 운정은 지금이라도 사양하고 싶었지만, 그에게 마법을 가르쳐 줄 인물은 그밖에 없으니 일단은 침묵을 지켰다.

　로스부룩은 그런 그의 모습을 보고 말을 잇지 못하는 감탄을 한다고 착각하고는 조금은 득의양양해진 표정으로 말을 이었다.

　"다시 생각해 보니, 기와 체와 비슷한 개념인 것 같긴 합니다만. 어쨌든 저희 입장에선 대가를 마나(Mana), 그리고 매개체를 미디엄(Midium)이라고 합니다."

　운정은 고개를 갸웃했다.

　"마나라는 건… 기가 아닙니까? 그런데 그것이 대가라는 해석은 이해하기가 어렵습니다."

　로스부룩은 입술을 삐죽이며 말했다.

　"그럼 돈이라고 생각하시면 편합니다. 무슨 현상이 발생하기 위해서 지불되어야 하는 뭐 그런 거 말입니다. 자원이라고 생각하셔도 되고. 하지만 그런 단어들은 너무 실질적이지 않습니까? 마법은 아스트랄에서 이루어지는 것이기 때문에, 실질적인 단어들보단 대가로 해석하는 게 나중을 위해선 좀 더 좋은 것 같습니다."

　운정은 의아했지만 일단 넘어가기로 했다.

　"우선은 알겠습니다."

　로스부룩이 말했다.

　"그래서 일단 마법의 시작이자 마법의 벽돌이라 할 수 있는 것부터 보여 드리겠습니다. 모든 마법은 이것으로부터 시작하며 이것을 쌓아올린 것에 불과하지요. 일명 사이코키네시스(Psychokinesis)라고 합니다."

로스부룩은 손을 폈다. 그러자 천장 위에서 동굴 안을 밝히고 있던 빛이 서서히 내려와 그의 손 위에 안착했다.

그 신비로운 모습을 운정이 자세히 보는데, 로스부룩이 말을 이었다.

"이렇게 무게가 0인 것을 움직이는 겁니다. 빛은 움직이는데 아무런 힘이 들지 않지요. 그렇기에 강한 포커스만 있다면 가능합니다. 마법사들이 마법을 위해 주문을 외우는 것도 스스로의 포커스를 더욱더 강하게 하기 위한 것에 불과합니다."

"……."

"저 같은 경우에는 보이지 않는 실이 이 빛을 끌고 내려온다고 강하게 생각했습니다. 그래서 그러한 일이 일어났지요. 다른 마법사라면 투명한 손을 생각했을 수 있습니다. 그렇기에 같은 마법이라도 학파마다 주문이 다를 수 있습니다. 같은 효과를 내지만, 그것에 이르기까지 연상하는 것이 다를 수 있으니까요. 이 행위를 언어로 표현하는 걸 스펠(Spell)이라고 합니다."

운정은 이제야 왜 마법이 중원의 술법보다 훨씬 더 상위 호환적인지 알 것 같았다. 그것은 다름 아닌 주문의 유무. 중원의 술법에도 주문이 있긴 하지만, 그것이 의지를 모은다고 생각하진 않았다. 단지 과거에서부터 그렇게 하면 술법이 일어났기 때문에, 단순한 절차 중 하나 정도로 믿었다. 그렇기에 마법의 주문처럼 긴 문장이 아니라, 몇 마디 정도일 뿐이다.

운정은 계속해서 듣기로 마음먹었었지만, 이것만큼은 묻지 않을 수 없었다.

"하지만 당신은 주문을 읊지 않았습니다."

로스부룩이 말했다.

"뭐든지 계속하다 보면 신경 쓰지 않아도 알아서 몸이 하게 되지 않습니까? 버릇이 든다고들 하죠. 전 마법을 익힐 때 이렇게 빛을 끌어당기는 걸 엄청나게 연습했었습니다. 그래서 주문을 읊지 않아도 알아서 되는 만큼 버릇이 들었다고 해야 하나? 확실히 다른 언어로 설명하려니 조금 어색한 것 같은데, 맞는 표현을 못 찾겠네요. 무영창(無詠唱)이라고 부르면 되겠군요."

"무슨 말인지 알겠습니다. 무공에도 그런 경지가 있습니다. 아이가 처음 걸을 때는 의식적으로 걷지만, 계속 걷다 보면 의식하지 않고도 걸을 수 있죠. 그런 것이로군요."

천재는 천재를 알아본다고, 하나를 말하면 척척 알아듣는 운정을 내려다보며 로스부룩은 그의 지능이 상당히 뛰어나다는 것을 깨달았다. 로스부룩은 고개를 마구 끄덕이곤 말했다.

"다음은 바로 미디엄. 내 의지를 외부에 전달할 매개체입니다. 이것이 없다면, 백날 정신을 집중해도 빛을 움직일 수 없습니다. 빛에게 내 의지를 전달해야지만 의미가 있는 것이죠."

"그건 어떻게 하면 됩니까?"

"일단 전 지식이라고 보고 있습니다."

"예?"

운정은 도저히 그 말만큼은 받아들이기 어려웠다. 로스부룩은 당연하다는 듯 말했다.

"제 관점입니다만, 지성체에겐 외부와의 매개체가 필요 없습니다. 이미 모든 우주와 소통할 수 있는 능력을 타고 났습니다. 다만 외부를 모르는 그 무지(無智). 그것이 가로막고 있습니다. 그렇기에 지식이 매개체가 되는 것, 아니, 되는 셈입니다."

"……"

운정이 말이 없자 로스부룩이 처음으로 울적한 표정을 보여 주었다.

"사실 마법 중에서 가장 체계를 갖추지 못한 부분이 바로 미디엄에 관한 부분입니다. 그래서 어떤 사람은 그냥 되기도 하고, 어떤 사람은 평생 해도 안 됩니다. 어떤 사람은 어느 사건으로 인해서 각성하기도 합니다. 대부분은 그냥 그것이 마법에 관한 재능쯤으로 치부합니다. 하지만 정확하게 말하면 그 누구도 미디엄이 무엇인지 정확하게 설명하지 못해서 그러는 겁니다."

"……."

"포커스는 스펠로. 마나는 마나 스톤으로. 이렇게 딱딱 확립되어 있습니다만, 미디엄만큼은 그런 게 없습니다. 누군가는 태생에 진실이 있다고 하고, 누군가는 스펠 속에 이미 있다고, 누군가는 패밀리어에 있다고 하는데… 아직 밝혀진 진실은 없습니다. 그냥 되는 사람은 되고 안 되는 사람은 안 되지요."

운정은 로스부룩의 두 눈동자를 살피곤 말했다.

"그럼 로수부루께서는 어떻게 지식이 미디엄이라는 결론에 도달하신 겁니까?"

로스부룩의 얼굴이 살짝 굳었다. 그러곤 운정을 위아래로 훑어보더니 말했다.

"미디엄이 무엇이든 간에, 모든 마법사에게 공통적으로 있어야 하며, 모든 비마법사에게 공통적으로 없어야 합니다. 그런 전제 조건 아래에서 생각을 해 봤을 때, 근본에 대한 마법적 지식이 아닐까 하는 생각이 들었습니다."

"흐음."

로스부룩은 박수를 짝 하고 쳤다.

"자, 여튼. 여기까지가 서론입니다. 우리가 마법이라고 부를 수 있는 건 이 세 가지가 있어야 합니다. 그리고 마법사는 이 세 가지를 통해서 마법을 발현합니다. 그러다 보면 점차 자신에게 친숙한 마나, 포커스, 미디엄이 모여서 또 다른 자아가 서서히 형성됩니다. 그럴 수밖에 없습니다. 지성이라는 것 자체가 애초에 그러한 것들이 모인 것이기 때문입니다. 그리고 그 자아가 충분히 성장하고 또 다른 모습으로 세상에 나타나게 될 때, 그것을 마법사는 패밀리어라고 부릅니다."

"……"

"이젠 운정 도사께서 두 개의 패밀리어를 지닌 것이 얼마나 위험한 것인지 아시겠습니까?"

운정은 고개를 끄덕였다.

"자아분열, 자아 상실이 그런 뜻이었군요. 그런데 전 마법사도 아닌데 어떻게 벌써부터 패밀리어를 가질 수 있게 된 겁니까?"

"그것이 엘프의 방식이기 때문입니다. 엘프는 자연을 이루는 네 가지 힘을 숭배하는데, 그 네 가지 힘을 통해 패밀리어를 발현했던 엘프들이 후대에게 그 패밀리어의 씨앗을 넘겨줄 수 있습니다. 그건 엘프의 생물학적 고유의 특성이라 인간이 따라 할 수 없는 것입니다. 그래서 그들은 그렇게 패밀리어를 먼저 갖추고 그들의 인도를 따라서 마법을 점차 익혀 나가게 되어 나중에 패밀리어를 완전히 다루게 됩니다. 패밀리어 중에서도 특이한 속성을 가지고 있기에 이를 엘리멘탈이라고 부릅니다. 보편적으로 인간은 엘프의 방식으로 엘리멘탈을 품는 것이 불가능하지만, 운정 도사는 중원의 기술로 가능케 된 것 같습니다. 그것도 한 번에 둘씩이나 말입니다."

"……"

"차이점을 쉽게 말하자면, 인간 마법사는 패밀리어를 점차 스스로 만들어 간다고 믿습니다. 하지만 엘프의 마법사는 패밀리어를 서서히 찾아간다고 믿습니다. 전자의 마법사를 메이지(Mage), 후자의 마법사를 드루이드(Druid), 그리고 이를 통틀어서 마법사의 총칭은 위저드(Wizard)라 부릅니다."

"어렵군요. 하지만 흥미가 돋습니다."

로스부룩은 운정의 어깨 위에 손을 올리면서 부드럽게 말했다.

"도사님께서 마법을 익히지 않으면, 두 엘리멘탈의 성장을 볼 수도 없고 중재할 수도 없습니다. 그들 사이에서 고된 외줄타기를 하시려면 우선 자각이라도 해야 합니다. 중원의 기술로는 그저 그들의 기를 느끼는 수준에서 끝날 겁니다. 영혼에 자리 잡은 그들과 소통하려면 마법밖엔 없습니다."

"그래서 제가 마법을 배워야 한다는 뜻이로군요."

"그렇습니다."

운정이 나지막하게 물었다.

"제게 바라시는 것은 무엇입니까?"

로스부룩은 깊은 미소를 지었다.

"제 모든 것을 알려 드릴 테니, 두 개의 패밀리어가 한 번에 자리 잡게 만든 그 중원의 기술을 알려 주십시오. 보시다시피 전 웬만한 마법사보다 강하지만 엄연히 견습입니다. 아직까지 패밀리어가 없지요. 게다가 중원에선 지팡이도 없어요. 하나밖에 얻을 수 없어 지금까지 일을 미뤘습니다. 하지만 이런 흥미로운 걸 보니 저도 두 가지를 한 번에 얻고 싶습니다, 흐흐흐."

너무나 솔직하게 자신의 욕망을 드러내는 로스부룩의 표정은 추하다 할 수 있었다. 하지만 운정은 그 진실됨이 오히려 아름다워 보였다.

"어차피 제가 할 수 있는 일은 그저 제 무공을 되찾는 것뿐입니다. 몇 가지, 아니, 몇십 가지 질문이 있는데 해도 되겠습니까?"

로스부룩은 신난 듯 박수를 한 번 더 치며 손을 모았다.

"좋습니다! 밤을 새워 보죠!"

第十五章

대천마신교(大天魔神敎) 낙양본부(洛陽本部).

중원에서 가장 거대한 단일문파의 근거지는 중원의 황제가 사는 황도 낙양에 버젓이 존재했다. 역천의 역사가 쓰였을 때에 많은 무림인들이 동참했고, 그로 인해 황궁의 힘이 쇠락하고 무림의 힘이 흥하는 큰 계기가 되었다. 특히나 천마신교는 화폐와 상권을 동시에 쥐면서 중원의 제일 재력을 손에 쥐게 되었고 이를 바탕으로 전 중원에 엄청난 영향력을 행사했는데, 중원의 재물 절반이 천마신교의 소유라는 말이 떠돌 정도였다. 그러니 천마신교의 지존인 교주는 중원 제일 부자라고 해도 과언이 아니었다.

모든 이들은 교주가 선녀 같은 여인들의 시중을 받으며 하늘만큼 높은 건물 위에서 매일같이 산해진미를 맛보고 중원을 굽어살피는 삶을 살고 있을 거라고 생각했다.

하지만 실상은 정반대였다. 그는 냄새나는 남정네들과 부대끼며, 공기가 잘 통하지도 않는 지하에서 먼지를 마시고, 중원과는 전혀 상관없는 일로 시간을 보냈다. 교주전(敎主殿) 지하에 있는 공방전(工房殿). 그곳은 천마신교의 교주 무공마제(無功魔帝) 혈적현이 가장 많은 시간을 보내는 곳이었다.

그의 여인으로 알려진 마봉(魔鳳) 서린지는 천으로 입가를 가리면서 공방전 안으로 들어섰다. 갑자기 코를 찌르는 분내에 공방전의 기자(機者)들은 자기가 하던 일들을 멈추고 서린지를 돌아봤다. 얼른 고개를 숙이고 포권을 취해야 하건만, 서린지의 전신에서 풍기는 아름다움은 그들의 정신을 사로잡아 쉬이 놔주지 않았다.

그들은 모두 머리가 비상하여 수없이 많은 관문들을 거쳐 이곳 공방전에 오게 된 자들이었다. 그런 그들조차 서린지의 미모에 넋이 나가 일을 놓아 버렸는데, 단 한 명, 집중이 흐트러지지 않은 사내가 있었다.

서린지는 그에게 조심스럽게 다가가서 앉아 있는 그의 넓은 등을 위아래로 훑어보았다. 그는 쪼그려 앉아 작은 무언가를 만지작거리고 있었지만, 서린지는 그 모습이 너무나 남자다워 보였다. 어렸을 때부터 무식하게 검만 휘두르는 사내만 봐온 터라 오히려 그런 모습에서 남자의 매력을 느낀 것이다.

서린지가 그녀의 연인, 혈적현의 귓가에 입을 가져가 속삭였다.

"소녀가 왔어요."

혈적현은 손을 멈추지 않으며 말했다.

"아, 왔군. 잠깐 있어. 금방 끝내지. 인공영안(人工靈眼)을 막 정비하던 참이오."

그의 말이 들리자, 서린지에게 정신을 빼앗긴 공방전의 기자들이 퍼뜩 정신을 차렸다. 그들은 늦은 인사를 하곤 바로 자신들의 일을 시작했다. 서린지는 그런 그들에게 작은 관심조차 주지 않으며 혈적현에게 말했다.

"적 랑이 잠깐이라 하면, 보통 반 시진이잖아요? 그냥 조금 있다가 하면 안 돼요?"

혈적현은 눈을 몇 번 껌벅이더니 말했다.

"몇 시지?"

"저녁때예요."

"벌써 그렇게 되었나?"

혈적현은 기지개를 쭉 폈다. 서린지는 얼른 그의 목에 자신의 팔을 휘감고는 혈적현의 볼에 입을 맞추었다.

"소녀가 직접 음식을 했는데, 맛보실래요?"

혈적현은 옆을 보더니 한 앳된 소년에게 말했다.

"고 아야, 내가 하던 일을 마저 해 주려구나."

그 소리는 공방의 모든 기자들이 들었다. 하지만 그들은 일절 속내를 드러내지 않으며, 자신의 일에 몰두했다.

다른 것도 아니고 인공 용안이다. 혹시라도 잘못되면 사형을 면치 못한다.

고 아라고 불린 소년은 조금 불안한 기색으로 주변을 둘러보더니 물었다.

"제, 제가 하다가 고장이라도 내면… 그, 다른 분들도 많은……."

"명이다."

천마신교 교주의 명령은 그 자체로 교주 명이 된다. 교주 명은 이유를 불문하고 모든 교인들이 생명을 내걸고 지켜야 하는 것이며, 그 명령 앞에 대답할 수 있는 단어는 단 하나. 만약 그것을 말하지 않는다면, 천마신교의 모든 교인들이 그를 추살한다.

소년은 얼굴이 창백해진 채로 포권을 취했다.

"조, 존…명."

우당탕.

그 아이가 어설프게 포권을 취하느라, 그의 상 위에 있던 물건들이 땅에 떨어져 요란한 소리를 내었다. 그 아이의 얼굴은 더욱 창백해져서 마치 피가 흐르지 않는 시체처럼 보이기 시작했다.

혈적현은 그 소년의 마음을 진정시키고자 작은 미소를 보였다. 그러곤 자리에서 일어나 그의 팔에 딱 붙은 서린지와 함께 공방전을 나섰다. 서린지는 품에서 꺼낸 검은 안대를 혈적현의 눈에 씌워주었다.

혈적현의 모습이 보이지 않게 되자 소년은 혈적현의 상 위에 놓인 인공 용안을 보며 깊은 한숨을 쉬었다.

혈적현이 공방에서 나오자, 두 명의 사내가 그의 뒤를 빠르게 따랐다. 두 눈에서 넘실거리는 살기와 마기는 그들의 무공을 잘 대변해 주었다. 서린지는 그런 남자들을 번갈아 쨰려보았지만, 그 마인들은 눈 하나 깜짝 안 하고 혈적현의 뒤를 따랐다.

용이 승천하는 무늬가 장식된 거대한 기둥들 사이를 걸으며 서린지가 말했다.

"마조대가 왔었어요. 제가 직접 이야기를 들려주고 싶어서 중간에 가로막았죠."

"마조대라면? 혹 월려의 소식이오?"

"중원뿐만 아니라 본 교 내부의 행정에도 관심 없는 교주께 마조대가 보고할 일이 그밖에 더 있겠어요?"

"어떻게 되었다고 했소?"

서린지는 조금 차가운 목소리로 말했다.

"절친한 친우의 소식이 왔다니 눈빛이 아주 반짝이시는군 요?"

혈적현은 그런 그녀의 작은 질투에 살짝 웃으며 말했다.

"괜히 그러지 마시고, 말씀해 보시오. 월려가 어떻게 되었 소?"

서린지는 심술을 표정 가득 담으며 말했다.

"저도 가끔 밖으로 나갈까 봐요. 그러면 나도 교주가 걱정 해 주지 않겠어요?"

"항상 마음에 신경 쓰고 있소. 다만 할 일이 많아서……."

"알겠어요. 믿긴 믿는데 표현을 좀 더 해 주세요."

서린지는 그 말을 끝으로 입을 다물었다. 혈적현은 고개를 돌려 자신을 따라오는 두 마인에게 시선을 던졌는데, 두 마인 다 연애에는 하수 중 하수라 이렇다 할 조언을 해 줄 수가 없 었다.

[죄송합니다.]

[죄송합니다.]

전음으로 들리는 말에 혈적현은 하는 수 없이 같은 말을 반복할 수밖에 없었다.

"월려에게 무슨 일이 있었소?"

서린지의 입술이 살짝 부풀어 오르자, 혈적현은 자신이 진짜 실수했다는 걸 깨달았다. 그녀가 말했다.

"어제 점심부터 하루 종일 보지도 못하고, 오늘도 저녁때가 돼서야 겨우 만났는데… 제가 그동안 무슨 일을 했는지는 궁금하지 않으시죠?"

여자가 본심을 내비쳤다는 건 이미 늦었다는 것이다.

서린지는 피월려의 소식을 안 알려 주려고 아주 단단히 마음을 먹은 듯했다.

혈적현은 어떻게 하면 이 귀찮은 상황을 모면할까, 최선을 다해서 방법을 찾았다. 그는 호법에게 다시금 눈치를 주었고, 다행히 이번만큼은 빠르게 알아들은 호법이 그에게 말했다.

[어제 점심을 드시곤, 낙양 시내에 나가서……]

혈적현은 그 말을 들으면서 말했다.

"당연히 궁금하지 않소."

당당한 혈적현의 태도에 서린지가 발걸음을 멈추곤 되물었다.

"예?"

혈적현은 치아를 내보이도록 미소 지으며 말했다.

"마봉께서 무엇을 하는지, 항상 물어보고 항상 보고를 받기 때문이오. 마봉께서는 어제 점심을 나와 함께하고 나선 낙양 시내에 나가서……."

혈적현은 그 뒤로 서린지가 한 행동으로 천천히 읊기 시작했다. 서린지는 미묘한 표정으로 보았고, 혈적현은 담담한 목소리로 말을 이어나갔다.

"그 뒤, 공방전으로 와서 나를 부른 것 아니오?"

"……."

"맞소?"

"맞아요."

"그러니 내가 궁금하지 않은 것이오. 항상 궁금하기에 매 순간마다 물어보기 때문이오."

서린지는 뭔가 이상하게 돌아간다는 의심이 들어 두 호법을 째려보았다. 두 호법은 슬쩍 서린지의 눈길을 피하면서 일부러 눈동자에 살기와 마기를 더욱 담았다. 그녀는 곧 혈적현에게 고개를 돌리더니 말했다.

"은근히 싫어요."

"무엇이 말이오?"

"오늘 저녁을 같이하면서, 제게 있었던 일을 적 랑에게 맞히라 하며 놀려고 했거든요. 그런데 이미 이렇게 다 아시니 재미가 없잖아요?"

"그야 내가 항상 마봉께 관심을 두기에……."

서린지는 혈적현의 말을 끊었다.

"앞으로는 보고를 받지 마요. 그냥 나를 만날 때까지 궁금해 줘요. 그게 좋겠어요."

"……."

그들은 곧 교주전의 객실에 도착했다. 폭은 1장, 길이는 20
장이 넘어가는 상 앞, 상석에 혈적현이 앉았다. 서린지는 옆쪽
에 있던 의자를 억지로 가지고 와서 혈적현의 옆에 두고 앉더
니, 그에게 말했다.

"매번 그렇게 먼지 속에 사시니, 폐를 깨끗케 해 준다는 음
식으로 준비해 봤어요. 드세요."

혈적현은 젓가락을 들어 그의 앞에 놓인 세 가지 음식을
차례대로 먹었다. 서린지는 원래부터 요리 솜씨가 좋기로 유
명해서 혈적현은 금세 그 음식들을 다 비울 수 있었다.

배가 부른 그에게 시녀가 차를 가져다주었고, 그제야 서린
지가 보인 혈적현이 말했다.

"마봉은 안 드시오?"

서린지는 자기 배를 살짝 가리면서 말했다.

"나이가 들어 예전 같지 않아요. 슬슬 관리해야 돼요."

"전혀 그렇지 않소."

서린지는 혈적현의 아부를 가볍게 무시하곤 말했다.

"궁금하셨을 텐데, 지금까지 안 물어보고 용케 지금까지 참
으셨으니까, 제가 상을 드릴게요."

혈적현은 서린지가 마음을 풀었다는 것을 느꼈지만 여기서

한 술 더 뜰 필요가 있었다.

"사실 월려 이야기는 그렇게 별로 궁금하지 않소. 그보다 낙양 시내에서 있었던 일이 더 흥미로운데 어쩌다가 원숭이가 객잔에서 날뛰게 되었는지 그 경위를 자세히 설명해 보시오. 보고로만 들은 것보다 직접 눈으로 본 마봉께 듣는 것이 더 실감나겠지."

서린지는 혈적현을 지그시 보다가 곧 눈웃음치며 말했다.

"최종 시험도 합격! 이젠 진짜 마음이 풀렸으니까, 진짜 말해 줄게요."

"……."

"심검마선과 태학공자(太鶴公子)는 부교주의 흔적을 따라서 산동을 거쳐 하북성까지 갔다는군요."

혈적현의 표정이 조금 굳었다. 그가 말했다.

"청룡궁의 영역까지 갔다면, 그들과 연관이 있겠군."

서린지가 말했다.

"다행히 청룡궁의 세력과 맞닥뜨리기 전에, 무당산에서 마법을 펼친 마법사 중 한 명과 마주할 수 있었다고 해요. 놀라운 건 그 마법사가 과거 귀목선자(鬼目仙子) 미내로와 똑같은 모습을 하고 있었다는 거예요. 미내로 본인은 아닌 것 같지만요."

혈적현의 짙은 눈썹이 꿈틀거렸다.

"미내로? 그게 무슨… 그녀는 확실히 죽었는데."

"그러니까요. 그런데 죽어 버렸다고 했어요. 자신의 생명을 바쳐서 마법을 펼쳤는데, 고문을 받는 도중 그것을 눈치채지 못하게 영창했나 봐요."

"무슨 마법을 펼쳤다고 했소?"

"그것까지는 잘 모른다고 했어요. 다만 그 마법사의 몸에서 빛이 나더니 심검마선을 삼켜 버렸는데, 심검마선이 그 즉시 사라져 버렸다고 했죠."

"……."

"태학공자의 말로는 우선 살해하는 마법은 아니라고 했어요. 그가 보기엔 어떤 공간마법이라고 추측이 되는데, 실력이 좋은 마법사가 생명까지 바쳐가며 쓴 마법인 만큼 특수한 공간으로 이동시키는 것이 아닌가 한다는군요."

생각보다 심각한 소식에 혈적현은 자리에서 일어나며 말했다.

"귀환한 태학공자는 지금 어디 있소?"

"그 마법사의 시신을 가져와서는 바로 자기 방에 틀어박혀서 심검마선을 사라지게 만든 그 마법을 연구한다고 했어요. 놀랍게도 그 시신이 살아 있어, 심문할 수 있다고 하는군요. 대단하지 않아요? 그의 생각엔 부교주까지도 같은 마법에 휘말려 같은 공간으로 사라진 것 같다고… 그 마법의 정체를 제대로 깨우친다면 둘 다 찾을 수 있다고 생각하는 것 같아요."

혈적현은 아무렇지도 않게 심각한 말을 하는 서린지를 보며 피가 거꾸로 솟는 듯했다.

"그, 그걸 왜 이제… 아, 아니오. 일단 장로회를 소집해야겠소. 부교주에 이어서 월려까지 사라졌다면, 이는 중대하기 짝이 없는 사안이오."

서린지는 덩달아 일어나서 혈적현의 얼굴을 쓰다듬으며 말했다.

"공식화하기 전에 우선 태학공자에게 맡겨 보는 것이 어떠세요? 심검마선이 실종되었다는 사실이 퍼지면 그 여파는 그 누구도 예상할 수 없어요."

"……"

"아무렇지도 않게 돌아올 수 있잖아요? 태학공자의 성정상 그들이 죽었다면 확실히 죽었다고 말할 거예요. 그가 되찾을 수 있다고 말한 이상 그를 믿어주는 것이 옳지 않을까요?"

서린지가 어리석고 편협한 여자라서 일의 경중을 모르고 장난을 쳤을 리가 없다.

부드러운 그 목소리에 혈적현은 잠시 머리를 식혔다.

"그래서 그런 장난을 치신 것이군, 후우……. 친우가 걸린 일이라 내가 냉정하지 못할까 봐."

"소녀는 그저 소녀의 마음을 몰라주는 게 싫어서 그랬을 뿐이에요."

방긋 웃는 서린지의 얼굴을 보자 혈적현은 마음까지도 진정되는 것 같았다.

그가 나지막하게 말했다.

"좋소. 마봉의 말을 듣지."

"현명하신 선택이에요. 아, 그리고 하나 더."

"하나 더?"

서린지는 배시시 웃으며 말을 이었다.

"화산으로 갔던 이계의 손님들이 다시 왔어요. 그런데 꽤 재밌는 손님들이 동행하고 있더군요. 교주님을 뵙고 싶다고 하기에 일단 기다리라고 했어요."

"재밌는 손님?"

혈적현은 서린지의 장난기 서린 표정을 보곤 그녀가 절대로 말해 주지 않을 거라는 것을 알 수 있었다.

＊　　　　＊　　　　＊

"Os, uoy erus s'ti ton ceramic?"

"hay, hay. won I ees taht sti ruoloc si taht fo stnemele flesti."

"ho? os s'ti ton deyd. woh did yeht ekam stnemele fo

siht roloc?"

"I eveileb, taeh si eht yek… tey ti seriuqer erom hcraeser."

백자 앞에 쭈그리고 앉아서 자기 나라 말로 궁시렁궁시렁거리는 그들에게 관심을 끈 운정은 주변을 둘러보았다.

하늘 높은 줄 모르는 천장과 땅 넓은 줄 모르는 크기의 방에 온갖 사치스러운 보물들이 듬성듬성 진열되어 있는 걸 보면, 이게 접견실인지 보물 창고인지 구분할 수가 없었다. 운정은 홀로 앉아, 방 중앙에 놓인 거대한 둥근 원목 상을 보았다. 지름만 해도 3장이 넘어갈 정도여서, 그 위에서 무공을 수련하는 상상이 절로 되었다.

상념 속에서 무당파의 무공 전부를 수련하고 다시금 반까지 왔을 무렵, 한 방향에서 강렬한 마기가 서서히 다가오기 시작했다. 천마신교 내부는 이미 짙은 마기가 가득했기 때문에, 그 안에서도 구분되는 그 마기는 한 차원 다른 농도라 할 수 있었다. 운정은 그 방향을 계속해서 주시했고, 곧 접견실로 들어오는 네 인물을 볼 수 있었다.

운정이 느낀 짙은 마기는 교주를 호위하는 양쪽에 선 두 호법의 마기로, 그 기세만 놓고 보면 화산의 장로들과도 견줄 만했다. 하지만 이상하게도, 교주로 보이는 남자에겐 큰 마기를 느낄 수 없었다. 다만 오른쪽 눈을 가린 검은 안대와 거무칙

척한 의수만이 그가 그 유명한 무공마제라는 걸 말해 줄 뿐이었다. 소문으론 마공은커녕 무공을 익히지 않은 채, 기계공학(機械工學)으로 교주의 자리에 올랐다고 하는데 그의 소문이 참인 듯싶었다.

교주와 그의 여인이 자리하자, 두 마인은 각각 그들의 뒤에 섰다. 로스부룩과 머혼도 백자에서 떨어져 금세 운정의 양옆으로 가서 앉았다.

먼저 머혼이 이계어로 말했고, 로스부룩이 한어로 통역했다.

"이렇게 또다시 뵙게 되어 영광입니다, 무공마제."

교주, 혈적현이 양손을 주먹 쥐고 코에 가져갔는데, 그의 의수가 묘한 기계음을 냈다.

그가 물었다.

"화산에서의 일은 잘되었소? 아시다시피 도중에 부교주가 실종되어, 일이 꼬였으리라 생각되오만."

"안 그래도, 제대로 진행되지 않았습니다. 그들은 웬 검을 하나 보여 주며 그 안에 걸린 마법이 있는지 없는지를 확인하라 했습니다. 그래서 열심히 봐주었는데, 글쎄 그다음 날 바로 내쫓아 버리듯 하지 않습니까? 그래서 저희도 마음이 상해 그냥 나와 버렸습니다."

혈적현은 호법 둘을 번갈아 보았다. 호법들은 혈적현과 눈이 마주칠 때 고개를 끄덕였다.

혈적현이 다시 머혼과 로스부룩을 보며 말했다.

"부교주의 입장도 있고 해서 그들과는 동맹의 관계에 있지만, 엄밀히 말하면 적을 공유하는 사이이지, 아군이라 하기 묘하오. 그들에게 큰마음을 쓰지 마시오. 하여간 무사히 돌아오게 되어 다행이오. 솔직히 내 입장상 마인들을 호위로 같이 보내고 싶었소."

머혼이 대답했고, 로스부룩이 통역했다.

"아닙니다. 천마신교의 마인을 대동했다면 화산파 안으로 들어가지도 못했을 겁니다."

그렇게 잠깐의 침묵이 흐르자 혈적현은 피식 웃더니 단도직입적으로 말했다.

"재미있군. 화산파에 있었던 일을 더 말하고 싶지 않소? 여긴 천마신교라는 걸 잊지 마시오."

로스부룩은 조금 굳은 표정으로 머혼에게 통역했고, 머혼은 전혀 당황하지 않고 혈적현의 표정을 그대로 따라 하며 말했다.

"이미 다 보고를 받았으리라 생각했는데, 아닙니까?"

"보고는 그대들을 통해 받을 생각이었기에, 따로 두지 않았소."

"저희가 천마신교에 보고해야 할 입장이라 보시면 곤란합니

다. 저희는 델라이 왕궁의 특사임을 잊으신 듯합니다. 여기가
천마신교라는 걸 잊지 말라는 그 말의 저의가 무엇인지 무척
이나 궁금합니다만?"

"……."

혈적현은 말없이 머혼을 노려보았다. 머혼은 이번엔 부드럽
게 그 눈빛을 받았다.

둘 사이에 흐르는 신경전을 보던 서린지가 밝은 미소를 얼
굴에 띠우며 머혼에게 말했다.

"교주께서는 다만 화산파에서 해코지를 당한 것이 아닌가
염려되어 말하신 겁니다. 이젠 안전한 천마신교에 당도하셨으
니 그런 경계 선 태도를 유지하실 필요가 없다는 것이지요.
통역이 조금 잘못된 듯하군요."

머혼은 서린지와 눈을 마주치며 그녀의 미소를 흉내 냈다.
그가 말했고, 로스부룩이 이어서 통역했다.

"내 통역사가 비록 멍청하고 게으르고 또 무식…하고 버
릇 없…고 같이 다니면 짜, 짜증만 나고, 가끔 미치, 친놈처럼
혼잣말을 중얼거리기나 하고 또 웃자고 농, 농담하는… lliw
uoy pots? ylsuoires? 크흠, 아무튼 그래서 죄송하다고 하십
니다."

"……."

"……."

자기 욕을 그대로 통역하던 로스부룩은 머혼의 짓궂은 장난에 평소처럼 반발할 수 없었다. 아니, 그보다 이런 중대한 접견 자리에서 장난을 하는 그의 의도를 도무지 알 수 없었다.

머혼은 농을 마치고는 자리에서 일어나 운정에게 가더니 그를 한 손으로 가리키며 말을 이었다. 로스부룩이 그 말을 통역했다.

"재미없는 이야기는 그만하지요. 그보단 저희가 데려온 이 도사는 분명 천마신교에도 도움이 되리라 믿습니다. 이번에 무당산의 정기가 사라지면서 무당에서 은거를 깨고 나오신 운정 도사로, 도중에 심검마선과 태학공자와 만났다고 합니다. 그의 이야기를 한번 들어 보시는 것이 어떠신지요?"

그 말을 들은 혈적현과 서린지의 눈이 커졌다. 혈적현은 운정을 보며 말했다.

"혹시나 해서 하는 말인데 한어를 하실 수 있소?"

운정은 살짝 웃으며 말했다.

"오히려 이계어를 못합니다만."

"그, 무당산에서 은거하셨다 하니 묻는데 정말 무당파의 도사이시오?"

"맞습니다. 사정이 있어 내공을 잃게 되었습니다."

"……."

"……."

말없는 가운데 혈적현은 슬쩍 호법 둘을 보았고, 호법 둘이 혈적현에게 말했다.

[일절 없습니다.]

[아무것도 느껴지지 않습니다.]

혈적현이 운정을 흥미롭다는 눈길로 보았다.

"흐음, 내공이 없는 건 그렇다 치고, 철천지원수를 앞에 두고 이토록 평정심을 유지하는 걸 보면 대단하시오."

"철천지원수라 생각하지 않기 때문입니다. 어차피 무당파는 저와 상관없는 곳입니다. 그나마 연결선이라곤 사부님이지만, 그도 이젠 의미가 없습니다."

"그렇다는 뜻은, 스스로를 무당파의 일원으로 생각하지 않는다는 것이오?"

"하고 싶어도 할 수 없는 것이겠지요. 자격이 없습니다, 저는."

"……."

"교주께서 제게 심검마선에 대해서 묻고 싶은 것이 있다고 믿습니다만."

더는 스스로에 대해서 묻지 말아달라는 정중한 부탁이었다. 혈적현은 서린지를 보았고, 서린지는 고개를 끄덕였다.

혈적현이 말했다.

"그와 만나게 된 경위와 일들을 자세히 알려 주시오. 그것은 천마신교의 중대한 문제이기 때문에 꼭 알려 주었으면 하오."

"별로 어려울 것도 없습니다."

운정은 그 뒤 혈적현에게 모든 것을 설명했다. 태극지혈에 관한 이야기를 하자 혈적현은 자연스럽게 화산파에 대한 이야기까지 물어보았고, 운정은 순순히 그가 직접 겪은 이야기를 간략하게 해 주었다. 다만 카이랄에 관한 이야기는 아꼈다.

그 와중에 혈적현은 틈틈이 머혼의 눈치를 살폈다. 혹시나 머혼이 운정의 입을 제지하려 하지 않을까 신경 쓰였기 때문이다. 또한 그의 표정을 잘 관찰하여 운정이 하는 이야기 중 어느 것이 그와 밀접한 연관이 있는지도 파악하려 했다.

문제는 머혼의 표정이 마치 불상처럼 옅은 미소를 지은 채 굳어 있었다는 점이다. 정말 그대로 돌덩이라도 된 듯 눈동자 하나 제대로 움직이지 않았다. 어떤 무공도 익히지도 않고 어떤 마법도 익히지 않은 그가 그런 초인적인 능력을 보이는 건 그 방면에 선천적인 재능과 후천적인 노력이 결합되지 않고는 불가능했다.

운정이 말을 마치자 혈적현은 한참 동안 침묵을 고수했다.

그는 나지막한 목소리로 머혼에게 물었다.

"화산과도 접견했다는 애루후들 말이오, 혹 대라이 왕궁과의 관계가 어떻소?"

지금까지 단 한 번도 평정심을 깨지 않은 머혼이 자기도 모르게 숨을 멈췄다. 이번 질문을 어떻게 대답하느냐에 따라서 앞으로의 미래가 완전히 달라질 수 있었기 때문이다.

그는 혈적현 뒤에 선 두 명의 호법들을 한 명씩 번갈아 보았다. 그들이 가진 눈빛은 맹수가 마치 사냥 전 먹이를 바라보는 그것과 동일했다.

거짓을 간파하는 능력.

무공인지 마법인지 모르겠지만, 그 호법들은 거짓을 알아보는 엘프의 그것과 유사한 능력을 지니고 있다는 걸 머혼은 이미 눈치채고 있었다. 그것은 몇 번의 만남 속에서 교주가 진위 여부에 고민이 생길 때마다 뒤에 선 호법들에게 눈짓으로 물어보는, 그 작은 행동에서부터 유추된 빈약한 추측이었지만 왠지 모르게 머혼은 확신을 가지고 있었다.

머혼은 진실을 말하기로 했다.

적당히.

"서로 협의의 제안이 있을 뿐, 아직 성립된 정식 관계는 없습니다."

"그렇다면 그들을 통해서 무공이 이계로 가는 걸 우리가 틀어막아도, 우리와 대라이 왕궁 간의 관계에는 이상이 없겠소, 안 그렇소?"

주변 강대국과 부딪칠 일이 많아 그들과의 외교를 도맡아 했던 머혼은 그들의 외교관과 혈적현이 매우 비슷한 어투를 가진 것을 다시 한번 느꼈다. 숨기는 것이 아니라 오히려 보여 주면서 상대방의 반응을 살피는 식의 언변은 사실 무력에 대한 자신감이 없다면 불가능하다.

언제쯤 그런 갑질 외교를 해 보나. 머혼은 울적한 기분을 떨치며 매번 그래 왔던 것처럼 애매모호한 답을 내놓았다.

"협의가 진행된다는 가정하에, 천마신교에서 무력을 동원한다면 저희가 불편할 수 있습니다."

"얼마나 불편하오?"

혈적현의 말이 조금씩 강압적으로 변했지만, 옆에 있는 서린지가 이렇다 할 제지를 하지 않았다. 머혼은 그 둘의 눈치를 보며 이대로 대화에 이끌려 갈 수 없다는 걸 깨닫고는 새로운 대안을 제시했다.

그는 헛기침을 몇 번 한 뒤에 말했다.

"외람되지만 저희와 외교를 하시는 것을 보면, 천마신교에서도 무공이 이계로 흘러가게 되는 미래의 흐름 자체를 바꿀 수 없다고 보고 그것을 어느 정도 통제하려고 하는 것 같습니다. 맞습니까?

"그렇소."

"그럼 차라리 엘프에게 무공이 흘러가는 것도 화산파가 아닌 저희를 통해서 하게끔 하는 것이 좋지 않습니까? 저희 협상 내용을 정확히 다 공개할 순 없지만, 엘프의 기술도 중원에겐 큰 이익이 될 수 있습니다."

혈적현은 팔짱을 끼더니 말했다.

"단순히 그 문제만은 아니오. 우리의 적인 청룡궁을 잘 아실 것이오. 그들은 이미 애루후들의 도움을 받고 있소. 듣자하니 다른 부류인 것 같지만, 혹시 모르는 일이오. 우리는 그점에서 확실히 알고자 애루후와 접견하고자 하오. 혹 그들과의 만남을 주선해 준다면, 백작께서 말씀하신 부분을 고려할 의향이 있소. 어떻소?"

머혼은 잠시 생각하더니 말했다.

"그건 제가 약속드릴 수 있는 것이 아닙니다. 일단 엘프들에게 말을 해 보겠습니다."

혈적현은 자리에서 일어나며 말했다.

"좋소. 더 하실 말이 없다면 오늘은 여기까지 하지. 가서 식사하시고 쉬시오. 나도 장로들과 논의하고 오늘 이 시간에 다시금 만나 이야기를 정리해 보겠소. 그리고 마법사. 태학공자가 마법과 씨름하고 있는데, 마법사분께서는 그를 도와주는 것이 좋을 것 같소. 그 대가로 그대에게 알려 주는 중원의 술법에 대해선 이계로 가져가는 것을 허락하겠소."

광오한 인사말에 머혼은 속이 뒤틀리는 것 같았지만, 그거야 그가 언제나 외교를 할 때마다 있는 일이니 대수롭지 않았다. 그는 중원식으로 포권을 취했고, 로스부룩도 그를 따라 했다.

혈적현이 그렇게 막 밖으로 나가려는데, 문 가까이에서 멈춰 섰다. 그는 운정을 보더니 이내 한 손을 올렸다. 그러자 천장의 한 부분에서 원형의 기류가 퍼져 나가더니, 운정까지 안으로 들어오자 그 자리에서 팽창이 멈췄다.

혈적현이 말했다.

"들리시오?"

그의 말은 작은 동굴 안처럼 메아리쳤다. 운정은 그것이 방음막인 것을 깨닫고는 옆을 보았는데, 로스부룩과 머혼은 그 밖에 있었다.

운정이 혈적현에게 다시 고개를 돌리며 말했다.

"예, 들립니다."

혈적현이 말했다.

"심검마선 장로는 내 친우이오. 그가 직접 입교를 권했다면, 아무리 무당파의 도사라고 해도 누구도 입교를 반대하지 못할 것이오. 만약 저들과 인연이 틀어져 오갈 곳이 없게 된다면 본 교에 입교를 해 보시오. 나도 그렇고 월려도 그렇고 둘 다 천마신교에 들어온 지 오 년도 되지 않아 이 자리까지 올랐소."

"......"

"천마신교는 그런 곳이오, 도사. 내력을 잃으셨다면 입교하는 것이 본인에게도 도움이 될 것이오."

"한 가지만 여쭈어도 되겠습니까?"

그의 질문에 혈적현이 고개를 끄덕였다.

"하시오."

운정이 물었다.

"속의 내공이 모두 갈무리되어 겉으론 범인처럼 보이시고 또 외관은 젊어 보이시는데, 혹 반로환동과 반박귀진을 모두 성취하신 겁니까?"

혈적현은 피식 웃더니 대답했다.

"내공이 모두 갈무리되어 겉으로 범인처럼 보이는 것이 아니라, 실제로 내공을 잃었소. 아주 없진 않지만 기계공학을 작동하기 위한 최소한만 가지고 있을 뿐이오. 그리고 외관이 젊은 건 실제로 나이가 적기 때문이오. 백도 출신이라 받아들이기 어렵겠지만……. 뭐, 나라는 교주야말로 천마신교가 어떤 단체인지를 잘 말해 준다 생각하오, 하하하."

그렇게 혈적현은 자리를 떠났고, 운정은 그가 사라진 방향을 한참 동안이나 보고 있었다.

*　　　　*　　　　*

"흐아… 개 같아서 원."

침상에 벌러덩 누운 머혼을 보며 로스부룩이 말했다.

"백작님은 좋겠습니다. 저는 제대로 쉬지도 못하고 태학공자에게 가야 할 것 같은데……."

로스부룩은 자신의 짐 꾸러미를 이것저것 살피며 챙길 것을 챙기기 시작했다. 푹신한 침상 위에 누운 머혼은 눈을 감더니 주먹으로 침상 위를 퍽 하고 내려치며 말했다.

"내 기필코 델라이를 강대국으로 만들어 놓고야 말겠다. 그래서 주변국 외교부장 나부랭이들 앞에서 온갖 갑질이란 갑질은 다 해야지. 진짜, 개 같아서 못 해 먹겠네, 이거."

로스부룩은 마나 스톤들을 하나하나 점검하며 툭하니 말했다.

"애국심으로 하는 거 아닙니까? 애국심. 델라이를 생각하며 조금만 더 버텨 보십시오."

"내가 어린 애새끼도 아니고 무슨 놈의 애국심? 나 편히 살고 내 자식들 잘 먹이려고 하는 거지. 근데 이딴 취급이나 매번 받으면서 살면 왜 하나 싶다. 일이 잘 돌아갈지도 모르겠고."

머혼의 아이 같은 투정에 로스부룩이 피식 웃었다.

"중원이 존재하는지도 모르는 나라가 태반입니다. 이계를 선점한 델라이는 앞으로 몇 년만 지나면 어느 국가도 무시할 수 없는 강대국의 반열에 이를 겁니다. 백작님께서 제국을 떠나 델라이를 선택하신 그날을 후회하는 날은 안 올 겁니다."

머혼은 지난날을 회상하며 발음도 제대로 안 하며 중얼거렸다.

"젊은 날에는 패기가 넘쳤었어. 개뿔도 없는 델라이에 진짜 가능성 하나만 보고 아내와 재산을 모두 싸 들고 왔었지. 뭐가 되도 되리라 생각했어. 내 나이쯤 되면 넓은 영지 하나 받아서 오순도순 재밌게 살 줄 알았지, 이렇게 주변 강대국을 넘어서 이계의 세력의 갑질까지 받아 가며 살 줄은 꿈에도 몰랐다. 이럴 줄 알았으면 그냥 아버지 말을 들을걸 그랬다."

"뭐, 델라이 왕궁이 휘청해서 백작님이 이루신 일들이 다 망한다고 해도 저라는 천재를 발굴하셨지 않습니까? 그것만으로도 백작님은 델라이에 잘 오신 겁니다. 일단 제가 있으니 델라이가 망할 일도 없겠지만요."

"그건 모르는 거야. 역사의 흐름이 격변할 때는 반드시 흥하는 곳과 쇠하는 곳이 나오게 마련이야. 사람 하나의 힘으로 바뀌는 게 아니라고. 우리 왕궁이 전자에 속할지 후자에 속할지는 신만이 아시지."

"신을 믿지도 않으면서 무슨. 그리고 혹시나 그렇게 된다면 백작님은 바로 주변국에 붙을 거 아닙니까?"

머혼은 위로 보이는 목침 하나를 집어 들고 로스부룩에게 집어 던졌다. 그것은 로스부룩의 주변까지 다가가다가 곧 공기의 벽에 가로막혀 그대로 튕겨졌다.

"야! 이, 주인님에게 말하는 꼬라지 봐라!"

"얼씨구, 그럼 아닙니까?"

머혼은 한참 씩씩대다가 곧 한숨을 푹 쉬었다.

"자식들은 보내겠지."

"오호? 그럼 본인은 안 가십니까?"

"이 나이에 어딜 가? 렐라이가 멸망하면 나도 같이 죽을 거다. 귀찮아, 이제."

"아하. 백작님을 움직이는 동기는 애국심이 아니라 귀찮음이군요. 그래서 이 먼 중원까지 오셨다니 참으로 모순적인 분입니다."

"됐다. 니랑 말씨름할 기운도 없어. 나가, 나가."

머혼은 몸을 돌려 침상에 엎어졌다. 그 모습을 본 로스부룩은 피식 웃으며 몇 가지 도구들을 챙겨 들곤 자리에서 일어나 문밖으로 나갔다.

그가 막 문턱을 넘었을 때, 머혼이 얼굴을 침상에 박은 채로 말했다.

"으저 도사 대리고 가바."

"예?"

머혼이 고개를 힘겹게 들었다.

"운정 도사 데리고 가라고."

"태학공자한테요?"

"어."

"……."

"머리는 좋으면서 인간관계는 하여간 꽝이야. 사람 얻는 게
뭐 별건 줄 알아. 뭐라도 그냥 같이하면 생기는 게 유대감이
라는 거지. 어차피 마법도 가르쳐 줘야 하잖아? 태학공자와
셋이서 아주 재밌을 거 같은데?"

로스부룩은 그 말을 듣고 태학공자와 운정과 셋이 함께 앉
아 있는 상상을 했다. 그렇게 해 보니, 정말 칠 주야 동안 밤
낮을 새고도 재밌는 이야기가 끊이지 않을 것 같았다. 왜 진
작 운정을 데려가는 걸 생각하지 않았을까 의문이 들 정도였
다.

로스부룩이 말했다.

"말을 해 보겠습니다."

"무조건 따라갈걸. 그 도사는 사람이 고파 보였어. 머리는
크지만… 마음은 여리……."

마지막까지 중얼거리다가, 머혼은 잠이 들었다.

그를 내려다보던 로스부룩은 방을 나서며 혼잣말을 했다.

"그거야 백작 본인 이야기 아닙니까?"

방을 나서 복도를 거닐다가 로스부룩은 앞에서 다가오는 시녀를 불렀다. 귀여운 인상의 시녀는 종종걸음으로 그에게 다가왔는데, 그 눈빛만 놓고 보면 전장의 병사만큼이나 차가웠다.

시비 하나까지도 병사로 훈련된 천마신교라는 단체에 다시 한번 경외감을 느끼며, 로스부룩이 점잖게 한어로 물었다.

"태학공자를 보러 가려고 하는데, 혹 운정 도사님도 같이 가고 싶어 하지 않을까 해서 물어보고 싶습니다만."

시비는 고개를 끄덕이곤, 앞장서 걸었다. 반각이 채 지나지 않아 운정의 방 앞에서 선 시비는 안으로 기별했고, 운정이 곧 밖으로 나왔다.

"태학공자를 만나러 가신다고요?"

질문하는 운정의 눈빛은 평온하기 짝이 없었다. 그 눈빛은 마치 사물이 아니라 사물의 뒤를 보는 것 같은 착각이 들었는데, 로스부룩은 그런 눈빛이 어떻게 사람으로부터 나오는지 잘 알았다.

"혹 아스트랄에 계시던 걸 방해한 겁니까?"

운정은 천마신교로 오는 여행길에서 로스부룩을 통해 아스트랄에 머무르는 훈련을 계속하고 있었다. 이는 마법사의 길에 정식으로 입문한 것으로, 마법 대부분의 가르침과 공부는 아스트랄에서 이뤄지기에 우선적으로 그 세계에 익숙해지기 위한 것이었다. 운정은 그것을 배우고 나서 로스부룩이 함께 하지 않는 순간에도 홀로 아스트랄에 가길 좋아했었다.

운정은 고개를 저었다.

"방해한 건 아닙니다. 괜찮습니다."

그 말을 들은 로스부룩은 순간 잘못 들었다고 생각했다.

"아, 그러니까 아스트랄에 있긴 있으셨군요."

"예. 그런데 시비의 소리를 듣고 바로 올라왔습니다."

"……."

"왜 그러십니까?"

로스부룩은 잠시 말을 하지 못했다.

아스트랄. 즉 이면의 세계는 쉽게 인간이 들어갈 수 없는 곳이다. 대부분은 자신을 완전히 잊어버리는 깊은 명상 가운데서나 가능한데 마나를 생생하게 느낄 수 있을 정도로 감각을 내려놓는다는 건, 매번 수행하는 마법사도 쉽지 않은 일이다.

또한 그만큼 나오기도 힘들다. 억지로 나오려면 끝나지 않는 악몽처럼 계속해서 아스트랄에 맴돌기만 일쑤다. 또한 그곳은 정신의 고향이기에, 한번 그곳에 발을 들이면 현세로 돌아오고자 하는 의지 자체가 급감한다. 마치 막 잠에서 깨어난 어린아이가 편안한 이불에서 기어 나오기 싫어하는 것과 마찬가지였다. 밖에서 아무리 불러도 관심조차 가지 않게 되는 것이다.

그런데 그것을 이토록 순식간에 해냈다는 건, 그 정신력 자체가 인간의 범주를 훨씬 벗어났다는 것이다. 일어나기 싫어 뒤척거리는 사람이 느끼는 짜증의 수만 배를 한순간에 이겨 낸 것과 다름없었다.

로스부룩이 말했다.

"중원의 무림인도 마법사처럼 명상을 많이 한다고 들었는데, 그 때문인지 아스트랄에 쉽게 익숙해지신 것 같습니다. 이토록 빨리 나올 수 있게 된 건 사실 인간으로서 거의 불가능합니다. 혹 무공에서 진기를 일주천하는 것과 비슷합니까?"

운정은 크게 고개를 저었다.

"아니요! 완전히 새로운 경험입니다. 운기행공은 무아지경이 되어, 호흡을 통해 들어오는 기의 그릇이 되는 것뿐입니다. 아수투랄은 뭐랄까, 아예 자아가 대자연 속에 풍덩 들어가서 뛰노는 느낌입니다. 흐음… 무아지경에 이르는 무공의 수련 방법이 확실히 도움이 됩니다만, 아수투랄은 그보다 정신의 가장 밑바닥까지 표면 위에 떠올라 이리저리 밖의 세상을 만끽한다고 표현하면 좋을 것 같습니다."

들뜬 운정의 표정은 막 아스트랄의 세계에 빠진 견습마법사가 하나같이 느끼는 홍분을 그대로 표현하고 있었다. 로스부룩은 그런 견습마법사에게 모든 마법사가 똑같이 하는 경고를 놓치지 않고 말했다.

"그만큼 위험하다는 걸 명심하셔야 합니다. 아스트랄에서는 육신이라는 옷을 완전히 벗어 던진 정신의 알몸 그 자체입니다. 그렇기에 거기서 오는 배움은 즉각즉각 정신의 가장 깊은 곳에 자리 잡습니다만, 그만큼 거기서 오는 상처와 아픔도 즉각즉각 정신의 가장 깊은 곳에 남게 될 것입니다."

"걱정 마십시오. 가르쳐 주신 것은 항상 기억하고 있습니다."

운정의 표정은 너무나 순수했다. 로스부룩이 그것을 보며 두려움을 느낄 정도였다.

운정은 호기심이 가득한 재능 넘치는 아이였다. 그리고 그와 동시에 세상의 지식과 지혜를 통달한 현자였다. 작고 아름다운 것에 감탄할 줄 아는 겸손한 소녀의 감수성이 있었다. 그리고 그와 동시에 세상의 모든 권력을 지녔다가 잃게 된 노년의 정복자의 허무함 또한 깨우치고 있었다.

단순히 천재적인 지성을 넘어서 그 이상의 것을 가진 운정을 뭐라 표현해야 좋을지 로스부룩을 알지 못했다. 단지 그에게 마법을 가르쳐 주는 것이 미래의 자신에게 넘성난 복으로 작용할 것이란 것만은 확실했다.

로스부룩은 시비에게 말했다.

"태학공자에게 데려다주십시오. 운정 도사, 그와 만난 적이 있다고 하지 않았습니까?"

운정은 시비를 따라 걸으며 대답했다.

"잠깐 마주친 적 있습니다. 현문의 도사와는 말 섞는 것조차 꺼려집니다만, 어차피 이젠 그런 것에 얽매이지 않으니 상관없습니다."

"현문의 도사라면… 태학공자를 말하는 겁니까?"

운정은 고개를 끄덕였다.

"현문의 술법은 마법과 비슷합니다. 자연적인 것을 따라서 행하는 도술과는 정반대로 모든 것을 철저한 이성의 지배 아래 계산하며 따라가는 것이지요, 흐음. 또 그렇게 말하는 건 아닌 것 같습니다. 마법은 아스트랄을 통해서 어찌 됐든 끊임없이 대자연과 소통하니… 또 그렇게만은 볼 수 없을 것 같습니다."

로스부룩은 운정의 말을 정확하게 이해할 수 없었지만, 곧 태학공자를 통해서 상당 부분을 공감하게 되리라 기대했다.

*   *   *

그들은 곧 천마신교의 금역(禁域)중 하나인 지고전(知高殿)에 도착했다. 그곳은 정식적인 금역이 아니라 교인들 사이에서 널리 소문으로 퍼진 비공식적 금역이었는데, 그 이유는 다름 아닌 지고전의 전주(殿主) 태학공자 제갈극 때문이었다.

그는 괴팍한 성격 때문에 함부로 그의 영역에 발을 들인 사람들을 붙잡아다가 다양한 술법으로 혼쭐을 내주기 일상이었는데, 생명만 건들지 않았지 거의 죽이는 것과 다름없는 지옥 같은 경험을 선사하기에 그 누구도 함부로 들어갈 생각을 하지 않았다.

그 유명한 천마신교의 흑룡대의 신고식 중 하나가 바로 지고전에 몰래 잠입하는 것인데, 수많은 경쟁을 뚫고 흑룡대에 입대한 교인도 제갈극의 농간에 한번 놀아나면 혼이 빠져 칠 주야 이상 정신을 차리지 못하기 일쑤였다.

다행히 교주가 로스부룩의 방문을 먼저 말을 해 놓긴 했는지, 한 여인이 그들을 기다리고 있었다. 없었다면, 안으로 기별하는 것부터가 상당히 고된 일이었을 것이다.

"어머? 교주께서 말씀하신 분들이군요? 기다리고 있었어요."

로스부룩은 크게 당황하지 않고 웃어 보였지만, 운정은 도저히 그렇게 할 수 없었다.

그 여인은 시비들과 똑같은 옷을 입고 있었지만, 왠시 노르게 음심을 자극하는 묘한 기운이 넘실거렸다. 유혹하는 눈빛이나, 입술에 머금은 미소를 본 사람은 평생 잊지 못하리라. 또한 유독 풍만한 가슴과 그 바로 아래로 쫙 메인 가는 허리는 성적인 매력을 또 한 번 부각시켰다.

로스부룩은 그녀의 시선을 피하며 말했다.

"네 주인은? 안에 있나?"

"아이, 제가 주인님 옆에 없으면 어디 있겠어요? 얼른 들어 오세요. 그리고 그쪽이 무당파의 도사?"

운정은 마음속에서 마구 용솟음치는 성욕을 자제하며 겨우 포권을 취했다.

"운정이라 합니다."

"후훗, 전 모호예요."

모호라고 자신을 소개한 그녀는 먼저 앞서서 걸었다. 운정은 흔들흔들거리는 그녀의 엉덩이에 시선이 고정되어 움직이지 않자, 자신의 가슴을 팍 하고 내려치더니 눈을 몇 번이나 껌벅였다.

이상하다.

단순히 여자가 아름답다고 해서, 혹은 성적인 매력을 가지고 있다고 해서 이렇게 정신을 차릴 수 없을 만큼 성욕을 느끼는 게 말이 되는가?

운정은 로스부룩을 올려다보았고, 로스부룩은 그에게 귓속 말을 했다.

"패밀리어입니다, 태학공자의."

"……"

"서큐버스(Succubus)라고 해서 성욕 그 자체의 화신이라고 보면 됩니다."

"그, 그런 패밀리어도 있습니까?"

로스부룩을 더 말하지 못했다. 앞서 걷던 모호가 고개를 돌려 그들을 보았기 때문이다.

"안 오세요? 후훗."

"가, 갑니다."

로스부룩은 얼른 걸음을 옮겼고, 운정은 이상한 기분을 느끼며 그들을 따라갔다.

곧 그들은 거대한 전각에 당도했는데, 그 안에 문을 열고 들어가자, 연못에 머리를 처박고 있는 제갈극을 볼 수 있었다.

연못 앞에서 쪼그리고 앉아 그대로 머리만 물속에 넣은 채 가만히 있었는데, 그 괴기한 모습에 운정과 로스부룩은 무슨 말을 해야 할지 알 수 없었다.

그들이 어정쩡하게 서 있자, 모호가 그들은 한쪽에 있는 의자로 안내하곤 제갈극에게 다가가 그의 등을 톡톡 쳤다.

"푸학!"

제갈극은 물 위로 고개를 치켜들더니, 잔뜩 젖은 머리를 앞으로 모아서 물기를 쭉 짜냈다.

그 모습을 본 로스부룩이 반짝거리는 눈으로 제갈극을 보며 말했다.

"태학공자의 그 특이한 포커싱(Focusing)은 언제 봐도 흥미롭습니다."

모호는 어디선가 가져온 천으로 제갈극의 젖은 머릿결을 닦아주기 시작했고, 제갈극은 눈을 감은 채로 가만히 앉아, 모호의 시중을 받았다.

그가 말했다.

"안 풀리는 일이 있었느니라. 그런데 혹시나 하고 바로 무시했던 가능성이 현실화되는 걸 보는 건 오랜만이군."

"예?"

"운정 도사하고 당신하고, 왠지 서로 만나게 돼서 천마신교로 올 거 같았느니라. 계산상 거의 일어날 일이 없는 가능성이었는데 말이지."

"……"

제갈극은 손을 들었다. 그러자 모호는 공손한 자세로 뒤로 물러서더니 어디론가로 갔다. 제갈극은 운정과 로스부룩이 앉아 있는 곳까지 터벅터벅 걸어와, 아직 반쯤 적은 머리카락을 뒤로 넘기면서 그들의 맞은편에 앉았다.

그는 그 깊이를 알 수 없는 눈빛으로 운정의 두 눈을 뚫어지게 보았다. 운정은 그가 자신의 밑바닥까지 세세하게 훑는 듯한 기분을 느꼈다.

"본좌의 패밀리어가 궁금한가 보구나. 흐음, 막 마법에 입문

한 것 같은데 확실히 재능이 있어 보이느니라. 그래보았자 본
좌를 따라올 순 없지만 말이지."

운정이 조심스럽게 물었다.

"그 여인이 정말 패밀리어입니까? 어떻게 그런 패밀리어가
있는 겁니까?"

제갈극은 입술을 삐죽이더니 대수롭지 않다는 듯 말했다.

"본좌가 나이를 먹음에 따라 서서히 성욕이 고개를 쳐드니,
참으로 귀찮아졌느니라. 어차피 본좌의 생존에는 전혀 도움
도 되지 않는 그런 귀찮은 욕구를 가지고 있을 필요가 없어서
제거해 버릴까 하다가, 그게 또 정신적으로 상당한 동기부여
를 하는 면도 없지 않아 있어. 함부로 없애 버릴 건 아니라는
생각을 했느니라. 그래서 그걸로 패밀리어를 만들었다."

"……."

"패밀리어는 마법사의 성장하는 지성을 먹고 자라 하나의
인격체가 되는 것이다. 그중 순수한 욕구를 중심으로 성장하
는 경우도 있지. 본좌의 패밀리어 모호는 본좌의 성욕을 중심
으로 지성체가 된 것이니라. 그래서 본좌의 성적 취향에 맞는
외모와 성격 및 그 모든 것을 가지게 되었느니라. 저것으로 성
욕을 처리하면 편리하지."

운정은 역겹다는 듯한 표정으로 로스부룩을 보았고, 로스
부룩은 설명했다.

"과거 마법혁명 이전의 마법사들은 대부분 골방에서 젊은 시절을 다 보내고 노년에 시기에 접어들 때쯤이나 쓸 만해졌었습니다. 여자를 만나는 거야 꿈도 못 꿀 일이었죠. 그래서 그들 중 하나가 패밀리어를 여자로 만들면 되지 않겠냐는 말도 안 되는 상상을 했습니다만, 뭐 말도 안 되는 걸 하는 게 마법이지 않습니까? 그리고 수요도 상당히 많아 엄청난 연구의 진척이 있었고요. 뭐, 그런 겁니다."

"……."

말 없는 운정의 표정을 본 제갈극은 로스부룩과 그를 번갈아 보더니 말했다.

"이게 이상한 것이더냐?"

운정은 헛기침을 몇 번 하더니 말했다.

"제가 가진 상식으로 판단하긴 어려운 것 같습니다만, 조금 역겹다는 생각이 드는 건 사실입니다."

운정의 말에 제갈극이 입술을 삐죽이더니 말했다.

"어차피 본좌는 상식과 거리가 머니라. 마법사, 보아하니 지팡이가 없는 것 같은데?"

로스부룩이 대답했다.

"아, 안 그래도 말씀드리려고 했습니다. 여행길에서 중원의 나무로 급조한 공용 지팡이를 써 봤는데, 일시적으로는 가능하지만 이내 부러지고 말았습니다. 공용 지팡이도 그런데 개인 지팡이를 제대로 만들려면 지팡이 제작 전문가를 중원으로 모셔야 하지 않을까 합니다."

"그거 안 좋군. 곧 지팡이를 가질 수 있게 될 줄 알았는데 말이지."

그렇게 말하는 제갈극을 보며 로스부룩은 속으로 안심했다. 가뜩이나 무서운 속도로 마법을 익혀 나가는 제갈극이 자기의 지팡이를 가지게 될 경우, 중원의 힘은 걷잡을 수 없이 커질 것이다. 힘의 균형이 무너지면 외교의 효용성이 급감하고 전쟁의 가능성이 높아지니, 로스부룩의 입장에선 제갈극이 지팡이를 가지지 않는 것이 나았다.

그 말을 끝으로 서로 말이 없어지자, 제갈극이 먼저 운정에게 말을 꺼냈다.

"그래서, 무당의 도사가 어쩌다가 이계의 마법까지 배우게 된 것이냐? 현문도 천대하는 도문의 도사가 현문보다 더욱 이질적인 마법을 말이야."

운정이 대답했다.

"전 더 이상 무당파의 이름을 짊어질 자격이 없습니다. 과거에 이룩했던 경지를 되찾지 않는다면, 결국 무당파의 유지를 이을 수 없을 겁니다. 그래서 우선적으로 입선의 경지에 이르려고 합니다."

솔직한 그 말에 제갈극이 눈빛을 빛냈다.

"그걸 마법을 통해서 한다는 건가?"

"사라진 무당파의 정기를 대신하는 수단으로 마법을 택했습니다."

"흐음, 흥미롭군. 어떻게 가능한지 알고 싶어."

"건기와 곤기를 얻을 수 있는 애리매탈이 있습니다."

제갈극의 공부는 상당히 깊은지, 운정의 말을 즉각 알아듣고 놀람을 표했다.

"건기와 곤기? 그 두 가지 기운을 함께 지닌 엘리멘탈이 있다고?"

"애리매탈 둘을 가지고 있으니까요."

제갈극은 그 말을 들은 즉시 자리에서 벌떡 일어났다.

"무슨 소리를 하는 것이냐? 패밀리어가 둘이 될 수는 없느니라."

그는 로스부룩을 보았는데, 로스부룩은 가만히 고개를 끄덕이며 운정의 말이 맞다고 긍정했다.

운정이 말했다.

"그에 관해서 태학공자와 함께 공부하고 싶습니다. 무공과 마법을 함께 익혀 나가기 위해선 두 분의 도움이 모두 필요하겠지요. 태학공자도 지금 제 상태를 연구하고 싶으시리라 믿습니다만. 아닙니까?"

지적 호기심에 대해서 누구보다 잘 아는 운정은 제갈극이 그 제안을 포기하지 않을 거란 확신이 있었다.

그의 예상대로 제갈극은 천천히 자리에 앉더니 로스부룩을 보며 말했다.

"그래서 마법사 당신이 이자에게 마법을 가르쳐 주는 것이 로군."

로스부룩은 씨익 웃었다.

"우리 셋이 꽤 좋은 친구가 될 거 같지 않습니까? 흐흐흐."

그의 말에 운정과 제갈극은 서로를 보았고, 서로의 두 눈을 통해 서로의 기질까지도 꿰뚫어 보았다.

둘은 동시에 고개를 돌렸다.

"친구는 될 수 없을 것이니라."

"친우로는 어려울 것 같습니다."

로스부룩은 박수를 짝 하고 쳤다.

"그럼 동문은 어떻습니까? 서로 친해질 필요는 없이 순전히 지식의 교환만을 하는 것이지요! 술법과 무공 그리고 마법. 이 모든 것을 서로 연구하면서 양쪽 세계 모두에게 이 방면의 선구자가 되는 겁니다!"

양손을 하늘 위로 뻗으며 부르르 떠는 로스부룩의 얼굴은 희열로 가득 차 있었다. 그 연설 아닌 연설에 운정은 가만히 있었고, 제갈극은 팔짱을 끼더니 말했다.

"그럼 이 모임의 이름부터 지어야겠군. 끝 자는 회(會)가 좋을 것이니라."

로스부룩이 쿵 하고 책상을 내리치며 말했다.

"지(知)! 지는 빠져서는 안 됩니다!"

운정은 제갈극과 로스부룩을 한 번씩 보더니 툭하니 말했다.

"이곳의 이름인 지고를 써서 고지회(高知會)가 좋겠습니다."

"Doog! Os ti llahs eb The Council of The High Intelligence!"

갑작스레 흥분하며 이계어를 외친 로스부룩에게 제갈극이 고개를 흔들었다.

"그 단어보단 knowledge가 좋아."

"오호, High Knowledge! 뭔가 더 간단하지만 더 세련되어 보이는군요! 좋습니다. 그걸로 하지요, 흐흐흐. 어렸을 땐 이런 비밀결사단 같은 것에 소속되는 게 꿈이었는데, 제가 만들 줄은 몰랐습니다."

로스부룩은 잔뜩 상기된 얼굴로 흥분을 가라앉히지 못하던 중, 제갈극의 패밀리어인 모호가 방 안으로 들어왔다.

그녀는 종이 두루마리를 하나 가져왔는데, 그것을 상 위에 펼치고는 제갈극 뒤에 섰다.

제갈극이 말했다.

"일단 이것부터 봐 주어라. 공간마법의 일종인 것 같은데,

이 공간마법을 펼친 술사의 몸에서 빛이 나더니 그를 공격하던 한 사내와 함께 종적을 완전히 감추었느니라. 그리고 땅에 그가 가진 모든 물건과 이 흔적을 남겼지. 딱 그의 육신만이 사라진 것 같았느니라. 당시 주변 마나를 멈추고 있었는데도 마법이 시전된 것도 이상하니라."

두루마리에는 먹물로 이상한 도형이 그려져 있었는데, 중원 어디에서도 찾아볼 수 없는 특이한 모양이었다.

로스부룩이 물었다.

"아, 간단합니다. 그건 마법이 아니라 자신의 생명을 담보로 하는 의식이기 때문에 마나 없이도 가능했던 겁니다. 이야. 머리를 잘 썼군요. 마나를 못 쓰니까, 의식으로 대체하다니."

"의식?"

"리추얼(Ritual)이라고 합니다. 간단하게 말해서 어떤 존재를 소환하는 건데, 도형이 역순인 것을 보면 그걸 역으로 펼친 것 같습니다."

"그럼? 그 의식에 당한 자는 지금 어디에 있는 것이지?"

로스부룩은 턱을 긁적이며 말했다.

"헬(Hell)이겠지요. 보아하니 청룡궁에 의탁한 네크로멘서와 싸우신 듯합니다, 맞습니까?"

제갈극은 그 질문에 대답하지 못했다. 헬이란 단어를 정확히 알아듣지 못했기 때문이다.

＊　　　　＊　　　　＊

폐관수련(閉館修練).

이는, 백도의 무림인들이 세상과 단절하여 한 장소에 스스로를 가두고 오로지 무공 수련에만 집중하는 수련법을 말한다. 불교와 도교의 영향에서부터 출발한 것인데, 그 때문인지 화산에는 칠 주야를 차디찬 동굴 속에서 식사는커녕 물도 입에 대지 않고 잠까지도 참아 내며 심신을 다지는 폐관수련이 하나 있었다. 그것은 마치 매화가 꽃을 피우기까지 인내하고 참아낸다는 뜻에서 개화련(開花練)이라고 한다.

화산의 장로들은 제자들에게 모범을 보이기 위해서 일 년에 한 번 이상 개화련을 하곤 한다. 장로라는 허울에서 내려와 도를 쫓는 하나의 인간으로 스스로를 한 번씩 돌아보라 의미에서 이어지는 전통인데, 작금에 와서는 지키는 이는 두세 번도 더 지키고, 지키지 않는 이는 아예 신경조차 쓰지 않는 식이 되어 버렸다.

화산의 자랑, 검봉 정채린은 화산의 장로 이석권이 개화련에 든 지 정확히 칠 일이 지난 후에, 그가 폐관한 동굴 앞에 섰다. 해가 떠오를 때부터 정오가 지나 뉘엿뉘엿할 때까지 그녀는 한 발자국도 움직이지 않고 그 자리를 지켰다.

드륵. 드르륵.

기관 장치가 작동하면서 동굴을 막고 있던 입구가 서서히 열리기 시작했다. 과거 제갈세가의 도움으로 만든 동굴 문으로, 칠 일이 지나야지만 열 수 있는 특수한 장치가 되어 있었다.

쿠쿵!

마침내 입구가 뻥 하고 뚫려 그 속의 어둠을 그대로 보였다. 안에서부턴 사람이 도저히 견딜 수 없는 악취가 스멀스멀 피어올랐지만, 정채린은 눈 하나 깜짝하지 않고 서 있었다.

틱. 터벅. 터벅.

깊은 그 어둠 속에서 앙상하게 마른 두 다리와 헤진 화산파의 도복을 입고, 피골이 상접한 몰골을 가진 이석권이 서서히 걸어 나왔다. 그는 당장에라도 쓰러져 그대로 죽음을 맞이할 것 같은 모습이었다. 그 모습을 보던 정채린의 눈빛이 조금 흔들렸지만, 이내 그녀는 마음을 다시 되잡았다.

눈꺼풀을 드는 것도 힘든지, 초점을 맞추기 위해서 한참을 씨름한 이석권이 미약한 목소리로 말했다.

"지키고 서 있으려면 물이라도 가져오는 것이… 예가 아니더냐?"

"앞에 물통을 두었습니다. 아침에 뜬 것이라, 조금 상했을지 모르겠습니다."

정채린의 말을 들은 이석권은 주변을 두리번거리더니 곧 입구 쪽에 놓인 나무통을 보았다. 그것을 발견하자, 그는 어디서 힘이 나는지 재빨리 그곳으로 달려가 머리를 그대로 나무통 속에 넣어 버렸다.

"어푸. 꿀꺽. 어푸. 어푸, 꿀꺽."

물을 마시는 건지 아니면 익사하는 건지 모를 정도로 그는 정신없이 물을 탐닉했다. 젊은 제자가 앞에서 지켜보고 있다는 사실도 까맣게 잊은 채, 체통이란 체통은 모두 다 버리고 오로지 물 하나만 마시겠다는 일념으로 미친 듯 마셨다.

"하아. 하악. 하아. 후우. 후우……."

만족할 때까지 물을 먹은 그는 그대로 옆에 엎어지듯 앉아 숨을 골랐다. 그러곤 약하디약한 석양의 햇빛을 올려다보며 눈을 찌푸렸다.

"달더구나… 내가 착각하는지 모르겠지만."

"육신이 쇠하여 음식을 드시지 못하실까 봐 당을 좀 넣었습니다."

"아하, 그렇군. 고생했다. 쉽지 않았을 텐데. 네가 준 당수(糖水)와 화산의 정기를 마시니, 실로 다시 사는 것 같다."

"……"

이석권은 젖은 머릿결을 뒤로 쓸어 넘기고 눈을 감았다. 그리고 돌에 머리를 기대고 침묵하고 있는 정채린을 향해 말했다. 그의 목소리는 조금 생기를 되찾았다.

"아침부터 누군가 기다리고 있는 것 같이 느껴졌는데 혹시 너였느냐?"

"예, 그렇습니다."

"나와는 직접적인 인연이 없을 텐데, 어째서 나를 보고자 아침부터 기다렸지? 개화련이 아니었다면 진작 보았을 정도로 급해 보이는구나."

정채린은 조용히 말했다.

"갑자기 개화련을 하신 이유가 궁금합니다."

"이유?"

"예. 때문에 뵙지 못하고 이렇게 기다리게 되었습니다."

이석권의 얼굴이 딱딱하게 굳었다.

그는 곧 나지막하게 물었다.

"나를 심문하려는 것이냐?"

정채린은 고개를 끄덕였다.

"전 장로님께서 칠 일간 저와의 만남을 회피하시려고 개화련을 하신 것이 아닌가 의심스럽습니다."

"······."

"이토록 이 제자가 노골적으로 나올 줄은 몰랐다는 표정이십니다. 만약 저를 피하시기 위해서 개화련을 하신 거라면 실수하신 겁니다. 아시다시피 전 남들의 눈치를 보지 않습니다.

또한 몸과 마음이 쇠약해진 핑계로 회피할 수 있다고 생각하셨다면, 그 또한 틀리셨습니다. 전 오늘 진실을 확인할 생각입니다."

정채린의 두 눈빛은 타오르듯 했다.

이석권은 자신의 사지를 내려다보았다. 앙상하다. 내면을 보았다. 한 줌의 내력도 없다. 사방을 둘러보았다. 나무와 돌 뿐이다.

그가 말했다.

"아주 작정을 했구나. 네가 틀렸다면, 넌 파문을 당해도 모자를 것이다."

"각오하고 있습니다."

이석권은 다른 동문들로부터 들었던 정채린의 어린 시절을 기억했다.

"그래, 넌 어렸을 때부터 독특해서 어른들 사이에서도 말이 많았지. 말해 보아라, 네 의심을."

정채린이 숨을 한 번 들이쉬더니 또박또박한 발음으로 말하기 시작했다.

"처음 백요가 화산에 왔을 때, 살수의 공격을 받았습니다. 이후 백요만이 살아남고 화산파 안으로 피신했을 때 두 번째 공격이 있었습니다. 이에 백요는 화산에서 달아나게 됩니다."

"안다, 그래서?"

"그런 일을 한 자는 장문인 아니면 이석권 장로님의 동생이신 이석추 장로님이 아닌가 했습니다. 그분들은 이계의 세력뿐만 아니라 화산 의외의 모든 세력을 배척하시기 때문입니다. 그 분들은 화산은 오로지 화산으로만 있어야 하고 누구와도 결탁해선 안 된다고 믿습니다. 그러니 그런 그분들께서 이계와의 다리를 억지로 없애려 했다고 생각하는 것이 우선 말이 됩니다."

이석권이 동의했다.

"나도 그렇게 생각한다. 하지만 물증이 없지. 그리고 물증이 없으면 뭐 어쩌겠느냐? 그들 또한 화산을 사랑하여 한 일이다. 그들의 행동이 꼭 잘못되었다고만은 할 수 없어."

"하지만, 제겐 그 일을 이석권 장로께서 하셨다는 확신이 생겼습니다."

이석권의 표정에는 어떠한 변화도 없었다. 그는 담담히 되물었다.

"내가? 내가 왜?"

"사실을 알고 보니, 백요와의 접촉은 천마신교 몰래 그 아래에서 진행되는 일이었습니다. 그것이 제 숙부님의 지시인지 아니면 다른 누구의 지시인지는 불분명하지만, 분명한 점은 천마신교에 이 일이 발각될 경우 그들과의 관계가 심각하게 훼손된다는 점입니다. 천마신교의 도움으로 이계에 갈 수 있었는데, 그들 몰래 연을 만들려 했으니 말입니다."

"……"

"이를 따지고 보면 이석권 장로께서도 충분히 동기를 가질 수 있습니다. 장로님은 숙부님 밑에서 항상 보필하는 역할을 하셨습니다. 화산파 내부에서도 천마신교와의 화친을 항상 주장하며 그들과 함께하는 것이 미래에 대한 답이라고 모든 이를 설득하셨습니다. 하지만 실상, 당신은 화산파보다 천마신교를 더욱 섬기는 것 아닙니까? 그렇기에 천마신교 몰래 이계와의 접촉을 노린 화산파의 계획을 무산시키려고 한 것 아닙니까?"

"……"

"마교와 결탁하셨다면, 속에 마를 품고 계시겠지요. 그것은 본 파의 신물인 반마경(反魔鏡)으로 비춰 보면 될 일. 떳떳하시다면 소녀의 말에 따라 주십시오."

이석권은 전혀 바뀌지 않은 표정으로 정채린을 노려보았다. 이렇다 할 변명도 혹은 해명도 하지 않았다. 어떠한 말로도 정채린의 마음을 되돌릴 수 없다는 것을 본능적으로 느꼈기 때문이다.

한동안 그녀를 응시하던 그가 말했다.

"그것만으로는 그리 확신할 수 없다. 네가 그렇게 확신하게 된 계기가 무엇이냐?"

정채린이 대답했다.

"태극지혈에 걸린 마법이 운정 도사만을 겨냥한 것이라면 운정 도사의 무혐의를 약속해 달라고 말하셨던 것을 기억하십니까? 그 재판 당시 이석권 장로님께서는 혹시나 운정 도사가 천마신교에서 파견된 인물이 아닐까 하여 그를 옹호하고 비호한 것입니다. 그리고 태극지혈에 걸린 마법이 정확히 무엇인지 알고 그리 말한 것이라 생각합니다. 사실 태극지혈에 있는 마법이 운정 도사만을 겨냥한 것이라 할지라도, 그런 불손한 마법이 걸려 있다는 것을 알고도 화산에 태극지혈을 넘기려던 운정 도사의 행동만으로 충분히 반감을 가져야 하고 충분히 반대편에 서야 합니다. 하지만 장로님은 그렇게 하지 못하셨습니다. 아니, 안 하셨습니다."

"그를 비호한 사람은 나뿐만이 아니라 너 또한 마찬가지 아니더냐?"

"저야 연심에 눈이 멀었다지만, 장로님께서는 무엇에 눈이 멀었을까 생각해 보았을 뿐입니다. 의외로 답은 쉽게 나왔습니다."

그 말을 들은 이석권은 고개를 끄덕였다.

"더 이상 내가 부정하……."

쿠쿠쿵!

이석권도 정채린도 둘 다 몸을 비틀거렸다. 마치 지진이라도 난 듯 중심을 잡을 수 없었는데, 그 이유는 차라리 지진이었으면 하고 바랄 정도로 심각한 것이었다.

정채린이 하늘을 올려다보더니 경악한 표정으로 중얼거렸다.

"화, 화산의 정기가… 사, 사라지다니?"

청명한 하늘.

산내음이 가득한 땅.

그 모든 곳이 충만하던 화산의 정기가 일순간 사라졌다.

그녀는 곧 냉혹함을 눈빛에 담고는 자신의 매화검을 뽑아 이석권을 향해 뻗었다.

이석권은 고개를 돌리면서 한쪽을 가리켰다.

"이건 나는 모르는 일이다! 정녕 모르는 일이야! 그보다 저쪽으로 가 봐야 하지 않겠느냐!"

그의 다급한 소리를 듣고 정채린은 그가 가리킨 방향을 보았다.

그곳에는 하늘에서부터 땅까지 이어진 거대한 회오리 기둥이 있었다. 정말이지 사이하기 짝이 없는 기운이 흘러나와, 주변에 있는 모든 화산의 정기를 집어삼키고 있는 듯했다. 이상한 점은 그것을 직접 눈을 보기 전까지 그 존재에 대해서 느끼지도 못했는데, 막상 눈에 들어오니까 그걸 애초에 몰랐다는 것이 너무나 이상하게 느껴질 정도로 강력한 존재감을 가졌다는 것이다.

정채린은 이석권과 그 회오리 기둥을 몇 번이고 번갈아 보았다. 벌써 수십 명의 제자들이 경공을 펼치며 그 회오리 기둥으로 향하고 있었다.

"정말입니까?"

이석권이 말했다.

"내가 천마신교를 섬긴 것도 다 화산을 위한 일이라 생각해서 그런 것이다! 네 숙부인 태룡향검처럼 말이다! 이런… 이런 일과는 맹세코 연관이 없어! 화, 화산의 정기가 사라지다니… 이런 일이 있을 수 있다니……."

"우연이라기엔……."

이석권의 눈빛이 강렬해지자, 정채린은 말을 멈추고 그를 향해 온 신경을 집중했다. 그런데 다음에 이어지는 그의 행동은 정채린의 예상을 완전히 벗어난 것이었다.

피슉.

이석권은 그나마 남은 내력을 짜내서 자신의 인중을 때렸다. 그러자 코에서 마른 핏물이 뿜어졌고, 그의 두 눈동자는 뒤로 넘어가기 시작했다.

기절하기 직전 그가 마지막으로 말했다.

"가… 가거라……."

털썩.

그의 행동은 스스로의 수혈을 짚어서 결백을 주장한 것이다. 정채린이 자신을 의심하기 때문에 움직이지 못하는 것을 깨닫곤 말이다.

인중은 수혈과 사혈이 겹쳐 있는 곳이다. 누르는 힘에 따라서 결정되어지는 곳으로 이석권이 많은 수혈중이 굳이 위험하기 짝이 없는 인중을 스스로 누른 이유는 그만큼 속임수를 쓰는 것이 아니라는 걸 방증하기 위해서였다.

정채린은 그런 그의 모습을 보다가, 그에 대한 의심을 거두었다. 이석권이 화산보다 천마신교를 더 섬기는 것이 아니냐고 따졌던 것도 그를 도발하여 빈틈을 찾아내기 위해서지 정말로 그렇게 생각하진 않았다. 화산파 자체가 아예 사라질 수도 있는 이런 일에 그가 동참했다고 믿기는 어렵다.

하지만 왜 지금인가?

왜 하필 이석권 장로가 개화련을 끝낸 직후인가?

정채린이 고개를 들어 회오리 기둥을 보니, 그 기세가 점점 더 커지고 있었다. 그녀는 곧 마음의 결정을 내리고 경공을 펼쳐 그 회오리 기둥으로 갔다.

그렇게 온 내력을 다해 경공을 펼치자, 짧은 시간에 그 회오리 기둥을 내려다볼 수 있는 높은 봉 위에 도착할 수 있었다.

그녀가 보니, 이미 많은 제자들이 그 회오리 기둥 쪽으로 가려 했는데 밖에서 마치 헤엄을 치듯 하며 제자리에서 허우

적거리고만 있었다. 마치 보이지 않는 줄에 달린 채 앞으로 나아가려고 하지만 자꾸 뒤로 밀리는 것처럼 보였다.

그녀는 안력을 돋워 더 깊숙한 곳을 보았다.

그리고 뜻밖의 인물을 발견할 수 있었다.

"저건… 하, 한 사제?"

한근농은 화산 복귀 후 치러진 변후의 장례식 때 이후, 누구와도 이야기하지 않고 홀로 방 안에 틀어박혔다. 아무도 그와 만날 수 없었는데, 그런 그가 떡하니 회오리 중심에 서있는 것이다.

회오리 기둥의 뿌리에는 한근농이 두 다리를 벌리고 서서 대자로 손을 뻗고 있었다. 그리고 그의 앞에는 거대한 황금색 원형의 무언가가 엄청난 속도로 돌아가고 있었다. 회오리 기둥은 그 회전력을 바탕으로 만들어지고 있었다.

쿠르릉!

그때 회오리의 중심지에서 짙은 어둠이 무럭무럭 자라나며 천둥 같은 소리를 내었다. 점차 커지면서 주변의 기운을 그대로 흡수하더니 이내 어둠이 사람의 형상으로 변하기 시작했다.

곧 허리까지 내려오는 길이의 진한 보랏빛 머리카락의 사내가 그 어둠을 대신했다. 회오리 기둥으로부터 용솟음치던 사이한 기운이 모조리 그 사내에게 빨려 들어가 완전히 갈무리

되는 그 광경은 마치 신선이 자연의 정기를 흡수하고 내부에 갈무리하며 우화등선을 하는 것과 똑같았다.

"이노오옴!"

천둥소리보다 더 큰 괴성이 화산 전체에 가라앉았다. 화산파의 장문인, 안우경이 하늘 높이 날아올랐다. 그는 춤사위와도 같은 허공답보를 뽐내며 회오리바람의 중심지로 파고들었다. 엄청난 바람이 그의 옷을 갈기갈기 찢었고, 백발과 백미를 뽑는데도 그는 매향검(梅香劍) 하나만 의지하여 앞으로 나아갔다.

자색의 남자가 눈을 뜨고 안우경을 보았다. 안우경은 폭풍 가운데서 매향검을 휘둘러 자색의 남자에게 검강을 쏘았다.

쉬이이익!

회오리를 뚫고 들어가는 안우경의 거대한 검강을 보던 정채린은 순간 코에서 매화향이 느껴지는 것 같았다. 그녀뿐만 아니라 회오리바람 앞에서 그것을 바라보던 모든 제자들은 그런 환향(幻香)을 맡았다.

자색의 남자는 그것을 보더니, 손을 들었다.

캉!

쇠가 부딪치는 거친 소리가 하늘에 울렸다. 그와 동시에 안우경의 검강이 자색의 남자의 손에 붙들렸다.

"……."

"……."

검강을 손에 잡은 자색의 남자는 그것을 물끄러미 내려다보더니, 입을 벌리고 한 입 베어 먹었다. 그러곤 맛있다는 듯 고개를 끄덕이곤 기다란 검강을 천천히 와그작와그작 씹어 먹었다.

안우경은 더 이상 허공답보를 펼칠 여력이 없어 그대로 땅에 착지했다. 회오리를 베어 버릴 생각으로 온 힘을 검강에 담았기 때문이다. 그리고 다행히 그의 바람대로, 회오리는 서서히 사라지기 시작했다. 검강이 자색의 남자의 손에 붙들리기 전까지, 회오리를 반쯤이나마 베어 버려 그 형태가 유지되지 못했기 때문이다.

회오리 기둥이 사라지자, 화산의 정기가 다시금 차오르기 시작했다. 좋은 소식일지 모르나, 안우경을 포함한 모든 화산파 고수들의 표정은 좀처럼 밝아질 줄 몰랐다. 세상에 검강을 먹다니? 그게 무슨 경우란 말인가?

자색의 남자는 차근차근 검강을 모두 먹어 치우더니 부유하듯 서서히 땅 아래로 내려왔다. 아직도 빙글빙글 돌아가는 황금색 원기둥 앞에 선 한근농을 보곤 말했다.

"Tahw si ruoy hsiw, draziw? ekam ti kciuq!"

한근농은 그를 올려다보더니 사악하게 웃었다. 그의 두 눈에 각각 두 개씩, 총 네 개의 연보랏빛 눈동자가 번뜩거렸다.

"Ruoy ydob!"

"tahw?"

자색의 남자의 두 자색 눈동자가 크게 뜨임과 동시에, 한근 농이 중지를 들어 그를 가리켰다. 그의 열 손가락에는 각양각색의 빛을 내는 열 반지가 있었고, 그의 중지에는 노란빛을 내는 반지가 있었다.

[Power word, deicide!]

그 말과 동시에 중지의 반지에서 노란빛이 강렬해졌다.

『천마신교 낙양본부』 4권에 계속…